有机化学实验

主　编　陈东红

副主编　冯文芳　袁红玲

華东理工大学出版社
EAST CHINA UNIVERSITY OF SCIENCE AND TECHNOLOGY PRESS

图书在版编目(CIP)数据

有机化学实验/陈东红主编.—上海：华东理工大学出版社，
2009.1
 ISBN 978-7-5628-2462-6

Ⅰ.有... Ⅱ.陈... Ⅲ.有机化学-化学实验-高等学校-
教材 Ⅳ.Q62-33

中国版本图书馆 CIP 数据核字(2008)第 203003 号

"十一五"国家重点图书　化学与应用化学丛书
普通高等教育化学类专业规划教材

有机化学实验

主　　编/陈东红
副 主 编/冯文芳　袁红玲
责任编辑/刘　强
责任校对/金慧娟
封面设计/陆丽君
出版发行/华东理工大学出版社
　　　　地址：上海市梅陇路 130 号,200237
　　　　电话：(021)64250306(营销部)
　　　　传真：(021)64252707
　　　　网址：www.hdlgpress.com.cn
印　　刷/常熟华顺印刷有限公司
开　　本/890 mm×1240 mm　1/32
印　　张/10
字　　数/266 千字
版　　次/2009 年 2 月第 1 版
印　　次/2009 年 2 月第 1 次
印　　数/1-4 050 册
书　　号/ISBN 978-7-5628-2462-6/O·200
定　　价/29.00 元

(本书如有印装质量问题,请到出版社营销部调换。)

李桂玲(华中科技大学)　　　李明慧(大连工业大学)

李　奇(北京师范大学)　　　李硕凡(华南理工大学)

李向清(华东理工大学)　　　刘海燕(华东理工大学)

刘建宇(华南理工大学)　　　刘淑芹(大连理工大学)

卢　怡(华东理工大学)　　　鲁礼林(武汉科技大学)

罗　钒(华中科技大学)　　　罗曦芸(上海博物馆)

吕玄文(华南理工大学)　　　马思渝(北京师范大学)

潘铁英(华东理工大学)　　　钱　枫(华东理工大学)

邵超英(东华大学)　　　　舒谋海(上海交通大学)

宋慧宇(华南理工大学)　　　唐明生(郑州大学)

唐　乾(华中科技大学)　　　唐燕辉(华东理工大学)

陶晓春(华东理工大学)　　　童晓峰(华东理工大学)

王芳辉(北京化工大学)　　　王　磊(华东理工大学)

王立世(华南理工大学)　　　王　敏(华南理工大学)

王　氢(华东理工大学)　　　王全瑞(复旦大学)

王世荣(天津大学)　　　　王文锦(华南理工大学)

王亚光(华东理工大学)　　　王　燕(华东理工大学)

王朝霞(华东理工大学)　　　伍新燕(华东理工大学)

徐志珍(华东理工大学)　　　许　琳(华南理工大学)

许艳杰(天津大学)　　　　杨铁金(齐齐哈尔大学)

杨　毅(大连工业大学)　　　于建国(北京师范大学)

俞开潮(华中科技大学)　　　袁红玲(华中科技大学)

袁天佑(广西大学)　　　　张春梅(华东理工大学)

张大德(华东理工大学)　　　张　敏(华东理工大学)

张绍文(北京理工大学)　　　张小平(北京师范大学)

张玉兰(华东理工大学)　　　张玉良(华东理工大学)

张兆国(上海交通大学)　　　张正波(华中科技大学)

赵　平(华东理工大学)　　　郑炎松(华中科技大学)

仲剑初(大连理工大学)　　　周丽绘(华东理工大学)

周志彬(华中科技大学)　　　朱　红(北京交通大学)

朱龙观(浙江大学)　　　　邹　刚(华东理工大学)

序

　　化学是一门重要的基础学科,也是一个实践性很强的学科。它与 21 世纪重点发展的几大核心学科(如生命、环境、能源以及材料等学科)都有着十分密切的联系。而有机化学实验作为重要的基础化学实验之一,不仅是化学、化工类学生的重要基础课程,也是生物、医学、环境等相关专业的实验技术基础。有机化学实验的教学,不仅能培养学生的实验技能和加深对有机化学基础理论和概念的理解,还能够培养学生观察、思考和解决问题的能力,使他们树立严谨的科学态度,提高综合素质和创新能力。本书在这方面做了不少努力与探索。

　　在目前众多的有机化学实验教材中,由于所面对的对象和培养目标的不同,教材的内容都有各自的侧重点与特色。本书是由华中科技大学化学实验中心长期从事有机化学实验教学的老师在总结教学改革经验的基础上编写完成的。该教材以有机化合物的官能团为线索,精心整合与安排了各类物质的重要化学性质和常用合成方法,增加了综合实验的内容,并引入了有趣的小品文。为适应高等教育面向 21 世纪人才培养的需要,该教材在内容和体系上注重和加强了学生有机化学实验基本知识和基本技能

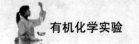

的训练,并在提高学生的学习兴趣、培养综合实践能力等方面进行了有益的探索。该教材除适用于普通高等学校化学、化工等相关专业的本科生基础实验外,也适用于医药学及生命科学专业的学生使用。

尽管其中还可能存在着不足之处,但期待该教材今后在教学改革的实践和与国内同行的交流中不断地得到完善。同时,作为"十一五"国家重点系列教材之一,希望其能够在培养学生的实践能力和科学素养方面发挥更加积极的作用。

前　言

　　有机化学是一门基础性学科,随着有机化学与其他学科的相互交叉渗透,我们认为很多新型专业人才需要具有很扎实的有机化学实验基础知识和技能。基于此,在编写本书时我们力图多收录一些有机化学实验中常用的仪器、装备和反应装置。在实验内容的选择编排上,希望结合有机化学理论学习的内容,按有机化学理论学习中官能团的学习顺序,循序渐进、由简到繁,达到与理论学习融合的效果。本书是在我们使用多年的有机化学实验教材基础上增补修订而成的。

　　本书分为四个部分。

　　第一部分主要针对初学者,介绍了进入有机实验室时必须具备的一些基本知识和有机实验室的基本设备。这部分由华中科技大学长期从事实验室工作的人员编写,他们具有丰富的实际工作经验,除介绍一些常用的仪器设备外,也反映了近年来有机化学实验室的一些设备变化。

　　第二部分介绍有机实验的基本技能,是学生需要掌握的有机实验中的基本手段。

　　第三部分按照有机官能团结构的分类,分别介绍不同官能团

1

的化学性质实验和一些化合物的合成方法。由于波谱技术的发展和日益广泛的使用,化学性质实验主要用于学生学习有机化学理论知识的验证,增加其感性认识,可以根据需要适当选用。有机合成主要按照典型化合物的结构差异和合成方法,以及基本反应装置的不同进行收录。这部分编写内容较广,涉及一些基本有机化合物和有机药物分子的合成。为兼顾环保和学生学习的要求,在药品用量方面,常量、小量和微量都有所选择,希望学生有较广泛的训练,可根据学生的培养目标和教学时数的不同来选用。

第四部分综合性实验是拓展性内容,增加了趣味性,目的是让学生在有了较扎实的基本功后,为进一步提高有机实验的综合素质而设,所选择的内容也力图反映出有机化学实验的综合性。

本书还收录了几篇趣味性较强的实验"小品文",希望学生了解一些曲折的科技发展过程,以提高其学习兴趣和激发主观探索精神。第四部分中"Isolation of Caffeine from Tea"的内容,意在为学生提供一个课外读物,让学生熟悉一下有机化学实验文献中的英文体例,掌握一些有关词语。

鉴于目前很多学校将有机分子结构的波谱鉴定部分单另教学,限于篇幅,我们未将有机波谱部分编入此书中,是否妥当,有待实践检验。

本书可作为普通高等院校化学、化工专业,以及药学、医学、生物学等生命科学和其他一些相关专业的基础有机化学实验教材及参考书。

　　本书在编写过程中,得到了华中科技大学化学与化工学院有机与精细化工研究所很多老师的指导和帮助。龚跃法教授在本书筹划过程中提出了一些很好的编写意见;聂进教授审阅了本书初稿并为本书作序,指出其中的优点和缺憾并提出具体改进意见;郑炎松教授、俞开潮教授阅读了初稿并提出建设性意见。我们在此对他们致以诚挚的感谢!

　　特别感谢"华东理工大学优秀教材出版基金"对本书的资助!

　　由于编写时间紧张加之水平有限,在本书中难免还存在一些不足和疏漏,我们期待读者和同行的指正。

编　者

目录 Contents

第一部分 有机化学实验基本知识

第二部分　有机化学实验的基本技能

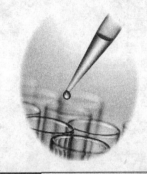

第一部分

有机化学实验基本知识

第一部分

一、有机化学实验室规则

（一）有机化学实验目的

有机化学是一门以实验为基础的学科,学习有机化学必须认真做好有机化学实验。有机化学实验是有机化学教学的重要组成部分,其主要目的是:通过实验可使学生得到基本操作和基本技能的全面训练。配合课堂教学,验证、巩固和加深课堂讲授的基本理论和基本知识。培养学生观察、分析问题和解决问题的能力,以形成实事求是的科学态度、严谨细致的科学作风和良好的实验工作习惯,为以后进一步的学习、工作和科研打下扎实的基础。

（二）有机化学实验的基本要求

1. 预习

预习是做好实验的前提和保证,为了避免盲目性,获得良好的实验效果,在进行实验前必须认真阅读实验教材,明确实验的目的要求,掌握实验原理、方法、步骤。

2. 清点仪器

在实验前清点仪器,如发现有破损或缺少应立即报告,按规定手续向实验室预备室补领。实验时要爱护仪器设备,使用精密仪器时必须严格按照操作规定进行,要严谨细致。实验时各类仪器如有损坏或故障,必须立即停止使用并办理登记手续,以及时得到补充和修理,同时保证实验的顺利进行。

3. 实验

在实验中应保持安静,遵守纪律,认真操作,严格按照操作规则和实验步骤进行实验,仔细观察实验现象,凡是观察到的现象和结果以及有关的质量、体积、温度或其他数据都应及时记录下来,积极思考疑难问题和异常现象,相互探讨或询问老师,鼓励学生提出新的见解和建议,但要改变实验步骤或试剂规格及用量时,应先请示老师,获准后方可进行。

4. 整洁

应保持实验室整洁,爱护公物。药物和器材应在指定的地点使用,使用完毕后应及时放回原处,并保持其整齐有序。严格防止药品的浪费及相互污染,药品及试剂应按规定量取用,用完后应立即盖上瓶塞和瓶盖。实验过程中的废弃物和废液应妥善处理,要有环境保护意识。做到仪器、桌面、地面和水槽四净,废纸和火柴梗等固体废物应丢入指定的地方,不得扔入水槽或地面。

5. 总结

实验结束后根据原始记录分析总结,按照要求及时完成实验报告,并及时做好善后处理工作(包括桌面、仪器和药品架要整理干净、摆放整齐,处理废弃物、检查安全等),将记录、实验报告和实验产品交老师审阅,经老师允许后方可离开实验室。

6. 安全

注意安全,遵守老师和实验室工作人员的指导,如有疑难问题或发生意外事故,必须立即报请老师及时解决和处理。

7. 学生值日

学生应轮流值日,值日生应负责整理公用仪器、药品和器材,打扫实验室,清理公共实验桌面、水槽,废物桶、废液缸内废弃物和废液应妥善处理并检查水、电、火源,关好门窗等。

二、有机化学实验室的安全

在有机化学实验中经常要用到易燃溶剂,如乙醚、乙醇、丙酮和苯等;易燃易爆的气体和药品,如氢气、乙炔和干燥的苦味酸(2,4,6-三硝基苯酚)等;有毒药品,如氰化钠、硝基苯和某些有机磷化物等;有腐蚀性的药品,如氯磺酸、浓硫酸、浓硝酸、浓盐酸、溴和烧碱等。所用的仪器大部分是玻璃制品,同时在实验过程中常常会用到电炉或明火加热,这些药品、仪器等如使用不当,就有可能产生中毒、烧伤、火灾、割伤或爆炸等事故,然而只要具有实验的基本常识,实验者集中注意力及注意安全操作,严格执行操作规程,并采取适当的预防措施,事故是完全可以避免的。

(一)实验时的一般注意事项

实验开始前应按要求认真地进行实验预习,检查仪器是否完整无损,装置是否正确稳妥,实验室内的仪器、设备在使用前必须熟悉其性能和使用方法。

实验进行中,不准随便离开岗位,要经常注意反应进行的情况和装置有无漏气、破裂等现象。

估计可能发生危险的实验,在操作时应使用防护眼镜、手套等防护设备。

实验中所用药品不得随意散失、遗弃。对实验反应中所产生的毒气、恶臭、刺激性和腐蚀性的操作都必须在通风橱内进行,并按规定处理,以免污染环境,影响身体健康。

实验结束后要细心洗手,严禁在实验室内吸烟或进食。

将玻璃管(棒)或温度计插入塞中时,应先检查塞孔的大小是否合适,玻璃管(棒)两头是否平滑,然后用布条裹住或涂些甘油、凡士林等润滑剂后旋转入内。握玻璃管(棒)的手应该靠近塞子,防止因玻璃管(棒)折断而受到戳伤。

(二)实验事故的预防、处理和急救

1. 火灾的预防

着火是化学实验室多见的事故,特别在有机化学实验室里,因经常使用酒精、乙醚、丙酮、汽油、乙酸乙酯和苯等易挥发、易燃烧的溶剂,若操作不当,易引起着火事故,为预防着火,应随时注意以下几点。

(1)使用酒精灯时,应随用随点,不用时盖上灯罩。不能用酒精灯直接倾倒点燃其他酒精灯,避免酒精溢出而发生火灾。

(2)在操作或处理易燃烧、易挥发的溶剂时,应远离火源或尽量在通风橱内进行,用后要将瓶盖盖紧,放在阴凉处。切不可将易燃溶剂放在烧杯或广口容器内加热,不能将易燃溶剂倒入废液缸中,需按要求倒入指定的回收瓶中,经有关人员专门处理。需加热时不能直接用明火加热,而应用油浴或水浴等加热方法,并及时冷却。如需明火加热的,需在老师的指导下操作,在加热时切勿使容器密闭,否则会造成爆炸事故,当附近有露置的易燃溶剂时,切勿点火。在进行易燃物质实验时,应养成先将酒精一类易燃物质搬开的习惯。

(3)严禁在实验室存放大量的易燃易爆物质。实验中的一些易燃溶剂的蒸气及某些气体与空气混合达到一定比例时,遇明火易发生爆炸,因此使用时应保持室内空气畅通,严禁明火,或在老师指导的情况下规范使用。

(4)蒸馏易燃的有机物时,装置不能漏气,如发生漏气时应立即停止加热并检查原因,若因塞子被腐蚀,则待冷却后才能换掉塞子。从蒸馏装置接收瓶出来的尾气出口应远离火源,最好用橡皮管引入下水槽。

(5)回流或蒸馏易燃低沸点的液体时,应放入沸石或用一端封口的毛细管等助沸物,以防止液体暴沸,若在加热后才发觉未放助沸物时,绝不能立即揭开瓶塞补放,而应停止加热,待被蒸馏的液体稍冷却后才能加入,否则会因液体暴沸而发生事故。

(6) 在实验中需加热时应尽量避免明火加热,加热速度不宜太快,避免局部过热,瓶内液体量最多只能装至 2/3。

(7) 用油浴加热蒸馏或回流时,必须十分注意避免因冷凝水溅入热油浴内,使油外溅到热源上而引起火灾。通常发生危险的原因主要是由于橡皮管套到冷凝管的侧管时不严密,开动冷却水过快,水流过猛易把橡皮管冲出来,或者由于套不紧而漏水,所以要求橡皮管套到侧管时要很紧密,开冷却水时的动作也要慢,使水缓慢加速到一定的流量流入冷凝管中。

(8) 不得把燃着或带有火星的火柴或纸条等乱扔或丢入废液缸中,否则极易发生危险事故。

(9) 试管加热时,管口不能对着自己或别人,其他容器加热时,应注意不要俯视在容器上,免得飞沫溅在脸上,造成人体伤害。

(10) 如遇火灾应保持镇静,为防止火势扩散,立即熄灭附近所有火源,移开易燃物质,切断电源,对小火可用湿布、黄沙盖灭,或用适当的灭火器材灭火。有机溶剂着火时,在大多数情况下常采用使燃着的物质隔离空气的方法,严禁用水灭火,应用沙土覆盖。因为有机溶剂一般比水轻,燃着的液体会在水面上蔓延开来,使燃烧的面积扩大。如果实验者的衣服着火,切勿惊慌奔跑,以免因空气的流动而使火势扩大,可迅速脱下衣服或用石棉布、厚外套覆盖着火处将火闷熄。情况危急时应就地卧倒打滚,以免火焰烧向头部。如果电器着火,必须先切断电源,然后再用二氧化碳或四氯化碳灭火器灭火(注意:四氯化碳有毒,在空气不流通的地方使用有危险),因为这些灭火剂不导电,不会使人触电,绝不能用水或泡沫灭火器去灭火。

总之,一旦火灾发生,室内全体人员应积极而有序地参加灭火,根据起火原因和火场周围情况,采取不同的方法扑灭火焰,无论使用哪一种灭火器材,都应从火的周围开始向中心扑灭,如果着火面积较大,在尽力扑火的同时及时向"119"报警。

2. 爆炸的预防

实验仪器堵塞或装配不当、减压蒸馏使用不耐压的仪器、违章使用易爆物、反应过于猛烈(难以控制)都有可能引起爆炸,为防止爆炸应注意以下几点。

(1) 常压操作时,切勿在封闭系统内进行加热或反应,并应防止仪器装置出现堵塞,否则会使体系压力增加,导致爆炸。

(2) 减压蒸馏时,要用圆底烧瓶或吸滤瓶作接收器,不得使用一般的锥形瓶、平底烧瓶等机械强度不大的仪器,否则可能发生炸裂。

(3) 易燃有机溶剂(特别是低沸点易燃溶剂),在室温时即具有较大的蒸气压。空气中混杂有机溶剂的蒸气达到某一极限时,遇明火即发生爆炸。而且有机溶剂蒸气的密度都比空气的密度大,会沿着桌面或地面飘移至远处。因此,切勿将易燃溶剂倒入废物缸中,更不能用开口的容器盛放易燃溶剂。

表1-1　常用易燃溶剂蒸气爆炸极限

名　称	沸点/℃	闪燃点/℃	爆炸范围(体积分数)/%
甲　醇	64.96	11	6.72～36.50
乙　醇	78.5	12	3.28～18.95
乙　醚	34.51	−45	1.85～36.50
丙　酮	56.2	−17.5	2.55～12.80
苯	80.1	−11	1.41～7.10

表1-2　易燃气体爆炸极限

气　体	空气中的含量 (体积分数)/%	气　体	空气中的含量 (体积分数)/%
氢气,H_2	4～74	甲烷,CH_4	4.5～13.1
一氧化碳,CO	12.50～74.20	乙炔,C_2H_2	2.5～80
氨,NH_3	15～27		

（4）切勿使易燃易爆的气体接近火源，如使用氢气、乙炔等气体或乙醚、汽油等易挥发性的有机溶剂，要保持室内空气畅通，严禁明火，防止明火或电火花而引起爆炸。

（5）卤代物与金属钠接触，因反应太猛会发生爆炸，要根据不同情况采取冷冻降温或者控制加料速度等。

（6）有些有机物遇氯酸钠、过氧化物等氧化剂时，会发生燃烧或猛烈爆炸，存放时应将它们分开存放。有些有机物（如叠氮化合物、干燥的重氮盐、芳香族多硝基化合物、硝酸酯等）都具有爆炸性，不能受热、重压或撞击，使用时要严格遵守操作规程。含过氧化物的乙醚蒸馏时，必须先用硫酸亚铁处理以除去过氧化物，而且不能蒸干，要在通风较好的地方或通风橱内进行。干燥的重金属乙炔化物受到撞击时极易爆炸，要及时用浓盐酸或浓硝酸使其分解。

3. 中毒事故的预防和处理

在实验中接触到的有机化合物有些是有毒的或有腐蚀性、刺激性的物质，有的甚至是剧毒药品。例如，苯不但刺激皮肤，引起顽固性湿疹，而且对造血系统及中枢神经系统均有损害。误服 5～10 毫升甲醇即可产生恶心、呕吐、呼吸困难等严重症状，尤其以视神经损害最为明显，病人自觉两眼视力模糊，晚上看灯光有光晕，或视野缩小或有中心性暗点。苯酚能灼伤皮肤，引起坏死或皮炎。芳香硝基化合物中毒后，引起顽固性贫血及黄疸病。苯胺及其衍生物可引起贫血，且影响持久。不少生物碱具有强烈毒性，少量即可导致中毒，甚至死亡。现有资料表明，化学致癌物质主要是有机物，除部分稠环芳烃外，苯、氯乙烯、联苯胺、β-苯胺等已证明对人类具有致癌性。丙烯腈、四氯化碳、硫酸二甲酯、环氧乙烷、非拉西丁等，现有证据表明对人类可能具有致癌性，产生中毒的原因主要是皮肤或呼吸道接触有毒药品所引起的，因此在实验中要防止中毒，应切实做到以下几点。

（1）切勿让化学试剂沾在皮肤上，尤其是剧毒的试剂。称量任何试剂都应使用工具，不得用手直接接触，特别注意防止毒品溅入口、眼、鼻等敏感部位或接触伤口。取用有腐蚀性化学药品时可戴橡

胶手套或防护眼镜。实验完毕要认真、及时洗手。

（2）开启储有挥发性液体的瓶塞时，必须先冷却后开启，开启时瓶口必须指向无人处，以免由于液体喷溅而导致伤害。如遇瓶塞不易开启时，必须注意瓶内物质的性质，切不可贸然用火加热或乱敲瓶塞等。

（3）实验室应通风良好，尽量避免吸入化学试剂的烟雾和蒸气。如需感受物质的气味时，应用手轻拂气体，将少量气体拂向自己再嗅。在处理和使用有毒或腐蚀性、刺激性的物质时，应在通风橱内进行，防止有毒气体在实验室内扩散，使用后的量具应及时清洗。在使用通风橱时，不得将头伸入通风橱内。

（4）金属汞易挥发，人吸入后易引起慢性中毒，一旦把汞洒落在桌面或地面上时，应尽可能收集起来，并用硫粉覆盖在洒落的地方，使汞变成不挥发的硫化汞。液汞应保存在水中，不能将汞温度计当作玻璃棒使用。

（5）不得用口尝试任何化学试剂，严禁在实验室内进食。

（6）剧毒试剂应由专人负责，使用者必须遵守操作规程，含有毒试剂的废液、残渣不能随便倒入下水道，应该回收后由专人处理。

（7）实验中一旦发生中毒事件，应立即采取措施，应将吸入有毒气体中毒者移到室外，严重者要及时送医院治疗。

（8）实验室常见腐蚀性、刺激性、有毒物质的症状和预防急救方法见表1-3。

表1-3　常见毒物及其中毒防治要点

物　质	中　毒　症　状	防护要点和急救法
三酸：硫酸、盐酸、硝酸	对皮肤、黏膜有刺激、腐蚀，可能引起牙齿酸蚀症	① 遵守安全规程，加强个人防护 ② 皮肤被烧伤，应立即用水或5%苏打水冲洗，如果有水泡出现，需再涂油膏和龙胆紫溶液 ③ 鼻、眼、咽喉受到蒸气刺激，也用温水或5%苏打水冲洗或含漱

续　表

物质	中毒症状	防护要点和急救法
两碱：氢氧化钠和氢氧化钾	对皮肤、黏膜有腐蚀作用，其后果比酸更严重	碱灼伤时应立即用大量清水冲洗较长时间，后用2%乙酸洗，涂上油膏，并包扎好。灼伤眼睛时，应抹去溅在眼睛外面的碱，再用水冲洗，并立即送往医院治疗，不允许用其他试剂进行冲洗。碱溅在衣服上时，先用水洗，然后用10%醋酸溶液洗涤，再用氨水中和多余的醋酸，最后用水冲洗
氢氟酸及氟化物	急性中毒少见，由呼吸道或皮肤侵入人体，主要作用于骨骼、造血神经系统及牙齿、皮肤、黏膜等。氢氟酸接触皮肤会引起灼伤，起初疼痛不显著，数小时后剧痛，透入组织形成深部溃烂	① 严格遵守使用规程，戴好胶皮手套操作 ② 皮肤被灼伤后，先用水冲洗，再用5%小苏打溶液洗，然后浸泡在冷的饱和硫酸镁溶液中半小时，最后敷上特制药膏（20%硫酸镁、18%甘油、1.2%盐酸普鲁卡因、水）
氢氰酸及氰化物	急性中毒：轻者会黏膜刺激、头痛、眩晕、恶心、呕吐、气喘、瞳孔放大等。重者呼吸困难、昏迷、痉挛、血压下降，甚至死亡。若急救得当，幸免于死，亦可能产生许多神经系统后遗症	① 必须专人保管 ② 使用时戴好劳保用品，用后洗手 ③ 工作场所要通风良好 ④ 禁止在酸性介质中使用氰化物，废液必须专门处理，不准倒入下水道 ⑤ 急性中毒时，立即抬出现场，脱掉工作服，进行人工呼吸，送医院抢救
硫化氢	由呼吸道侵入，与呼吸酶中的铁质结合使酶活动性减弱，并使中枢神经系统中毒引起延髓中枢神经麻痹 轻度中毒时，头晕、头痛、恶心、呕吐等，重度中毒则呼吸短促、心悸，并可使意识突然丧失、昏迷，以致死亡	① 工作场所应设有通风设备 ② 尽量不用或少用 ③ 中毒时立即离开现场，呼入新鲜空气或给氧，送医院治疗 ④ 眼部受刺激时，立即用2%苏打水冲洗，或用硼酸水作湿敷
氨	接触氨后，眼有辛辣感和流泪，室内低浓度长期接触，可引起喉炎，声音嘶哑；高浓度大量吸入，可引起支气管炎和肺炎。浓氨水溅入眼内，可使角膜表层溃疡和穿孔	① 加强室内通风 ② 操作高浓度氨时，戴好防毒面具 ③ 氨水溅入眼内必须立即用清水冲洗，并用3%硼酸水洗涤后，滴可的松、氯霉素眼药水，再涂金霉素眼膏

物　质	中　毒　症　状	防护要点和急救法
氯	主要通过呼吸道和皮肤、黏膜对人体发生中毒作用 　　眼受刺激后，眼酸，流泪；鼻咽黏膜受刺激而发炎；呼吸道吸入引起咳嗽、咯血、呼吸困难、窒息感，大量吸入可能引起喉头痉挛、肺水肿、昏迷	① 工作场所通风良好，操作时戴好口罩 ② 眼受刺激用 2% 苏打水洗，咽喉炎可吸入 2% 苏打水热蒸气 ③ 中毒者立即离开现场，重者应保温、输氧、注射强心剂
溴	溴直接侵害皮肤或由吸入中毒，均可发生各种皮疹，吸入溴蒸气立即引起咽喉发干、疼痛、咳嗽、黏膜发红、流泪等症状	① 配制饱和溴水及应用时，要在通风橱中进行或人站在上风向 ② 戴好防护用品，防止与皮肤接触 ③ 皮肤被溴灼伤时，伤处立即用石油醚或乙醇冲洗，然后用 2% $Na_2S_2O_3$ 溶液冲洗，最后用蘸有甘油的棉花擦干并敷上烫伤膏 ④ 急性中毒者,应立即离开现场,吸入新鲜空气,严重者输氧,送医院治疗
甲　醇	对神经系统有害，能引起视神经患病，如体内吸入 5～10 毫升，即可产生严重症状，吞服后立即发生恶心、呕吐、全身青紫，严重者立即死亡	由于外观和气味像乙醇，故不能混用。使用时，最好在通风橱内进行，严禁口服，中毒时应送医院急救。尽量用其他试剂代替
正丁醇	刺激皮肤黏膜引起流泪、晚间视物模糊，重者有角膜炎症状，皮肤损害会轻度发红和刺痛	① 工作场所通风良好，操作时戴好防护眼镜 ② 中毒者应立即离开现场，如结膜或角膜受刺激者，立即用生理盐水冲洗，分别按结膜炎或角膜炎处理
三氯甲烷	由呼吸道侵入，急性能刺激黏膜、淌泪和流涎；慢性引起消化不良，体重减轻，长期吸入，对肝脏有影响	① 工作场所通风良好 ② 急性中毒者应移往新鲜空气处休息，视情况进行人工呼吸或输氧，严重者送医院治疗 ③ 三氯甲烷遇紫外线和高热可变为光气，有剧毒

物 质	中 毒 症 状	防护要点和急救法
四氯化碳	急性能刺激黏膜,神经系统引起头昏、眩晕、激动、呃逆等,较严重者可能会引起肌张力增强、腱反射亢进、视野缩小等。对人的肝脏损害,并伴有恶心、呕吐、右上腹疼痛等症状,检查时可发现黄疸、肝肿大及压痛,转氨酶增高 慢性者有神经衰弱症,胃肠道功能紊乱,食欲不振、恶心、呕吐、腹胀腹痛,少数转氨酶轻度增高	① 工作场所通风良好 ② 急性中毒者应移往新鲜空气处休息,视情况进行人工呼吸或输氧,严重者送医院治疗 ③ 四氯化碳遇紫外线和高热可变为光气,有剧毒
乙醚	由呼吸道吸入人体,刺激黏膜,引起头痛、头晕、有麻醉作用	① 工作场所通风良好 ② 吸入体内引起症状者,应移往新鲜空气处休息
苯及其同系物	急性中毒:轻者如酒醉状,重者可出现恶心、呕吐、站立不稳及昏迷,甚至肌肉痉挛、抽筋、血压下降、呼吸衰竭 慢性中毒:主要影响造血系统和神经系统,造血系统表现为齿龈、鼻腔出血、皮肤黏膜出血,女性会月经过多,大便带血等;神经系统表现为头痛、头晕、无力等	① 工作场所通风良好 ② 尽量用其他无毒或低毒的溶剂代替 ③ 急性中毒者,立即输氧,全身性苯中毒可用10%硫代硫酸钠溶液注射,内服和注射大量维生素C,送医院治疗
四氟乙烯和聚四氟乙烯的热解产物	吸入有机氟气体时,有呼吸道、眼黏膜的刺激症状,并有微弱的麻醉作用,高浓度吸入可引起肺水肿 聚四氟乙烯加热至380℃以上,吸入烟尘后发生寒战、发热等类似金属铸造热的症状,称为"聚合烟热"	加强通风,对剧毒品种需进行隔离式操作,严格控制聚四氟乙烯受高热分解

4. 烫伤

如有烫伤,切忌用自来水冲洗,轻伤者涂以烫伤油膏(如万花油、玉兰油等),重伤者应涂烫伤药膏后立即送医院治疗。

5. 玻璃割伤的预防和处理

玻璃割伤是化学实验中常见的事故,特别对于初学者或匆忙实验者。使用玻璃仪器时,要注意仪器的配套,按照要求正确地装配仪器,不要用力强行装配,以免仪器破碎割伤。造成割伤者一般有以下几种情况。

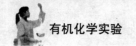

(1) 装配仪器时用力过猛或装配不当。

(2) 装配仪器用力处远离连接部位,插入变形玻璃管时,把变形处当成旋柄来用力(见图1-1)。

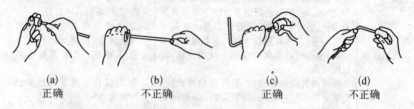

|(a)|(b)|(c)|(d)|
|正确|不正确|正确|不正确|

图1-1 玻璃管(或温度计)插入橡皮管、橡皮塞的方法

(3) 仪器口径不合而勉强连接。

(4) 玻璃折断面未烧圆滑,有棱角。

预防玻璃割伤,要注意以下几点。

(1) 玻璃管(棒)切割后,断面应在火上烧熔以消除棱角。

(2) 装配仪器时,应首先选定主要仪器的位置,然后按一定的顺序,一般是从下到上,从左到右逐个地装配其他仪器,并检查各个组件是否配套,仪器之间的连接必须做到位置适当和松紧适当,切忌使玻璃仪器任何部分承受过度的压力或强力。拆卸仪器时,按照与装配时方向相反的顺序,逐个拆除。

(3) 将玻璃管(或温度计)插入橡皮管、橡皮塞或软木塞时,应先用水或甘油润湿玻璃管插入的一端,然后一手持橡皮管、橡皮塞或软木塞,一手捏着玻璃管,均匀用力将其逐渐插入。应当注意的是,插入或拔出玻璃管时,手指捏住玻璃管的位置与塞子(或橡皮管)的距离不可太远,一般为2~3 cm。插入变形玻璃管时,不能把变形处当成旋柄来用力,准确方法见图1-1。

玻璃割伤的处理:玻璃割伤是常见的事故,如果为一般轻伤,应立即挤出流血,仔细观察伤口有无玻璃碎渣,如有用消毒过的镊子取出玻璃碎渣,让少量血液流出后,再用消毒棉花和硼酸水(或双氧水)洗净伤口,涂上碘酒包扎好,不要使伤口接触化学药品引起中毒,若伤口深、流血不止，可在伤口上下 10 cm 处用纱布扎紧，并立即送医院治疗。

6．触电

遇到触电事件发生，首先要拉开电闸以切断电源，并尽快用绝缘物（如木棒、竹竿等）将触电者与电源隔离，必要时应进行人工呼吸，并迅速送医院救治。

三、有机化学实验常用
仪器、用具

（一）玻璃仪器

1. 有机化学实验常备仪器（见图 1-2）

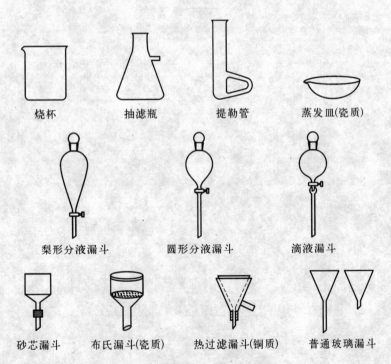

烧杯　　　　抽滤瓶　　　　提勒管　　　蒸发皿(瓷质)

梨形分液漏斗　　　圆形分液漏斗　　　滴液漏斗

砂芯漏斗　　布氏漏斗(瓷质)　　热过滤漏斗(铜质)　　普通玻璃漏斗

图 1-2　有机化学实验常备仪器

有机化学实验用的玻璃仪器一般是由钾玻璃制成的,使用时要注意以下几点。

(1) 使用玻璃仪器时要轻拿轻放。

(2) 除试管可直接明火加热外,一般加热玻璃仪器时至少要垫石棉网,或在电热套内加热,或经过老师允许直接加热。

(3) 厚壁玻璃仪器(如吸滤瓶),耐压不耐热,不能加热。锥形瓶、平底烧瓶不耐压,不能用于减压系统。广口容器(如烧杯、广口瓶)不能贮放有机溶剂。计量容器(如量筒)不能高温烘烤,不能代替试管进行化学反应。

(4) 温度计不能当玻璃棒使用,温度计用后要缓慢冷却,特别是用有机液体作膨胀液的温度计黏度较大,冷却快了液柱可能断线。不能用冷水冲洗热温度计,以免炸裂。

(5) 玻璃仪器使用后要及时清洗,干燥(不急用时,通常以倒置晾干为好)。

(6) 具活塞的玻璃仪器(如分液漏斗、恒压滴液漏斗等)清洗后,若长时间不用,应在活塞与磨口之间垫上纸片,以防粘住。

(7) 冷凝管是在蒸馏和回流操作中用于冷凝的仪器。直形冷凝管用于冷凝沸点在 140℃ 以下的液体,球形和蛇形冷凝管对蒸气的冷凝效果比直形冷凝管要好些,适用于加热回流,空气冷凝管用于冷凝沸点在 140℃ 以上的液体。

2. **标准磨口玻璃仪器**(见图 1-3)

在有机化学实验中,常用带有标准磨口的玻璃仪器,统称为标准磨口仪器。由于仪器容量大小及用途不同,通常标准磨口有 10 口、14 口、19 口、24 口、34 口、50 口……这些标准编号指磨口直径的大小。例如,编号"14/30"的磨口表示直径为 14 mm,长度为 30 mm。有相同编号的标准磨口仪器可以严密地相互连接,免去配塞子、钻孔等繁琐手续,节约时间,使用方便,又能避免反应物或产物被软木塞或橡皮塞所沾污。由于磨口的标准化、通用化,凡属相同编号的接口可以任意互换,按需要组装成各种实验装置。不同

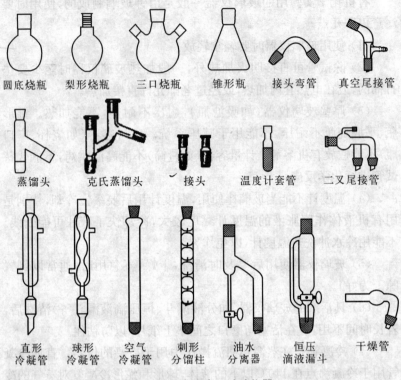

圆底烧瓶　　梨形烧瓶　　三口烧瓶　　锥形瓶　　接头弯管　　真空尾接管

蒸馏头　　克氏蒸馏头　　接头　　温度计套管　　二叉尾接管

直形冷凝管　　球形冷凝管　　空气冷凝管　　刺形分馏柱　　油水分离器　　恒压滴液漏斗　　干燥管

图 1-3　常用磨口玻璃仪器

编号的磨口仪器,则可借助于上下口编号不同的磨口接头连接起来。

使用标准磨口仪器时应注意以下几点。

(1) 磨口必须干净,不得粘有固体物质,否则会使磨口对接不紧密,而导致漏气,甚至会损坏磨口。

(2) 用后应立即拆卸洗净,因为长期放置后磨口的连接处常会黏连,难以拆开。

(3) 一般使用时,磨口无需涂润滑剂,以免沾污反应物或产物。若需要可在磨口处涂少量真空油脂或凡士林,以增加磨口的密合性,避免磨面的相互磨损,同时也易于仪器的拆装。

（4）安装标准磨口仪器装置时，应注意整齐、正确，使磨口连接处不受歪斜的应力，否则仪器易折断。特别在加热时，仪器受热后应力更大。切不可在有角度偏差时硬性装拆，必须调整好角度后，再进行装卸。

（5）避免用去污粉擦洗磨口，以免损坏磨口。应用液体或颗粒细腻的固体洗涤剂洗涤磨口。

各种常用仪器的用途和规格介绍如下。

（1）圆底烧瓶：能耐热和承受反应物（或溶剂）沸腾以后所发生的冲击震动。在有机化合物的合成和蒸馏实验中最常使用，也常用作减压蒸馏的接收器。常用的圆底烧瓶的容量为 1 000 mL、500 mL、250 mL、100 mL、50 mL、10 mL、5 mL。

（2）梨形烧瓶：性能和用途与圆底烧瓶相似。它的特点是在合成少量有机化合物时烧瓶内保持较高的液面，蒸馏时残留在烧瓶中的液体少。常用的梨形烧瓶的容量为 100 mL、50 mL。

（3）三口烧瓶：最常用于需要进行搅拌的实验中。中间瓶口装搅拌器，两个侧口装回流冷凝管和滴液漏斗或温度计等。常用的三口烧瓶的容量为 1 000 mL、500 mL、250 mL、100 mL、50 mL。

（4）锥形烧瓶（简称锥形瓶）：常用于有机溶剂进行重结晶的操作，或有固体产物生成的合成实验中，因为生成的固体物容易从锥形烧瓶中取出来。通常也用作常压蒸馏实验的接收器，但不能用作减压蒸馏实验的接收器。常用的锥形瓶的容量为 500 mL、250 mL、100 mL、50 mL、25 mL、10 mL。

（5）二口烧瓶：常用于半微量、微量制备实验的反应瓶，中间口接回流冷凝管、微型蒸馏头、微型分馏头等，侧口接温度计、加料管等。常见二口烧瓶的容量为 50 mL、10 mL。

（6）梨形三口烧瓶：用途似三口烧瓶，主要用于半微量、小量制备实验中的反应瓶。它的常用容量为 50 mL、25 mL。

（7）直形冷凝管：蒸馏物质的沸点在 140℃ 以下时，要在夹套内通水冷却；但超过 140℃ 时，冷凝管往往会在内管和外管的接合处炸

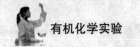

裂。微量合成实验中,用于加热回流装置上。

(8) 空气冷凝管:当蒸馏物质的沸点高于140℃时,常用它代替通冷却水的直形冷凝管。

(9) 球形冷凝管:其内管的冷却面积较大,对蒸气的冷凝有较好的效果,用于加热回流的实验。常用的冷凝管的长度为 300 mm、200 mm、120 mm、100 mm。

(10) 分液漏斗:用于液体的萃取、洗涤和分离;有时也可用于滴加试剂。

(11) 滴液漏斗:能把液体一滴一滴地加入反应器中,即使漏斗的下端浸没在液面下,也能够明显地看到滴加的快慢。

(12) 恒压滴液漏斗:用于合成反应实验的液体加料操作,也可用于简单的连续萃取操作。

(13) 保温漏斗:也称热滤漏斗,用于需要保温的过滤。它是在普通漏斗的外面装上一个铜质的外壳,外壳与漏斗之间装水,加热侧面的支管,以保持所需要的温度。

(14) 布氏漏斗:是瓷质的多孔板漏斗,在减压过滤时使用。小型玻璃多孔板漏斗用于减压过滤少量物质。

(二) 金属用具

常用金属用具有支架台、燃烧钩、双凹夹、万能夹、三脚架、坩埚夹、弹簧夹、木塞钻孔器、水浴锅、热水漏斗、自由夹、螺旋夹、升降台等。

燃烧钩用于检查物质的可燃性。水浴锅用于间接加热,坩埚夹专用于夹取坩埚及蒸发器等。支架台、三脚架、自由夹、铁环、铁架、烧杯夹、万能夹、双凹夹等均用于固定容器。螺旋夹、弹簧夹用于夹紧橡皮管。木塞钻孔器专用于软木塞或橡皮塞的钻孔。升降台是一种升降稳定性好、适用范围广的物体举升设备,它主要用于调节电加热套和水浴锅的高度,以适应已经装配好的反应装置。

（三）备用仪器设备

1. **循环水式多用真空泵**（见图 1 - 4）

循环水式多用真空泵是以循环水为工作流体的喷射泵，它是利用射流技术产生负压的原理设计的一种新型真空泵。主要用于合成实验中减压抽滤，可同时供三人进行抽滤。SHB - Ⅲ型循环水多用真空泵外观示意图见图 1 - 5。

图 1 - 4　循环水式多用真空泵

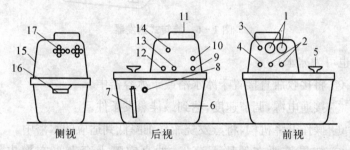

侧视　　　　　后视　　　　　前视

图 1 - 5　SHB - Ⅲ型循环水多用真空泵外观示意图

1—真空表；2—抽气嘴；3—电源指示灯；4—电源开关；5—水箱盖；6—水箱；7—放水管；8—溢水嘴；9—电源进线孔；10—保险座；11—电机风罩；12—循环水出水嘴；13—循环水进水嘴；14—循环水开关；15—上帽；16—水箱把手；17—散热孔

2. **旋转式蒸发器**（见图 1 - 6）

旋转式蒸发器同时利用旋转、加热、抽气，将溶剂快速蒸发掉，用于处理含有大量溶剂的浓缩、回收。操作方法如下。

（1）分批加料操作。

① 从蒸发管上取下蒸发烧瓶，注入蒸发液，确保液体不超过烧瓶体积的一半。

② 加料旋塞置于关闭状态。

③ 在冷凝管的盘管中通入冷却水，并保证循环流动（可为自来

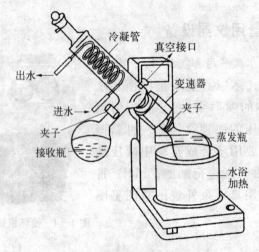

图 1-6　旋转式蒸发器

水,也可为冰水)。

④ 将接收瓶直接置于冰水浴或干冰容器中。

⑤ 接通电源,调节速度,达到最佳蒸发条件。

⑥ 操作升降机构,将蒸发烧瓶仔细降低到适应的水浴中。

⑦ 如果需要在低压下蒸发,抽真空嘴上套上真空橡皮管抽真空。

(2) 连续加料操作。

除了加料旋塞开通并用料管接通另一盛料容器外,操作原理基本与分批加料操作相同。

3. 显微熔点测定仪(见图 1-7)

显微熔点测定仪的功能是测定晶体的熔点温度,主要用于单晶或共晶等有机物的分析和鉴定,还可以测定液体清亮度,在其偏振光或非偏振光下均能使用。使用方法如下。

(1) 插电源,波段开关置于停止位置"〗"上(当预热热台时,可将它置于"▲"上)。

(2) 仪器使用前,应将热台预热,除去潮气(此时需将物镜用棉

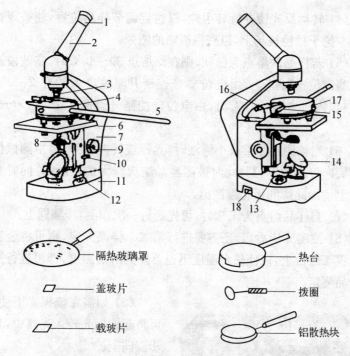

图 1-7　显微熔点测定仪示意图

1—目镜；2—棱镜检偏部件；3—物镜；4—热台；5—温度计；6—载热台；7—镜身；8—起偏振件；9—粗动手轮；10—止紧螺钉；11—底座；12—波段开关；13—电位器旋钮；14—反光镜；15—振动圈；16—上隔热玻璃；17—地线柱；18—电压表

纸包上，打开上隔热玻璃）。一般热台加热到 200℃时，潮气基本消除。然后将波段开关由快速升温位置旋向停止位置"﹜"上，再将金属散热块置于热台中，以使热台迅速下降到所需温度，并拿下物镜上的棉纸。

（3）将载玻片用蘸有酒精和乙醚混合物的脱脂棉擦净，放入热台工作面上，并加微量结晶（0.1 mg 以下），然后在被测结晶上再加盖玻璃片按压及转动，使盖物片紧贴载物片，接着用拨圈移动载物片，将被测结晶放置在加热台中央的小孔上，最后将上隔热玻璃盖在加热台的上台肩面上。

(4) 转动反光镜并旋转手轮,以达到调节样品位置,使被观察结晶标本位于目镜视场上,以获得清晰的图像。

(5) 若样品的熔点为已知,则在离熔点 30～40℃时,将波段开关旋向测试位置"▲"上,由电位器来控制升温速度大约在 $2\sim3℃\cdot min^{-1}$ 以内。离熔点 10℃时,由电位器控制升温速度在 $1℃\cdot min^{-1}$ 以内。

(6) 当被测样品熔成小滴液时,立即旋转波段开关,由测试位置"▲"旋向停止位置"】",此时被测样品熔成较大的液滴,并同时在温度计上读出此瞬间熔化温度值。

(7) 当样品熔点为未知时,可先进行一次预测,步骤同上。

(8) 测定完毕后,若还需要进行第二个样品测定,则可将金属散热块置于热台上,以使热台温度迅速下降到所需温度,即可进行第二个样品测定。

(9) 如需在偏振光下使用,可将起偏振光转入光路中,其他步骤同上。

(10) 用完后,将止紧螺钉拧松,再将载热台降到最低位。

此外,还有自动化程度较高的数字熔点仪,见图 1-8。

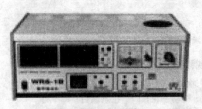

图 1-8　WRS-1B 数字熔点仪

4. 紫外分析仪(见图 1-9)

大多数有机物在紫外灯照射下,显现出它特有的荧光现象。通常物质不同,显现的荧光色泽也不同。同一物质,它产生的荧光强度也与它的浓度成正比。因此,某些物质的定性或定量分析,可不必经过复杂的化学方法,只要根据它荧光的色泽不同和荧光的强弱,就可在紫外分析仪下精确地区别开来。紫外分析仪就是利用这个原理制成的,它主要的结构是用一支低压汞灯管,通过深紫色的滤色片把大部分可见光滤去,仅使紫外光通过,一般紫外光的波长为 365 nm(长波)。

使用方法：将仪器箱体向上翻，接上
220 V 电源，开启电源开关，指示灯亮，灯管
立即发光处于工作状态。此仪器因采用低
压汞灯，不需加热，可随开随关。365 nm 紫
外分析仪为半封闭式，部分箱体已起到遮掩
外来发光的作用。但如果观察时罩以黑布
或在暗室操作，则效果更佳。

图 1 - 9　WFH - 203(ZF - 1)
三用紫外分析仪

5. 红外灯

红外灯由一红外灯泡连接调压器组成，
可调节温度高低，主要用于烘烤固体有机物。根据有机物的熔点不同，
可通过调压器调以适当的温度，最好在固体样品旁放一支温度计。

6. 电炉

电炉是一种用电热丝将电能转化为热能的装置。其温度的高低
可通过调节电阻来控制。使用时容器和电炉之间要添加石棉网，以
便受热均匀。

7. 电加热套

电加热套是由玻璃纤维包裹着电热丝组成的硫状半球形加热器
（见图 1 - 10），可以密切地贴合在烧瓶的周围，因而加热较为均匀。
电加热套有可调控温装置，可以提供 100℃ 以上的温度，加热迅速，使
用安全，适用范围广，但必须注意不可用来加热空烧瓶，否则会烧坏
电热套。

8. 调压变压器（见图 1 - 11）

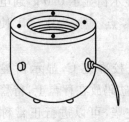

图 1 - 10　电加热套

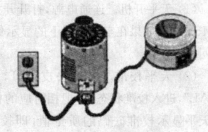

图 1 - 11　调压变压器

它是调节电源电压的电器装置,常用作调控电炉、电热套的加热温度或控制电动搅拌器转动速度,使用时应注意以下几点:在变压器标明"输入"的接线柱上连接电源导线,在标明"输出"的接线柱上连接加热套等电器装置的导线,切忌接错而引起电器烧毁;旋动旋钮时要均匀缓慢,防止电刷受损;不要长期超负载使用,以防烧毁线圈或缩短使用寿命;使用完毕应将旋钮调回零点,切断电源;注意仪器清洁,存放在干燥、无腐蚀的地方。

9. 电吹风(见图1-12)

电吹风有两个热风挡和一个冷风挡,电吹风使用完后必须悬挂在铁圈上直至喷口冷却。电吹风主要用于玻璃仪器的快速干燥和薄层分析中。

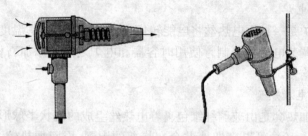

图1-12 电吹风

10. 电子天平

电子天平用于精确度不高的称量,一般能称准到 0.01 g。DT/DTA 系列电子天平(见图1-13)的基本操作方法如下。

(1) 天平开机。连通电源,打开开关,显示窗显示 0.0 g,通电预热15 min。如果在空称情况下的显示偏离零点,应按去皮键 T 使显示回归零点。

(2) 天平校准。先按去皮键 T,再按校准键 C,显示窗显示"CAL",进入校准状态,再把相对应的校准砝码放在秤盘上,待稳定后天平显示校准砝码的质量值,即校准完毕,可以进行正常称量(200~1 000 g 配有相应的校准砝码)。去除砝码,按去皮键,天平显示0.0 g。

（3）称量样品。将容器轻放在已进入称量模式的秤盘上（如果是直接称量，可记录此时的数据）。按去皮键 T 把秤盘上被称物体的质量清零，天平显示0.0 g。然后取下容器，向其中加入试样，再次将盛有试样的容器放在秤盘上，记录的质量为加入试样的量。如被称物体的质量超出天平的称量范围，天平将显示"H"以示警告。

电子天平的注意事项如下。

（1）电子天平为精密仪器，称量的物体要小心轻放，尤其不能人为地对秤盘瞬间加压，这样容易损坏天平。

（2）电子天平不应放在有振动、电源干扰、气流、热辐射及含有腐蚀气体的环境中，必须保证天平电源良好接地。

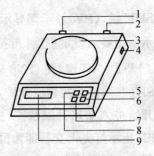

图 1-13 DT/DTA 系列电子天平

1—数据输出口；2—电源插座（带保险丝）；3—秤盘；4—开关；5—计数键（P）；6—去皮键（T）；7—量值转换键（F）；8—校准键（C）；9—显示窗

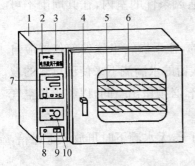

图 1-14 DHG-9075A 型电热鼓风干燥箱

1—箱体；2—铭牌；3—控制面板；4—门拉手；5—搁板；6—箱门；7—控温仪；8—电源指示灯；9—电源开关；10—风门调节旋钮

11. 鼓风干燥箱

烘箱是用来干燥物品、烘焙、熔蜡、灭菌的。下面介绍 DHG-9075A 型电热鼓风干燥箱（见图 1-14）的使用方法。

（1）把需干燥处理的物品放入干燥箱内，关好箱门，将风门调节旋钮旋到"⌐"处。

（2）把电源开关拨至"1"处，此时电源指示灯亮，控温仪上有数字显示。

（3）温度和时间的设置。按"℃/

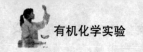

SET"键,(PV)显示器显示"SP",按"↑"或"↓"键,使(SV)显示器显示所需要的设定温度,再按"⟳/SET"键,(PV)显示器显示"ST",按"↑"或"↓"键,使(SV)显示器显示所需要的定时时间,再按"⟳/SET"键,仪表回到标准模式。如设定温度为150℃,加热指示灯亮,开始进入加热升温状态,经过一段时间,当显示温度接近设定温度时,指示灯亮灭交替即为恒温点,一般情况下,加热90 min后温度控制进入恒温状态。

(4)鼓风。当被干燥的物品比较潮湿时,可旋转风门调节旋钮至"☰"处,将箱内湿空气排出。

(5)干燥结束后,如不需要马上取出物品,则应先旋转风门调节旋钮把风门关上,如果仍将风门打开,则需将电源开关拨至"关"处;如马上打开箱门取出物品,则应用干布和手套,防止烫伤。刚取出的玻璃仪器不能碰水,以防炸裂。

鼓风干燥机的注意事项如下。

(1)干燥箱外壳必须有效接地,以保证使用安全。

(2)干燥箱应放置在具有良好通风条件的室内,在其周围不可放置易燃、易爆物品。

(3)实验室里的干燥箱是公用的,往干燥箱里放玻璃仪器应自上而下依次放入,仪器口向上,以免残留的水滴流下来使已烘热的玻璃仪器炸裂。箱内物品放置切勿过挤,必须留出空间,以利于热空气循环。

(4)干燥玻璃仪器时一般应先沥干,无水滴下时再放入干燥箱,将温度控制为100～110℃。

12. 旋光仪

测定旋光度的仪器称为旋光仪,一般实验室使用的是目测仪,其仪器外形及基本构造见图1-15和图1-16。

(1)光源:由炽热的气态钠组成,产生的光的波长为589 nm,即钠灯的D线。

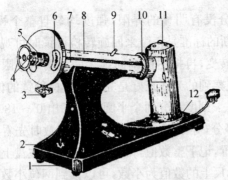

图 1 - 15 WXG - 4 型旋光仪外形图

1—底座；2—电源开关；3—刻度盘转动手轮；4—放大镜座；5—视度调节螺旋；6—度盘游标；7—镜筒；8—镜筒盖；9—镜盖手柄；10—镜盖连接圈；11—灯罩；12—灯座

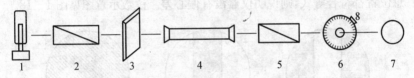

图 1 - 16 旋光仪的基本构造示意图

1—钠光源；2—起偏镜；3—半荫片；4—盛液管；5—检偏镜；6—刻度盘；7—目镜；8—固定游标

（2）尼科尔棱镜：它由树胶粘在一起的两块光学透明的方解石组成，自然光通过尼科尔棱镜后就能产生所需的平面偏振光，通常将此棱镜称为起偏镜。

（3）装有待测液的样品管：当平面偏振光通过样品管中光学活性分子时，使偏振平面旋转一个角度 α。

（4）检偏镜：偏振光平面旋转角度的测量是借助一块可旋转的尼科尔棱镜（常称其为检偏镜）而实现的。必须将检偏镜旋转 α 度，才能使已旋转的偏振光通过。这时，与检偏镜相连的刻度盘上就显示出旋转角度的数字。

每次测量时，可从目镜中看到一个明暗相间的三分视场，见图 1 - 17(a) 或图 1 - 17(b)。通过旋转刻度盘来调整，使视场的中间部分与其两边部分没有明显的界限,强度均匀且整个视场较暗(见图 1-17(c)),判断的标准是稍微来回旋转检偏镜时可观察到三分视场 (a)和(b)来回转变,再把图像调回到无明显明暗界限的较暗的均一 视场,则此时观察到的光线正好是完全通过检偏镜的偏振光,记下读 数 α。读数方法:刻度盘分两个半圆分别标出 $0°\sim180°$,并有固定的 游标分为 20 等分,等于刻度盘 19 等分。读数时先看游标的 0 落在 刻度盘上的位置,记下整数值,再利用游标尺与主盘上刻度线重合的 位置,读出游标尺上的数值为小数,可以读到两位小数。为了消除刻 度盘偏心差,可采用双游标读数法,并按下列公式求得

$$Q = (A+B)/2$$

式中,A 和 B 分别为两游标窗读数值。如果 $A=B$,而且刻度盘转到任 意位置都符合等式,则说明仪器没有偏心差。读数示意图见图 1-18。

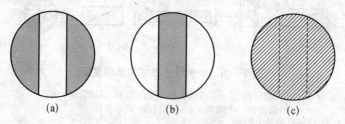

图 1-17　三分视场变化示意图

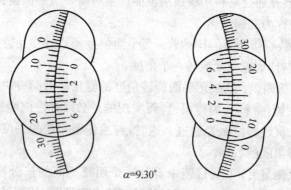

$\alpha=9.30°$

图 1-18　读数示意图

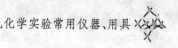

影响旋光度的因素有：旋光物质的浓度，样品管的长度，溶剂，温度及光源波长。故当实验条件不同时，所测得的值就不同。为了比较不同旋光物质的旋光性能，需要有一个统一的比较标准，这个标准就是比旋光度 $[\alpha]_D^t$，它表示旋光物质在温度为 $t(℃)$，光源波长为 589 nm 的钠 D 线时的旋光度。

当被测物为纯液体时，$[\alpha]_D^t = \dfrac{\alpha}{l \cdot d}$；当被测物为固体时，需配成

溶液来测，$[\alpha]_D^t = \dfrac{\alpha}{l \cdot c} \times 100\%$。$l$ 为旋光管的长度（dm）；d 为密度（g/cm³）；c 为溶液浓度（g/100 mL）。

13. 电泳仪及电泳槽

电泳所用的装置由电泳仪和电泳槽两个部分组成，电泳仪和电泳槽各有多种型号，性能和用途也不尽相同。其装置包括电源装置和电泳槽两大部分。电源装置见图 1－19，其内部有稳压整流装置，能提供电泳时所需直流电。另有能调节控制电压和电流的输出装置。对常压电泳来说，输出电压为 100～500 伏，电流在 150 毫安以内即符合要求。

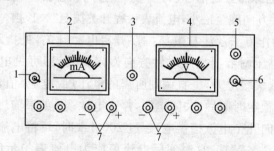

图 1－19　DY－1 型电泳仪的控制面板示意图

1—电流表量程转换开关（有×1 和×2 两挡）；2—直流电流表（0～200 mA）；3—输出电压调节器；4—直流电压表（0～300 V）；5—指示灯；6—电源开关；7—输出插口（共四对）

DYCP－38A 型卧式水平电泳槽适用于各种纸电泳、醋酸纤维薄膜电泳或载玻片电泳等（见图 1－20），它是用透明塑料模压（或用有

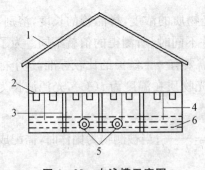

图 1-20　电泳槽示意图

1—电泳槽盖；2—支撑板；3—隔板；4—滤纸；5—电极；6—缓冲液

机玻璃胶合)而成的,中间有隔板隔离成两个盛装缓冲溶液的小槽,内装有电极(直径为 0.5 mm 左右的铂丝或镍、铬、钴、金丝)。槽口上方装有支撑板,支撑物放在两个支撑板之间。支撑物的两端分别浸入两个小槽的缓冲溶液中,形成盐桥。通电后,电流只能在支持物上通过,电泳物质即在其上泳动。

电泳仪的使用方法如下。

(1) 准备工作:① 检查电源电压,应为单相 220 V;② 将电源线的插头插入仪器背后的插座内,然后将一对输出线(视同时使用的电泳槽数而定)的一端插入仪器的输出插口内,另一端分别与电泳槽的正、负极相连;③ 在电泳槽内加入适量的缓冲液,并使两槽缓冲液在同一水平面上,放置好支撑板,隔板与两边支撑板的宽度应相等;④ 在插上电源插头之前,应将面板上的开关关闭,将输出电压调节器按逆时针方向旋至最小,电流表量程开关拨至"×1"挡。

(2) 操作方法及注意事项:① 开启电源开关,见指示灯亮,然后将输出电压调节器按顺时针方向慢慢旋转,即可见电压表和电流表的读数缓缓上升,一直调到所需的电压(或电流)值,电泳即开始进行,到预定时间后,关闭电源,停止电泳;② 如果输出的电流很大(如同时向几个电泳槽供电)超过 200 mA 时,可将电流表量程转换开关拨至"×2"挡,这时实际电流值应为电流表指示值的两倍,此数为几个电泳槽的电流值之和;③ 通电后,不要接触电泳槽内的电极及带电部分,以免触电,如需取放槽内物品或需插入或拔出输出插头,应将电源开关切断后进行,以免短路;④ 使用完毕,将输出电压调节器旋至最小,切断电源开关,拔去电源插头并做好仪器的清洁工作。

14. 数显恒温水浴锅

数显恒温水浴锅有两孔、四孔、六孔不同规格,水浴锅恒温范围一般为37~100℃,广泛用于干燥、浓缩、蒸馏及浸渍化学试剂和生物制品,也可用于恒温加热和其他温度实验,是医药、卫生、分析、教育科研的必备工具。其特点是:工作室水箱选材为不锈钢,有优越的抗腐蚀性能;自动控温,控温精度高,数字显示;操作简便,使用安全。其操作过程如下。

(1) 往水箱中注入适量的洁净自来水,加热管至少应低于水面5 cm。

(2) 将控温旋钮置于最小值(从左向右调节,温度逐渐增大),接通电源,打开电源开关。

(3) 将控制开关置于"设定"端,此时显示屏显示的温度为水箱内水的实际温度,调节旋钮,设置到工作所需的温度(设定的工作温度应高于环境温度,此时机器开始加热,黄色指示灯亮,否则机器不工作)。

(4) 将控制开关置于"测量"端,此时显示屏显示的温度为水箱内水的实际温度,随着水温的变化,显示的数字也会相应变化。当加热到所需温度时,加热会自动停止,绿色指示灯亮;当水箱内的水因热量散发,低于所设定的温度时,又会开始加热。

(5) 如发现水温不均匀,可打开搅拌功能,慢慢调节搅拌旋钮,让箱内的水自动循环。

(6) 工作完毕,将控温旋钮置于最小值,切断电源。

水浴锅的注意事项如下。

(1) 水浴锅严禁在长时间无人看管的情况下使用,以防水箱内水蒸干后导致加热管爆裂。水位低于最低限制水位时,应及时加入适量的水。

(2) 若水浴锅较长时间不使用,应将水箱中的水排尽,并用软布擦净、晾干。

(3) 使用时切记注意防潮,且随时检查水浴锅是否有渗漏现象。

(4) 高温使用时,不要直接接触仪器的上部,以免烫伤。

15. 离心机

少量溶液与沉淀的混合物可用离心机进行离心分离以代替过滤,操作简单、迅速。

离心机是实验室固、液分离的常用设备,外观有圆筒形和方形(见图 1-21)等多种。离心机由电动机带动,按其转速可分为普通离心机、高速离心机和超速离心机等,常规的为 4 000 r·min^{-1},而超速离心机则每分钟可达数万转至数十万转。

图 1-21　台式高速离心机

离心机的使用程序:开启电源开关,将盛有沉淀和溶液的离心管放入离心机的试管套内(离心试管内盛放溶液的量不能超过其容量的 2/3),为保持平衡,在与此对称的另一试管套内也放一支盛有等体积水的离心管,盖上离心机盖子,设定运行参数(运转时间和运转速度),结晶形的紧密沉淀转速一般为 1 000 r·min^{-1},无定形的疏松沉淀转速以 2 000 r·min^{-1} 为宜。结晶形沉淀的离心时间为 1~2 min,无定形沉淀的离心时间为 5~10 min。离心完毕,关闭电源,打开盖子,取出离心管,并盖好盖子。

分离离心试管中的沉淀和溶液的具体操作如下:取一捏瘪了乳胶头的滴管,轻轻插入斜置的离心试管中,沿液面慢慢放松乳胶头吸出上层清液,直至全部溶液被吸出为止。注意滴管管尖不能触及沉淀。若需洗涤沉淀,可加少量洗液于沉淀中,充分搅拌后,离心沉降,吸出上层清液。一般洗涤 2~3 次即可。第一次的洗涤液并入原离心液中,第二、三次的洗涤液可弃去。

离心机在使用中要注意:为确保安全和离心效果,仪器必须放置在坚固水平的台面上,转动必须保持平衡,运转时如发生反常的振动或响声,应立即停止,查明原因;盖门上不得放置任何物品,样品必须对称放置,不可用普通试管进行离心操作,而必须使用离心试管;

应经常检查转头及离心管是否有裂纹、老化等现象,如有应及时更换;在离心机未停稳的情况下不得打开盖门,不能用手按住离心机的轴强制其停止,以免损坏离心机,也可避免意外的发生;实验完毕后关闭电源,拔掉电源插头,并将仪器擦拭干净,以防腐蚀。

16. 制冰机

XB 型制冰机(见图 1－22)的操作规程如下。

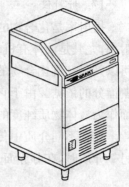

图 1－22　XB 型制冰机

(1) 开机:正确安装完成后,将主电源开关置于 ON(接通),机器开始工作,机器设有延时装置,即在通电 3 分钟后启动减速器、压缩机等部件,在此期间指示冷凝温度高的红灯(LED)闪亮(即 3 分钟延时),第一批雪花冰约在压缩机启动 3 分钟后落入储冰箱,10 分钟出冰正常。

(2) 停机:关闭主电源开关,机器停止工作。每次重新启动时,机器都要经 3 分钟延时后开始自动运行。

(3) 指示灯说明:电子雪花机的前面板上的五个指示灯分别监控下列情况,⚡ 绿灯亮,机器在通电状态;▥ 黄灯亮,储冰箱冰满,当冰被取走后 10 秒,机器自动恢复工作;▤ 黄灯亮,水箱缺水,当来水后 10 秒,机器自动恢复工作;▮ 红灯亮,冷凝器温度过高或环境温度过低;红灯闪亮,开机时 3 分钟正常延时状态;▰ 红灯亮,冰钻转向错误或转速低于 850 转/分(XB 70/100/130)或低于 300 转/分(XB 250/350/550);红灯闪亮,蒸发器温度高,即开机 10 分钟后蒸发温度仍没降到－1℃以下。

注:冷凝器温度高的原因是风机不工作、冷凝器堵塞、冷凝温度传感器或 P.C 板损坏、环境温度过高。蒸发温度高的原因是制冷剂短缺、冷凝温度过高、蒸发温度传感器或 P.C 板损坏。

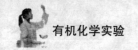

（4）复位键（RESET）说明：当由于安全装置的启动而使机器停止工作时，如再启动机器时需先判断故障原因并排除故障，然后按复位键（RESET）或将主电源开关置于 OFF（断开）位置再置于 ON（接通）位置。

17. 折射仪

折射率是化合物的重要物理常数之一，固体、液体和气体都有折射率，尤其是液体有机化合物，文献记载更为普遍。通过测定折射率可以判断有机化合物的纯度、鉴定未知化合物以及在分馏时作为切割馏分的依据。由于它能直接读出，且能精确到小数点后第四位，因而作为液体物质纯度的标准，它比沸点更可靠。

光在不同介质中传播的速度是不同的，所以光从一种介质射入另一介质时，在分界面上发生折射现象。根据折射定律，光从介质 A（空气）射入另一种介质 B（液体）时（见图 1-23），入射角 α 与折射角 β 的正弦之比称为该液体的折射率。

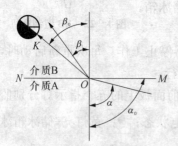

图 1-23 光的折射原理示意图

$$n = \frac{\sin \alpha}{\sin \beta}$$

当 $\alpha_0 = 90°$ 时，$\sin \alpha_0 = 1$，此时折射角达最大值，用 β_0 表示。则上式成为 $n = 1/\sin \beta_0$。

可见测定 β_0，就可以测得折射率。这就是阿贝折射仪的基本光学原理。

化合物的折射率常常随光线的波长、物质的结构和温度等因素的变化而变化，所以表示折射率时，必须注明光线波长、测定时温度，如 n_D^t，右上角 t 表示测定时的温度，右下角 D 表示钠光 D 线波长 589 nm。

实验室所用的阿贝折射仪，其结构见图 1-24。

WZS-1 型折射仪的操作方法如下。

（1）装上望远镜的目镜，并使镜筒倾斜至两眼可以方便地同时分别观察的角度。

（2）接通恒温水槽,装上温度计套管,插入温度计,调节水温至所需温度($t\pm0.1℃$)。

（3）打开直角棱镜,用擦镜纸蘸取乙醇或丙酮轻擦镜面(沿同一方向擦,不可来回擦),擦净后晾干。

（4）用滴管汲取蒸馏水,滴2~3滴于磨砂镜面上(滴管尖不可触及镜面,以免造成划痕)。待液滴在镜面上分布均匀时,立即关闭棱镜组,旋紧棱镜锁紧扳手12。

（5）调整反光镜的位置和角度,使目镜中视野清晰明亮。转动手轮2,使视野中出现明暗分界线。

（6）旋动阿米西棱镜手轮10使视野中除黑白二色外,无其他杂色。同时调节手轮2,使明暗分界线恰恰通过十字交叉线的交点,见图1-25。

（7）读出并记录刻度盘上的相应数字,可读至小数点后第四位。重复测定2~3次,求取平均值。将此平均值与纯水的标准值($n_D^t=1.33299$)比较,可求得折射仪的校正值。

（8）用擦镜纸擦干蒸馏水,将乙酰乙酸乙酯(或松节油)均匀地滴2~3滴于磨砂镜面上,迅速闭合辅助棱镜,旋紧棱镜锁紧扳手12。若试样易挥发,则应从加液槽加入。

（9）重复步骤(6)、(7),记录读数和温度。

（10）全部测定工作结束后,取下温度计及其套管,取下目镜,各自放回原处,将仪器还原。

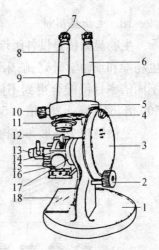

图1-24　WZS-1型折射仪装置图

1—底座;2—棱镜转动手轮;3—圆盘组(内有刻度盘);4—小反光镜;5—支架;6—读数镜筒;7—目镜;8—望远镜筒;9—示值调节螺钉;10—阿米西棱镜手轮;11—色散值刻度圈;12—棱镜锁紧扳手;13—温度计座;14—棱镜组;15—恒温器接头;16—保护罩;17—主轴;18—反光镜

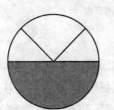

图1-25　折射仪的目镜视野图

18. 生物显微镜

生物显微镜是供各医疗机构、化验室、研究所及高等院校等进行生物学和细菌学研究、临床试验及教学示范。选择不同倍率物镜与不同倍率目镜配合得到不同的总放大率。其最大放大倍率分别为500倍、640倍、1 250倍、1 500倍、1 600倍。

显微镜整个外形和结构见图1－26。

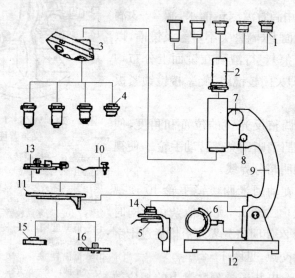

图1－26 显微镜结构装置示意图

1—目镜；2—目镜筒；3—物镜转换器；4—物镜；5—可变光阑；6—反光镜；7—粗动调焦机构；8—微动调焦机构；9—镜筒支架；10—切片压片；11—工作台；12—底座；13—移动尺；14—二片式聚光镜；15—单片聚光镜；16—光阑调节板

显微镜的使用方法如下所述。

（1）将标本切片放在工作台上，用弹簧压片压紧。

（2）将各倍率物镜顺序装入物镜转换器上，目镜插入目镜筒中。

（3）观察时先用低倍物镜寻找需观察物，然后将被观察物移至视场中心，再转换高倍物镜观察。

（4）调焦时一般先用粗动调焦旋钮调节物镜至能看到标本轮

廓,然后再用微动调焦旋钮调节,直至物像最清晰时为止。在使用高倍率物镜时最好由下而上进行调节,这样可以避免镜头因碰到切片而损坏。

(5) 转动反光镜,使照明光线射入镜筒,获得明亮的视物,然后调节光阑的孔径大小,以便获得最清晰的物像。

使用显微镜时的注意事项。

(1) 使用完毕后,仪器应装回木箱,并放在干燥、清洁、通风良好和无酸碱蒸气的地方。

(2) 显微镜已经过仔细检验和调校,物镜和目镜不要自行拆卸。如有灰尘,先用吹风球吹去,然后用软毛刷拂除。油污可用清洁的细布蘸二甲苯擦拭。

(3) 显微镜各机械部分如沾附灰尘,也应先将灰尘拂除,然后用干而清洁的软细布擦拭干净。无漆部分应随即涂上薄薄一层无腐蚀性的润滑剂。

(4) 粗动调焦机构如发现太松或太紧时,可用一手握紧一只旋钮,一手旋转另一只旋钮,太紧时将旋钮旋松,太松时将旋钮旋紧。这样适当地调节,可使升降机构松紧适宜。

(5) 物镜用后必须装入物镜盒中,以防碰损和沾污。

(6) 100 倍物镜用完后应立即用清洁的软细布蘸二甲苯擦拭干净。

(万 宏)

四、玻璃仪器的清洗、干燥和存放

（一）玻璃仪器的清洗

实验室常使用的玻璃仪器和瓷器等，必须保证干净才能使实验得到准确的结果，因此掌握洗涤玻璃仪器的方法是进行化学实验的重要前提。清洗仪器的方法很多，应根据实验的要求、污物的性质来选择。附着在仪器上的污物有可溶性物质、不溶性物质、油污及灰尘等。针对不同情况分别用不同方法洗涤，以下是常用的几种清洗方法。

1. 水洗或刷洗

水洗可以洗去水溶性物质，用刷子刷洗可以洗掉附着在器皿上的尘土和某些不溶性物质。

2. 去污粉或洗衣粉洗

可以洗去油污等有机物质，若用此法还不能洗去污物，可再用热的碱溶液洗。

3. 浓盐酸洗

可以洗去附着在器壁上的二氧化锰或碳酸盐等污垢。

4. 碱液或合成洗涤剂洗

配成浓溶液（如氢氧化钠的乙醇溶液）即可，用以洗涤油脂或一些有机酸等。

5. 重铬酸钾-硫酸洗液洗

这种洗液氧化性很强，对有机污垢有较好的洗涤效果。洗涤时先倒净器皿内的水，再慢慢倒入洗液，转动器皿，使洗液充分浸润不干净的器壁,数分钟后把洗液倒回洗液瓶中,用自来水冲洗器皿。注意当洗液颜色变绿时,表示失效,应该弃去,不能倒回洗液瓶中。定量分析使用的容量瓶、吸量管、滴定管等很难用前法洗净时,可用此洗液洗。若壁上粘有少量碳化残渣,可加入少量洗液,浸泡一段时间后在小火上加热,直至冒出气泡,碳化残渣可被除去。注意本洗液具有很强的腐蚀性,会灼伤皮肤和损坏衣物,使用时要小心,如洗液溅到皮肤或衣物上,应立即用自来水冲洗。

6. 超声波清洗

由超声波发生器发出的高频振荡信号,通过换能器转换成高频机械振荡而传播到清洗溶剂介质中,超声波在清洗液中疏密相间的辐射使液体流动而产生数以万计的微小气泡。在这种被称为"空化"效应的过程中,气泡闭合可形成瞬间高压,连续不断的瞬间高压就像一连串小"炸弹"不断地冲击物件表面,使物件的表面及缝隙中的污垢迅速剥落,从而达到净化物件表面的目的。利用超声波洗涤,其清洗净度和速度比一般传统洗涤方法效果高 5~8 倍,特别对玻璃制品、玻璃管、瓶等易碎物品、塑料制品及一些手工无法清洗的物品,其清洗效果是人工清洗无法代替的。采用超声波清洗,一般可用两类清洗剂:化学试剂和水基清洗剂。清洗介质的化学作用,可以加速超声波清洗效果,超声波清洗是物理作用,两种作用相结合,可对物品进行充分、彻底的清洗。

自来水中含有 Ca^{2+}、Mg^{2+}、Cl^- 等离子,如果实验中不允许这些杂质存在,则应该再用少量的蒸馏水冲洗两至三次,以便把它们洗去。

洗净的仪器壁上不应附着不溶颗粒、油污等,把仪器倒转过来,仪器壁上便有一层薄且均匀的水膜顺器壁流下,不挂水珠表示仪器已经洗干净。

(二) 玻璃仪器的干燥

洗净的玻璃仪器可用下述方法干燥。

1. 烘干

洗净的仪器,可以放在恒温干燥箱内烘干。实验室中常用的是电热鼓风干燥箱,温度可以控制在 50~300℃,玻璃仪器烘干温度一般控制在 100~110℃。使用干燥箱应注意以下事项:干燥箱用以干燥玻璃仪器或烘干无腐蚀性、加热时不分解的药品,挥发性易燃物或以酒精、丙酮淋洗过的玻璃仪器切勿放入干燥箱内,否则会发生爆炸;带有磨砂口玻璃塞的仪器,必须取出活塞后才能放入干燥箱;腐蚀性的物品禁止放入干燥箱内;实验室的干燥箱是公用仪器,往干燥箱里放玻璃仪器时应自上而下依次放入;往干燥箱放置玻璃仪器前应注意将仪器内的水尽量沥干,放入箱内的玻璃器皿口朝上以防止水滴流下损坏干燥箱;取出烘干的仪器前,应尽量使之自然冷却至室温,如急用,应用干布或手套衬手,以防止烫伤。

2. 烤干

烧杯或蒸发皿等可置于石棉网上、用电炉等加热装置烤干试管,烘烤干燥时可将试管稍微倾斜,管口向下,不断转动试管,赶掉水蒸气,最后管口朝上,以便把水汽赶尽。

3. 晾干

不急用的、要求一般干燥的仪器,可将洗净后的仪器倒置在干净的实验柜内或仪器架上,任其自然晾干。

4. 吹干

急于使用或不能用烘干方法干燥的仪器可以吹干,方法是先倒出水分,再用吹风机或气流干燥器(见图 1－27)把仪器吹干。

图 1－27 气流干燥器

5. 用有机溶剂干燥

急用的玻璃仪器也可以用有机溶剂干燥。有些有机溶剂(如无水乙醇和丙酮等)可与水互溶,如在仪器内加入少量无水乙醇或丙酮,转动仪器,使之与器壁上的水融合,然后倾出混合液,残留在仪器壁上的无水乙

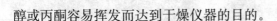

醇或丙酮容易挥发而达到干燥仪器的目的。

（三）常用玻璃仪器及装置的存放和保养

洗净干燥后的玻璃仪器要分门别类存放，以便取用。经常用的玻璃仪器应存放在指定的、干净的实验柜内或实验架上，要稳妥放置。需长期保存的磨口仪器要在塞间垫一张纸片，以免日久粘住。成套仪器用完后要立即洗净，放在专门的包装盒内保存。

对于有机化学实验的各种玻璃仪器，必须掌握它们的性能，对它们进行妥善的存放和保养。以下是几种常用的玻璃仪器的保养方法。

1. 水银温度计

温度计用后应将其悬挂在铁座架上，待冷却后把它洗净抹干，放回温度计盒内，盒底要垫上软物（如海绵等）。如果是纸盒，放回温度计时要检查盒底是否完好。万一不慎打破了温度计，一定要收拾干净全部洒落的水银，可用硫粉撒在可能撒落水银的地方，再用扫帚仔细清扫，将收回的硫粉妥善处理。

2. 分液漏斗和砂芯漏斗

分液漏斗的活塞和盖子都是磨口的，必须是原配才能保证密封，因此用过洗净后要原配存放，并在活塞和盖子的磨砂口间垫上纸片，以免时间长了难以打开。砂芯漏斗在使用后应立即用水冲洗或用抽滤方法冲洗，否则干后难以清洗污物。

3. 蒸馏烧瓶

蒸馏烧瓶的支管容易被碰断，故无论在使用或放置时都要特别注意保护蒸馏烧瓶的支管。

4. 实验内容

（1）根据实验老师发给的玻璃仪器清单，领取所需的玻璃仪器。要仔细清点所领仪器，若仪器有破损或与清单中所列规格、数量不符，应在洗涤前找实验老师及时更换。

（2）在实验老师指导下，对已领取的玻璃仪器分类，选择合适的

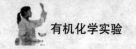

有机化学实验

方法进行清洗。

（3）配制重铬酸钾-硫酸洗液：称取 10 g 工业用重铬酸钾粉末于大烧杯中，加入 30 mL 热水，溶解后，冷却，一边搅拌一边缓缓加入 170 mL 工业用浓硫酸（注意安全），配好的洗液应为深褐色，贮于玻璃瓶中备用。

（4）依据不同要求，对清洗干净的玻璃仪器采用不同的方法进行干燥。

（5）在实验老师的指导下，正确使用恒温干燥箱。

（6）将洗净及干燥过的玻璃仪器按要求稳妥地存放在指定的位置。

五、常用仪器装置及装配

（一）仪器的选择

在有机化学实验的具体操作中，经常使用的是由各种玻璃仪器和配件组成的实验装置。因此，必须根据实验的要求选择合适的玻璃仪器和配件。

1. 烧瓶的选择

各种烧瓶主要根据长颈、短颈和容量大小来分类。一般而言，瓶内待蒸馏物质在加热过程中较平稳或沸点较高的用短颈烧瓶，反之就用长颈烧瓶，水蒸气蒸馏要用长颈圆底烧瓶。另外，根据实验中盛装量的多少来选择烧瓶的大小，普通蒸馏情况下盛装物质的量应介于烧瓶容量的三分之一至三分之二之间，但水蒸气蒸馏和减压蒸馏盛装量不能超过烧瓶容量的三分之一。

2. 冷凝管的选择

常见的冷凝管有直形、球形、刺形、蛇形和空气冷凝管。一般情况下，回流装置使用球形或刺形冷凝管，蒸馏装置使用直形或空气冷凝管，被蒸馏物沸点高于 $140℃$ 时用空气冷凝管，低于 $140℃$ 时用直形冷凝管，蒸发量不大且液体不堵塞冷凝管的前提下用蛇形冷凝管可提高冷却效果。但使用方式也不是绝对的，如为了达到某种效果，在沸点高的情况下回流也可以用直形冷凝管。

3. 温度计的选择

根据温度计的工作原理，可分五种：膨胀温度计、压力表式温度计、热电偶温度计、电阻温度计和辐射温度计。实验室中最常用的是

膨胀式玻璃温度计。选择原则包括：被测量物质温度不能超出温度计测量范围；测量 0～60℃用酒精温度计(酒精沸点为 78.4℃)，测量 −30～300℃的物质用水银温度计(汞熔点为 −38.87℃)；要高出被测物质可能达到的最高温度 10℃～20℃的标准来选择合适的温度计，既要保证温度计的安全，又要保证被测物质温度的精确性。

(二) 仪器的装配步骤及注意事项

将各种仪器和配件装配成某一装置，主要有以下内容和步骤。

根据实验要求，选择合适的玻璃仪器和配件，做好装配前的一切准备工作。

选择加热方式，实验室中常用的加热方式有水浴、油浴、沙浴、空气浴及隔石棉网加热等。一般高于 80℃时用油浴，低于 80℃时用水浴，而对于沸点较高不易燃且比较稳定的化合物，可在石棉网上加热。

在确定台面和装配仪器的位置时，一定要考虑安全、方便、整洁和留有余地。在台面上放好支架，根据一定的要求按照从下到上、从左到右、先难后易的顺序逐步装配。值得注意的是，拆卸时就要按照与装配时相反的顺序逐步拆除。

用铁夹夹住玻璃仪器时，一定要套上橡皮管、石棉垫等或用石棉绳包扎起来以防夹破玻璃仪器，夹子与仪器之间要松紧适中。

对装配好的装置进行系统检查。检查内容包括装置是否正确、整齐、严密、稳妥；每件仪器和配件是否合乎要求，有无破损；检查装置的安全性，包括仪器安全、系统安全和环境安全。经检查确认装置没有问题后才能使用。

(三) 常用实验装置简介

常用的有机化学实验装置，通常都是由加热、搅拌、冷却、干燥、滴液、测温、气体吸收等操作的若干个功能单元组成的。灵活运用每个功能单元，科学巧妙地选择实验仪器，可以组合出具有多种功能的实验装置。

1. 蒸馏装置

蒸馏装置包括加热、冷却、测温、接收四个部分。普通蒸馏装置由蒸馏瓶(长颈或短颈圆底烧瓶)、蒸馏头、温度计装置、直形冷凝管、尾接管、接收瓶等组装而成(见图1-28)。在装配过程中,为了保证温度测量的准确性,温度计测温球上限与蒸馏头支管下限要在同一水平线上。蒸气冷凝之前的连接处应紧密不漏气,而冷凝之后必须有与大气相通的部位,否则当液体蒸气压增大时,轻者蒸气冲开连接口,使液体冲出蒸馏瓶,重者会发生装置爆炸而引起火灾。安装仪器时,应首先确定仪器的高度,然后按自下而上、从左至右的顺序组装。仪器组装应做到横平竖直,整个装置要保证稳固、可靠、整洁。

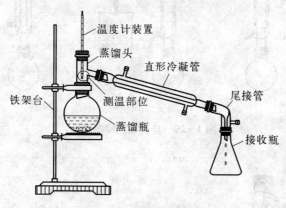

图1-28　普通蒸馏装置

液体在烧瓶中受热汽化,扩散至冷凝管中被冷却而液化,最后流入接收瓶。普通蒸馏装置常用于分离沸点相差较大(至少30℃以上)的两种以上液体混合物,并测定液体的沸点。在操作时,切记蒸馏前要加沸石,防止液体因过热而产生暴沸。若液体的沸点高于130℃时,必须采用空气冷凝管冷却。在结束蒸馏时,切忌将体系蒸干,尤其是醚类溶剂。

其他蒸馏装置(如减压蒸馏以及水蒸气蒸馏等装置)在以下章节详细介绍。

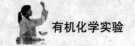

2. 回流冷凝装置

回流冷凝装置包括普通回流冷凝装置(见图1-29)、滴加回流冷凝装置(见图1-30)、回流分水冷凝装置(见图1-31)。每种装置主要由加热、冷却两个部分组成。回流装置常用于必须加热到接近有机溶剂沸点的有机反应、重结晶、天然产物的提取等操作中。回流加热前应先加入沸石,根据瓶内液体沸腾的温度,可选用水浴、油浴、石

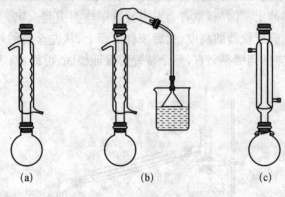

(a)　　　　　(b)　　　　　(c)

图1-29　普通回流冷凝装置

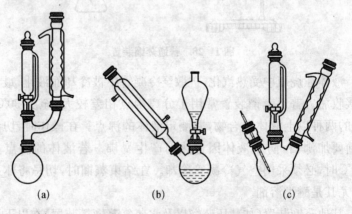

(a)　　　　　(b)　　　　　(c)

图1-30　滴加回流冷凝装置

棉网直接加热等方式。受热液体在烧瓶中汽化,在冷凝管中被冷却液化而流回烧瓶中。在加热回流时,冷凝管中溶剂的气-液界面不得高于冷凝管的 1/3。如果回流过程中会产生有毒或刺激性气味的气体,则应加装气体吸收装置。如果回流过程要求无水操作,则应加上防潮装置。在安装过程中,烧瓶与冷凝管接口处要保证密闭,而冷凝管的出气口一定要保证与大气相通。

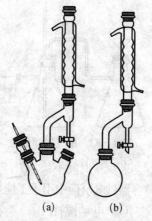

(a)   (b)

图 1-31   回流分水冷凝装置

3. 气体吸收及抽气过滤装置

气体吸收装置(见图 1-32)用于吸收反应过程中生成的有刺激性或有毒的气体。图 1-32 中(a)、图 1-32 中(b)适用于少量气体的吸收。在使用图 1-32 中(b)时,玻璃漏斗应略微倾斜,不得将漏斗埋入吸收液面下,以防成为密闭装置,引起倒吸。图 1-32 中(c)是反应过程中有大量气体生成或气体逸出速度很快的气体吸收装置。水自上端流入(可利用冷凝水)抽滤瓶中,在恒定的水平面上溢出。粗的玻璃管恰好伸入水面,被水封住,以防止气体逸入大气中。图 1-33 为抽气过滤装置。

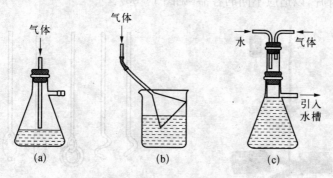

(a)   (b)   (c)

图 1-32   气体吸收装置

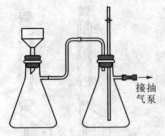

图 1-33　抽气过滤装置

4. 搅拌装置及搅拌器

在非均相反应中,搅拌可增大相间接触面,缩短反应时间,在边反应边加料的实验中,搅拌可防止局部过浓、过热,减少副反应。所以搅拌在合成反应中有广泛的应用。

(1) 手工搅拌

若反应时间不长,无有毒气体放出,且对搅拌速度要求不高,可在敞口容器(如烧杯)中用手工搅拌。只可用玻璃棒而不能用温度计搅拌。

(2) 电动搅拌

若反应需要进行较长时间,或有毒性气体放出,或需同时回流,或需按一定速率长时间持续滴加料液,应采用电动搅拌。电动搅拌装置(见图 1-34)包括电动机、搅拌棒、密封旋塞、变压器、支架五个部分。搅拌装置常用于非均相反应、要求滴加的试剂快速分散的反应和剧烈放热的反应。在使用搅拌器时,一定要将电动机转子和搅拌棒连接牢固,并使两者轴线重合。电动机宜安装在铁支架上,转速由调速器控制。转轴下端有连接搅拌的螺旋套头。

搅拌棒用玻璃棒或不锈铜管制作,分上、下两段,中间用真空橡皮管连接以作缓冲。搅拌棒下端可弯制成不同的形状,也可装上不同的叶片,以适应不同的容器(见图 1-35)。

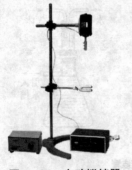

图 1-34　电动搅拌器

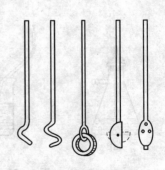

图 1-35　各种搅拌棒

图1-36是两种常见搅拌密封装置的形状。图1-36中(a)为简易式,在瓶口配置打好孔的胶塞,将一长约6~7 cm、内径稍大于搅拌棒直径的玻璃管插入胶塞中,在玻璃管上端套一橡皮管。插入搅拌棒,橡皮管尾部即与搅拌棒密封,必要时在橡皮管与搅拌棒之间涂上少量甘油或凡士林润滑。这种装置实验室常用,制作简单,但密封性不太好。图1-36中(b)为聚四氟乙烯搅拌头,由内件和外件构成,在内件的下端衬有一个弹性良好的橡皮垫圈。当内件的阳螺纹与外件的阴螺纹上紧时,垫团受挤压变形而与搅拌棒紧紧密封。当不使用时应旋松丝扣,以免垫圈长期受力而发生永久性的形变,这种装置目前在学生实验室中比较多见。此外还有专门制备的磨口搅拌装置,用于真空系统。

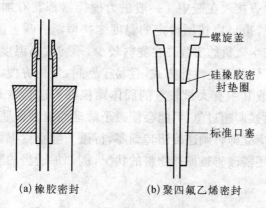

(a) 橡胶密封　　　　(b) 聚四氟乙烯密封

图1-36　搅拌密封装置

图1-37是有机合成实验中较常使用的搅拌反应装置,通常由电动搅拌装置、三口烧瓶、冷凝管、滴液漏斗、温度计组成。搅拌装置一般安装在三口瓶的中口,滴液漏斗用于加料,安在左口,回凝管用于反应液的蒸气回凝,安于右口,温度计用于监测反应中的温度变化,也常安装在三口瓶的侧口。

(3) 磁力搅拌

磁力搅拌是以电动机带动磁场旋转、磁场控制磁子旋转而起

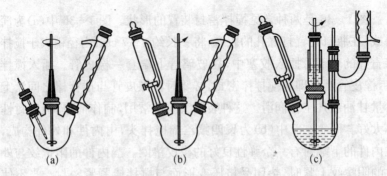

图 1-37 电动搅拌装置

到搅拌作用的。磁子是一块包着玻璃或聚四氟乙烯外壳的软铁棒,外形为棒状(用于锥形瓶等平底容器)或橄榄状(用于圆底烧瓶或梨形瓶),直接放在瓶中。一般磁力搅拌器都兼有加热装置,可以调速调温,也可以按照设定的温度维持恒温。磁力搅拌特别适合于微量或半微量的实验。在物料较少,不需太高温度的情况下,磁力搅拌可代替其他搅拌方式,且易于密封,使用方便。但若物料过于黏稠,或其中有大量较重的固体颗粒都不适合磁力搅拌。或者操作的时候调速过急,可能会使磁子跳动而撞破瓶壁;如果发现磁子跳动,应立即将调速旋钮转到零,待磁子静止后再重新缓缓开启,必要时还需改善被搅拌物料的状况,例如加适当的溶剂以改变其黏度等。

图 1-38 磁力搅拌器

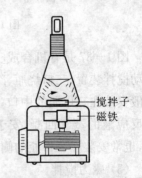

搅拌子
磁铁

图 1-39 磁力搅拌示意图

5. 玻璃干燥器和真空干燥器

玻璃干燥器是由厚质玻璃制成,用于保持物品干燥的仪器,其上是有磨口的盖子,磨口上涂有凡士林或真空脂,干燥器底部放有变色硅胶或氯化钙等干燥剂,干燥剂的上方是一个带孔的圆形瓷盘,可放置需干燥或保持干燥的物品。搬动干燥器时,必须用两手的大拇指将盖子按住,以防止盖子滑落而摔碎(见图1-40)。操作时,一手扶住干燥器的腰部,一手沿水平方向推动盖子(见图1-41),便可打开盖子,盖子打开后不要让涂有凡士林的磨口边接触台面,要把盖子倒过来放在台上。取出或放入物品后,务必将盖子盖好,此时也是将盖子水平方向推动,使盖子的磨口边与干燥器口切合。

图1-40 搬移干燥器

图1-41 打开干燥器

真空干燥器(见图1-42)比普通干燥器效率高,其盖上有玻璃导气管活塞,用于抽真空,使干燥器内压力降低,提高干燥效率。使用完后,务必先缓慢旋转活塞放入空气至干燥器中,防止气流冲散样品,而后开盖。

6. 温度计

温度计是化学实验中常用的仪器,最广泛使用的是膨胀式玻璃温度计。温度计由玻璃毛细管制得,毛细管内充入酒精、水银或甲苯。根据对精密度要求不同,毛细管温度计有许多不同的规格。温度计内充液温感球部位的玻璃很薄,易破碎,不能当玻璃棒使用。不

接泵

多孔磁盘

干燥剂

图1-42 真空干燥器

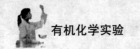

能将刚测过高温的温度计马上用冷水冲洗或测低温物质,否则会使液线快速缩回导致液线断开。不能将温度计长时间放在高温液体中,否则会使温度计温感球变形而使温度计准确度产生偏差。温度计使用后让它自然冷却,冷却后洗净擦干保存。

7. 气体钢瓶

钢瓶也称高压气瓶,是一种在加压下贮存或运送气体的金属容器,容器材料通常是铸钢的或者合金钢的等。氮气、氢气、氧气、空气等在钢瓶中呈压缩气体状态,二氧化碳、氨、氯、石油液化气等在钢瓶中呈液化状态。乙炔钢瓶内装有多孔性物质(如活性炭、木屑等)和丙酮,使乙炔气体在一定的压力下溶于其中。为了防止各种钢瓶混用,并以示区别,统一规定瓶身、横条以及标字的颜色,现将常用的几种钢瓶的标色列于表 1-4 中。

表 1-4　几种常用钢瓶颜色

气 体 类 别	瓶身颜色	横条颜色	标字颜色
氮　气	黑	棕	黄
空　气	黑		白
二氧化碳	黑		黄
氧　气	天蓝		黑
氢　气	深绿	红	红
氯	草绿	白	白
氨	黄		黑
其他一切可燃气体	红		
其他一切不可燃气体	黑		

注意事项如下。

(1) 钢瓶应放在干燥、阴凉、远离热源的地方,避免日光直晒。氢气钢瓶应放在与实验室隔开的专用气瓶房内。

(2) 转运钢瓶时要轻拿轻放,防止摔碰或剧烈振动,并要旋上瓶帽,套上橡皮圈。

(3) 使用钢瓶时,要将钢瓶稳定可靠地放置,防止其滚动和滑动,还要注意避免某些化学物质对瓶身的侵蚀和污染,必要时可采取防护措施。

(4) 钢瓶使用的减压阀是有区别的,一般可燃性气体钢瓶与其专用的减压阀接头螺纹是反向的,而不燃或助燃性气体钢瓶螺纹是正向的,所以各种减压阀不得混用。

(5) 打开减压阀的开关时不要正面对着表头,以防减压阀表头破裂或脱落而被击伤。

(6) 钢瓶中的气体不能用完,应留有 0.5% 表压以上的气体,以保证重新灌气时的安全性。

(7) 钢瓶应按期进行压力检验,一般钢瓶三年检验一次,逾期未经检验或锈蚀严重的,不得继续使用。

(8) 氧气钢瓶及其减压阀绝对不能涂油。这是由于油脂接触纯氧容易被氧化而固化,从而影响钢瓶和减压阀的正常使用,同时也防止油物遇氧易燃烧的危险性。

(9) 减压阀由指示钢瓶压力的总压力表、控制压力的阀门和减压后的分压力表三部分组成。使用时应注意把减压阀与钢瓶连接好,切勿猛拧！将减压阀的调压阀旋到最松的位置(即关闭状态)。然后打开钢瓶阀门,总压力表即显示钢瓶气体总压力。检查各接头(常用肥皂水)不漏气后,方可缓慢旋紧调压阀门。使用完毕后,应首先关紧钢瓶总阀门,排空系统的气体,待总压力表与分压力表均指到"0"时,再旋松调压阀门。

六、化学试剂的准备

（一）化学试剂规格的选定

世界各国对化学试剂规格的划分不尽相同。目前我国对化学试剂规格的划分一般有以下五种：基准试剂（G.R），用于精密定量、定性分析及科学研究；分析纯试剂（A.R），常用于一般的定量、定性分析及科学研究；化学纯试剂（C.P），用于一般定性分析及化学制备；实验试剂（L.R），用于一般的化学制备；工业品（T.P），用作化工生产的化工原料。除此五种化学试剂之外，还有根据特殊要求而规定的试剂规格，如供光谱分析研究使用的光谱纯，供核试验研究使用的核纯等。

上述五种规格试剂纯度依次降低，一般纯度越高价格越贵，因此在选定试剂规格时，既要考虑实验规程和实验结果的要求，又要考虑节约成本，在不影响实验结果的前提下，常用低规格的试剂而不用高规格的试剂。

（二）常用有机试剂和溶剂的纯化

1. 有机化合物分离、纯化的一般原则和方法

分离、提纯有机化合物是化学实验重要内容之一，因为进行有机合成时除了得到所需的产物外，还伴有副产物、未反应的原料和溶剂等，它们同时存在于反应混合物中。因此，必须设法将所需的产物从混合物中分离出来。下面对有机物分离、提纯的一般原则和方法作一介绍。分离、提纯有机物可根据其化学性质或物理性质的不同来

进行。同一类化合物的化学性质的差别很小,一般很难分开,通常根据其物理性质的不同加以分离、纯化。

(1) 根据混合物各组分的挥发性不同而进行分离、纯化。混合物各组分的挥发性不同时,则它们的沸点或蒸气压就不一样,因而可采用蒸馏或升华等方法将其分离、提纯。蒸馏是分离、提纯液体有机物的最常用方法,它是将液体加热至沸,使液体变为蒸气,再进行冷凝,又得到液体的操作。常用的蒸馏法有四种:简单蒸馏、分馏、水蒸气蒸馏、减压蒸馏,杂质的沸点和待纯化液体的沸点差别很大时,采用简单蒸馏即可达到目的。当待分离的组分沸点差别不大时,则需用分馏的方法,才能获得良好分离效果。对于与水不相混溶但具有一定挥发性的有机物的分离、提纯,可采用水蒸气蒸馏法。此法可使待纯化有机物在低于100℃的温度下,随同水蒸气一起蒸馏出来。它特别适用于分离、纯化含有大量非挥发性杂质(如有机反应中产生的焦油)的反应产物,以及那些热稳定性较差和高温下易分解的有机物。减压蒸馏通过降低系统内压力,来降低有机物沸点以达到蒸馏纯化的目的。此法适用于分离具有高沸点(200℃以上)或在常压下蒸馏有可能分解、氧化或发生分子重排的有机化合物。

(2) 根据混合物各组分的吸附作用或分配系数的不同而进行分离、纯化。混合物各组分在某一物质中的吸附能力或分配系数是不相同的。因此,可采用薄层色谱、柱色谱、纸色谱等色谱法来分离、纯化有机物。薄层色谱是一种微量、快速和简便的色谱法,它主要以氧化铝或硅胶等为吸附剂,将一些物质从溶液中吸附到它的表面上,然后用溶剂展开,利用不同化合物受到吸附剂的吸附作用不同和它们在溶剂中的溶解度不同,来达到分离、提纯的目的。

(3) 根据混合物中各组分化学性质不同而进行分离、提纯。对于有机酸、碱或中性化合物所构成的混合物,一般可利用成盐反应进行分离。例如,苯胺、苯酚和硝基苯的混合物,可根据苯胺和苯酚分别同酸及碱成盐后溶于水的性质,先后与硝基苯分离。

(4) 升华。升华是用来纯化具有较高蒸气压的固体物质。它是

直接由固体有机物受热汽化为蒸气,然后由蒸气又直接冷凝为固体的过程。

2. 几种常用有机试剂和溶剂的纯化

(1) 无水乙醇,沸点为 78.5℃,折射率为 1.361 6,相对密度 0.789 3。根据对无水乙醇纯度的要求不同可选择不同的纯化方法。生石灰脱水法是在 200 mL 95%乙醇中加入 40 g 块状生石灰,回流 4 h 左右,然后进行蒸馏。若需 99%以上的乙醇,可采用下列方法: ① 在 200 mL 99%乙醇中,加入 14 g 金属钠,待反应完毕,再加入 55 g 邻苯二甲酸二乙酯或 50 g 草酸二乙酯,回流 3 h 左右,然后进行蒸馏,金属钠虽能与乙醇中的水作用,产生氢气和氢氧化钠,但所生成的氢氧化钠又与乙醇发生反应,所以单独使用金属钠不能完全除去乙醇中的水,必须加入过量的高沸点酯(如草酸二乙酯)与生成的氢氧化钠作用,抑制上述反应,从而达到进一步脱水的目的;② 在 120 mL 99%乙醇中,加入 10 g 镁和 1 g 碘,待镁溶解生成醇镁后,再加入 1 800 mL 99%乙醇,回流 5 h 后,蒸馏,可得到 99.9%乙醇。因为乙醇具有非常强的吸湿性,所以在操作时,动作要快,尽量减少转移次数以防止空气中的水分进入,同时所用仪器必须事先干燥好。

(2) 丙酮,沸点为 56.2℃,折射率为 1.358 8,相对密度为 0.789 9。普通丙酮常含有少量的水及甲醇、乙醛等还原性杂质。其纯化方法有: ① 于 500 mL 丙酮中加入 5 g 高锰酸钾进行回流,若高锰酸钾紫色很快消失,再加入少量高锰酸钾继续回流,至紫色不褪为止,然后将丙酮蒸出,用无水碳酸钾或无水硫酸钙干燥,过滤后蒸馏,收集 55~56.5℃的馏分,用此法纯化丙酮时,必须注意丙酮中含还原性物质不能太多,否则会过多消耗高锰酸钾和丙酮,使处理时间延长;② 将 200 mL 丙酮装入分液漏斗中,先加入 8 mL 10%硝酸银溶液,再加 7.2 mL 1 mol/L 氢氧化钠溶液,振摇 10 min,分出丙酮层,再加入无水硫酸钾或无水硫酸钙进行干燥,最后蒸馏收集 55~56.5℃馏分,此法比方法①要快,但硝酸银较贵,只宜做小量纯化用。

(3) 二硫化碳,沸点为 46.25℃,折射率为 1.631 9,相对密度为

1.263 2。二硫化碳为有毒化合物,能使血液神经组织中毒,具有高度的挥发性和易燃性,因此,使用时应避免与其蒸气接触。对二硫化碳纯度要求不高的实验,在二硫化碳中加入少量无水氯化钙干燥几小时,在水浴 55～65℃ 下加热蒸馏、收集。如需要制备较纯的二硫化碳,在试剂级的二硫化碳中加入 0.5% 高锰酸钾水溶液洗涤三次。除去硫化氢再用汞不断振荡以除去硫。最后用 2.5% 硫酸汞溶液洗涤,除去所有的硫化氢(洗至没有恶臭为止),再经氯化钙干燥,蒸馏收集。

(4) 氯仿,沸点为 61.7℃,折射率为 1.445 9,相对密度为 1.483 2。氯仿在日光下易氧化成氯气、氯化氢和光气(剧毒),故氯仿应贮于棕色瓶中。市场上供应的氯仿多用 1% 酒精作稳定剂,以消除产生的光气。氯仿中乙醇的检验可用碘仿反应,游离氯化氢的检验可用硝酸银的醇溶液。① 用氯仿一半体积的水与之混合并振摇数次分离下层的氯仿,用氯化钙干燥 24 h,然后蒸馏。② 将氯仿与少量浓硫酸一起振摇两三次,每 100 mL 氯仿用 5 mL 浓硫酸,分去酸层以后的氯仿用水洗涤,干燥,然后蒸馏,除去乙醇后的无水氯仿应保存在棕色瓶中并避光存放。

(5) 乙酸乙酯,沸点为 77.06℃,折射率为 1.372 3,相对密度为 0.900 3。乙酸乙酯一般含量为 95%～98%,含有少量水、乙醇和乙酸。可用此法纯化:于 500 mL 乙酸乙酯中加入 50 mL 乙酸酐,5 滴浓硫酸,加热回流 4 h,除去乙醇和水等杂质,然后进行蒸馏。馏液用 10～15 g 无水碳酸钾振荡,再蒸馏。产物沸点为 77℃,纯度可达 99% 以上。

(6) 石油醚,石油醚为轻质石油产品,是低相对分子质量烷烃类的混合物。其沸程为 30～150℃,收集的温度区间一般为 30℃ 左右。有 30～60℃,60～90℃,90～120℃ 等沸程规格的石油醚。其中含有少量不饱和烃,沸点与烷烃相近,用蒸馏法无法分离。石油醚的纯化通常是将石油醚与其等体积的浓硫酸洗涤 2～3 次,再用 10% 硫酸加入高锰酸钾配成的饱和溶液洗涤,直至水层中的紫色不再消失为止。

然后再用水洗，经无水氯化钙干燥后蒸馏。若需绝对干燥的石油醚，可加入钠丝。

(7) 甲醇，沸点为 64.96℃，折射率为 1.328 8，相对密度为 0.791 4。普通未精制的甲醇含有 0.02%丙酮和 0.1%水。而工业甲醇中这些杂质的含量达 0.5%～1%。为了制得纯度达 99.9%以上的甲醇，可将甲醇用分馏柱分馏。收集 64℃的馏分，再用镁去水(与制备无水乙醇相同)。甲醇有毒，处理时应防止吸入其蒸气。

(8) 吡啶，沸点为 115.5℃，折射率为 1.509 5，相对密度为 0.981 9。分析纯的吡啶含有少量水分，可供一般实验用。如要制得无水吡啶，可将吡啶与氢氧化钾或氢氧化钠一同回流，然后隔绝潮气蒸出备用。干燥的吡啶吸水性很强，保存时应将容器口用石蜡封好。

(刘　嵩)

七、实验预习、记录和 实验报告

（一）实验预习

有机化学实验是一门操作性、危险性较强的课程，经常使用易燃、易爆、有毒的药品和试剂，因此，课前必须预先对实验原理、操作过程、安全事项等基本内容有所了解，这对实验成功与否、收获大小起着关键作用。它能使我们避免做实验时临时照方抓药，从而积极主动、准确高效地完成实验。实验预习的内容主要包括：实验的目的要求、实验原理（包括反应原理和操作原理）、实验中所需试剂及产物的物理化学性质（物质的熔点、沸点和溶解性等）和用量及规格等、实验所用的仪器及装置搭建、实验步骤及注意事项、实验过程中可能的实验现象及可能发生的事故处理办法等。

（二）实验记录

实验是培养学生科学素养的主要途径，因此，实验过程中要求学生认真操作、仔细观察、积极思考，并把实验过程中观察到的实验现象及取得的实验数据记录下来，以作为研究实验内容、书写实验报告、分析讨论实验结果的依据。实验记录应做到真实准确、简单明了、字迹清楚，必要时可用符号代替文字叙述。例如，用"△"表示加热，用"↓"表示沉淀，"↑"表示气体放出等。实验结束时应将实验记录交给实验指导老师检查。

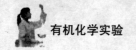

（三）实验报告

实验报告是将实验操作、实验现象及所得到的实验数据进行整理、归纳、综合、分析的过程,它是我们将实验的感性认识上升到理性认识的必要步骤,也是学生向指导教师报告实验所得,与他人交流,储存备查的手段。不同类型的实验报告有不同的格式,但主要内容包括以下几部分:实验名称、实验的目的要求、实验原理(反应式)、主要物料(及产物)的物理常数和规格用量、实验装置、实验步骤及实验现象、实验结果(及产率计算)、结果讨论、思考题的解答及对实验的改进意见。

无论何种格式的实验报告,填写时都需要:书写认真,条理清楚;语言准确,详略得当,尽量避免使用模棱两可的语句;实验装置图应严格按照实际操作及要求绘制,避免概念性错误;数据完整准确、真实,重要的操作步骤、实验现象和实验数据要真实、准确、完整,不可伪造。

例:以合成实验"正溴丁烷的制备"为例,格式如下。

实验:正溴丁烷的制备

1. 实验的目的要求
(1) 了解由醇制备正溴丁烷的原理和方法。
(2) 初步掌握回流及气体吸收装置和分液漏斗的使用方法。
2. 反应原理
反应式:

$$NaBr + H_2SO_4 \longrightarrow HBr + NaHSO_4$$

$$n\text{-}C_4H_9OH + HBr \xrightarrow{H_2SO_4} n\text{-}C_4H_9Br + H_2O$$

副反应:

$$C_4H_9OH \xrightarrow{H_2SO_4} CH_3CH_2CH=CH_2 + H_2O$$

$$2n - C_4H_9OH \xrightarrow{H_2SO_4} (n - C_4H_9)_2O + H_2O$$

$$2NaBr + 3H_2SO_4 \longrightarrow Br_2 + SO_2\uparrow + 2H_2O + 2NaHSO_4$$

3. 主要试剂及产物的物理常数

名　称	相对分子质量	性状	熔点/℃	沸点/℃	相对密度 d_4^{20}	折射率 n_D^{20}	溶解度/(g/100 mL 溶剂)		
							水	乙醇	乙醚
正丁醇	74.12	无色透明液体	−89.2	117.17	0.809	1.399	7.920	∞	∞
正溴丁烷	137.03	无色透明液体	−112.4	101.6	1.275	1.440	不溶	∞	∞

4. 主要试剂规格及用量

正丁醇：化学纯，10 g(12.3 mL，0.13 mol)。

浓硫酸：工业品，20 mL(0.35 mol)。

溴化钠：化学纯，16.6 g(0.16 mol)。

5. 实验装置图(略)

6. 实验步骤及现象

步　　骤	现　　象
制 ① 于 100 mL 圆底烧瓶中加 20 mL水、20 mL 浓硫酸，振摇冷却	放热，烧瓶烫手
② 加 12.3 mL 正丁醇及 16.6 g NaBr，振摇，加沸石	有许多 NaBr 未溶，不分层，瓶中出现白雾状 HBr
备 ③ 迅速装冷凝管和溴化氢吸收装置(5%NaOH)，垫石棉网小火加热 1 小时	沸腾，瓶中白雾状 HBr 增多，并从冷凝管上升，为气体吸收装置所吸收。瓶中液体变为三层：上层开始极薄，越来越厚，颜色由黄变橙黄；中层越来越薄，最后消失
分离提纯 ④ 稍冷，改用蒸馏装置，加沸石，蒸出正溴丁烷	蒸馏出的液体浑浊，分层；反应瓶中上层越来越少，最后消失，停止蒸馏。蒸馏瓶冷却析出无色透明结晶(NaHSO₄)

有机化学实验

续　表

步　　骤	现　　象
分离提纯 ⑤ 粗产物用 15 mL 水洗； 于干燥分液漏斗中用 7 mL 浓硫酸洗； 10 mL 水洗； 10 mL 饱和碳酸氢钠溶液洗； 10 mL 水洗	产物在下层； 加一滴浓硫酸沉至下层，证明产物在上层； 产物在下层，略带黄色； 产生二氧化碳气体，两层交界处有少许絮状物，产物在下层； 产物在下层，浑浊
⑥ 粗产物置于 50 mL 干燥锥形瓶中，加 2 g 氯化钙干燥 30 min	粗产物由浑浊变透明，底部氯化钙部分结块
⑦ 将产物过滤入 50 mL 干燥圆底烧瓶中，加沸石，垫石棉网加热蒸馏，收集 99～103℃的馏分	99℃以前无馏出物，长时间稳定于 101～102℃，没有升至 103℃，待温度开始下降，停止蒸馏，瓶中残留液体很少
产物外观，质量	无色液体，稍带浑浊，产物质量为 12.1 g
折射率测定	$n_D^{22} = 1.438\,5$

7. 产率计算

因其他试剂过量，理论产量按正丁醇计算。

理论产量：0.13×137 g $= 17.81$ g。

百分产率：$\dfrac{12.1}{17.81} \times 100\% \approx 67.9\%$。

8. 实验讨论

(1) 实验回流过程中，瓶中液体由一层变为三层，上层为正溴丁烷，中层可能为硫酸氢正丁酯，随着反应的进行，中层消失，表明正丁醇已转化为正溴丁烷。上、中层液体呈橙黄色，可能是混有少量由硫酸氧化溴化氢产生的溴。

(2) 蒸出正溴丁烷后，烧瓶冷却析出的结晶是硫酸氢钠。

9. 思考题解答(略)

八、有机化学实验的常用文献

化学文献是化学领域科学研究、发明发现、生产实践等的记录和总结,是化学科学发展的积淀。

在知识迅速增长和更新的时代,每一位科学工作者在进行新的科学研究的过程中,通过文献的查阅可以了解某个课题的历史情况、目前国内国外的发展水平以及发展方向,加以借鉴和继承,丰富自己的思路,提高自己的科研起点,获得更新的突破性的研究。基础有机化学实验课要求学生在实验前查阅手册,以便了解所用试剂材料及产物的物理化学性质,这有助于培养学生的科学素养及查阅和应用文献的能力。

化学文献种类繁多,浩如烟海。在这里主要介绍常用的有机化学文献,分为工具书、专业参考书、化学期刊、化学文摘。

(一) 工具书

1.《化工辞典》

该辞典是一本综合性化工工具书,共收集化学化工名词 16 000余条,给出所列的无机化合物和有机化合物的分子式、结构式、基本的物理化学性质及有关数据,并扼要叙述其制备方法和主要用途。

2.《试剂手册》

该手册由中国医药集团上海化学试剂公司编著,初版始于 1965年,2002 年经全面修订后出版第 3 版,在原有的基础上增补了 4 090余种新试剂,收集了无机试剂、有机试剂、生化试剂、临床试剂、仪器

分析用试剂、标准品、精细化学品等达到11 560余种。给出了每种化学品的中英文正名、别名、化学结构式、分子式、相对分子质量、性状、理化常数、毒性数据、危险性质、用途、质量标准、安全注意事项、危险品国家编号及中国医药集团上海化学试剂公司的商品编号等详细资料。按英文字母顺序编排，后面附有中、英文索引。

3.《溶剂手册》

该手册分总论与各论两大部分。总论共 5 章，概括性地介绍了溶剂的概念、分类、性质、纯度与精制、安全使用、处理以及溶剂的综合利用。各论分十二章，按官能团分类介绍了 760 种溶剂，其中烃类84 种、卤代烃 100 种、醇类 70 种、酚类 7 种、醚类 57 种、酮类 33 种、酸及酸酐类 17 种、酯类 137 种、含氮溶剂 98 种、含硫溶剂 11 种、多官能团溶剂 130 种以及无机溶剂 16 种。重点介绍每种溶剂的理化性质、溶剂性能、精制方法、用途及使用注意事项等，并附可供参考的数据来源的文献资料、索引及溶剂的国家标准。

4. 英汉汉英化学化工大词典

该类词典是查阅化学名词英译汉或汉译英省时方便的工具书，以下是较有名的版本。

(1) 英汉汉英化学化工大词典(学苑出版社)：分别收集了 12 万和 14 万条目。

(2) 英汉汉英化学化工词汇(化学工业出版社)：各收集了 9 万多条目。

(3) 英汉化学化工词汇(科学出版社)：收集了 17 万条目。

5. Handbook of Chemistry and Physics

这是一本由美国 CRC Press Inc. 出版的《化学与物理手册》，俗称"理化手册"。初版始于 1913 年，每隔一两年更新增补，再版一次。手册提供了元素和化合物的化学和物理方面最新的重要数据以及大量的科学研究和实验室工作所需要的知识。正文由六个部分组成。

(1) 数学用表。包括数学基本公式、对数表、度量衡的换算等。

(2) 元素及无机化合物。介绍无机化合物的性质和物理常数等。

（3）有机化合物。

（4）普通化学。包括恒沸混合物、热力学常数、缓冲溶液的pH等。

（5）普通物理常数。包括导热性、热力学性质、介电常数等。

（6）其他杂表。包括张力、黏度、临界温度、临界压力等。

其中第三部分收录了1.5万多条有机化合物的物理常数，同时给出了在 Beilstein 中的相关数据。按照有机化合物的英文字母顺序编排，分子式索引按碳、氢、氧的数目排列。因为不断校正，一般认为它所列的化合物的物理常数反映了最新或最准确的测定结果。

6. The Merk Index

本书是由美国 Merk 公司出版的一部化学制品、药物和生物制品的百科全书。初版始于1889年，2001年出版第13版。该书按化合物英文名称的字母顺序排列，共收集了1万余种化合物的性质、制法和用途及4 500多个结构式和4.4万条化学品的信息，并附有简明的摘要、别名、结构式、物理和生物性质、用途、毒性、制备方法及参考文献。卷末有分子式和主题索引，索引中还包括交叉索引和一些化学文摘登录号的索引。在 Organic Name Reactions 部分中，介绍了400多个人名反应，列出了反应条件及最初发表论文的作者和出处，并同时列出了有关反应的综述性文献资料的出处，便于进一步查阅。

7. Aldrich Catalog Handbook of Fine Chemicals

该书由美国 Aldrich 化学试剂公司组织编写出版，是一本化学试剂目录，每年出一新版。2003—2004版收集了2万余种化合物。一种化合物作为一个条目，内容包括相对分子质量、分子式、沸点、折射率、熔点等数据。较复杂的化合物还给出了结构式，并给出了该化合物的核磁共振和红外光谱图的出处。每种化合物还给出了不同等级、不同包装的价格，可以根据此订购试剂。目录后附有化合物的分子式索引，查找方便，还列出了化学实验中常用仪器的名称、图形和规格。

8．Dictionary of Organic Compounds

简称 DOC，1934 年初版，隔几年出一修订版，是有机化学、生物化学、药物化学家重要的参考书。内容、版式与 The Merk Index 相似，但数目多了很多，包含 10 万多种化合物的资料。第 6 版一共有 9 卷，1～6 卷是有机化合物的数据，包括有机化合物的组成、分子式、结构式、来源、性状、物理常数、用途、化学性质及衍生物等，并列出了制备该化合物的主要文献。化合物按英文字母排列。第 7 卷为交叉参考的物质名称索引，第 8 卷和第 9 卷分别是分子式索引和化学文摘(CAS)登录号索引。该书已有中文译本名为《汉译海氏有机化合物辞典》，中文译本仍按化合物英文名称的字母顺序排列，在英文名称后附有中文名称。因此，在使用中文译本时，仍然需要知道化合物的英文名称。

9．Lange's Handbook of Chemistry

本书为综合性化学手册，1934 年出第 1 版，1999 年出第 15 版。内容和 CRC 类似，分 11 章分别报道有机、无机、分析、电化学、热力学等理化数据。其中第 7 章报道有机化学，刊载 7 600 多种有机化合物的名称、分子式、相对分子质量、沸点、闪点、折射率、熔点、在水中和常见溶剂中的溶解性等数据。较复杂的化合物给出了结构式，并注明化合物的核磁共振和红外光谱图的出处，本手册有中文译本出版。

10．Beilstein Handbuch der Organischen Chemie

简称 Beilstein，原为俄国化学家 Beilstein 编写，1882 年出版，之后由德国化学会编辑，是报道有机化合物数据和资料十分权威的巨著。到目前为止，已收录了 100 多万种有机化合物，内容是介绍化合物的结构、理化性质、衍生物的性质、鉴定分析方法、提取纯化或制备方法以及原始参考文献，有些化合物的制备方法比原始文献还详尽，并且更正了原作者的错误。Beilstein 目前出版有一个正编（H）和五个补编（EⅠ～EⅤ），正编 H 为基本系列，报道 1910 年以前的文献资料，之后每 10 年增加一个补编，EⅠ～EⅣ以德文出版，1960 年起第五补编(EV)以英文出版。所有有机化合物均按化合物官能团的种类排列,一个化合物在各编中卷号位置不变,利于检索。1991 年出版了英文的百年累积索引,对所有化合物提供了物质名称和分子式索引。Beilstein 各编出版情况如下。

编 号	代 号	卷 数	收录年限	文 种
正 编	H	1～27	1779—1909	德文
第一补编	EⅠ	1～27	1910—1919	德文
第二补编	EⅡ	1～27	1920—1929	德文
第三补编	EⅢ	1～16	1930—1949	德文
第三、四补编	EⅢ/EⅣ	17～27	1930—1959	德文
第四补编	EⅣ	1～16	1950—1959	德文
第五补编	EV	17～27	1960—1979	英文

11. Atlas of Spectral Data and Physical Constants for Organic Compounds

本书由美国 CRC 公司出版,1973 年出版第 1 版。它是一本有机化合物光谱数据和物理常数图表集,收录了 2.1 万种有机化合物的物理常数和红外、紫外、核磁共振及质谱的数据。

(二)专业参考书

1. 有机合成方面的专业参考书

(1) Organic Synthesis,John Wiley & Sons 出版,该书于 1921 年开始出版,至 2003 年已出版 80 卷。1～59 卷,每 10 卷汇编成册(Ⅰ～Ⅶ),从第Ⅷ卷起每 5 年汇编成 1 册,已汇编了 60～74 卷,卷末附有分子式、反应类型、化合物类型、主题和作者名称等索引。详细介绍了总数超过 1 000 种的有机化合物的制备方法,也介绍了一些有用的无机试剂的制备方法,书中对一些特殊仪器、装置往往同时用文

字和图形来说明。书中所选实验的实验步骤都非常详细,并附注介绍作者的经验及注意事项,而且每个实验步骤都经过反复核查至彻底无误,因此内容成熟可靠,是有机制备的很好的参考书。另外,Organic Synthesis Website and Database 提供 1～79 卷的数据库。

(2) Organic Reactions, John Wiley & Sons 出版,本书于 1942 年出第 1 版,至 2003 年已出版了 62 卷。主要介绍有机化学中有理论价值和实际意义的反应,详细叙述了反应的机理、应用范围、反应条件和操作程序等,每个反应都由在这方面有一定经验的人撰写。每章有各种表格刊载各种研究过的反应实例,并附有参考文献。卷末有作者索引和主题索引。

(3) Reagent for Organic Synthesis,该书前身为 Experiments in Organic Chemistry(有机化学实验),是一本有机合成试剂大全。1967 年出第 1 版,将 1966 年以前的著名有机试剂都作了介绍,以后每 1～2 年出版一卷,每卷介绍 1～2 年间一些较特殊的化学试剂的化学结构、相对分子质量、物理常数、制备和纯化方法、合成方面的应用等,并提出了主要的原始资料以备进一步查询。卷末附有反应类型、化合物类型、合成目标、作者和试剂等索引。

(4) Synthetic Methods of Organic Chemistry,该书是一本年鉴,第 1 卷出版于 1942—1944 年,到 1999 年,已出版 54 卷。该书收集了生成各种键的较新和较有价值的方法,卷末附有主题索引和分子式索引。

(5) Chemical Review,美国化学会主办,1924 年创刊,一年出版 8 期,为特邀稿,综述性文献。报道的专题很广,如 Chromatography (1989), Reactive Intermediate (1991), Photochemistry (1993), Heterogeneous Catalysis(1995), Combinatorial Chemistry(1997)。文章内容包括前言历史介绍、各种反应类型及应用、结论和发展前景。综述文献可以使读者从各个角度充分了解报道的专题,文献后面附有大量的参考文献,有利于原始资料的查阅。

(6) 有机制备化学手册,全书共 43 章,分上、中、下三册。书中

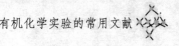

包括有机化合物制备的基本操作及理论基础、安全技术及有机合成的典型反应等。

2. 有机化学实验参考书

(1) Organic Experiments,该书在 1935 年出版,当时书名为《有机化学实验》,并一直沿用至 1941 年的第 2 版、1955 年的第 3 版和 1957 年的第 3 版修订本。1964 年,作者对此书的第 3 版加以修订,由于与原书有较大变化,改用 Organic Experiments,新版中增加了不少新的反应和技术,如卡宾反应、催化氢化、催化氧化、高温及低温下的二烯合成、薄层色谱和利用笼包配合物的分离等。该书第 3 版已译成中文。

(2) Vogel's "Textbook of Practical Organic Chemistry",这是一本比较完备的实验教科书,内容主要分为三个方面:实验操作技术、基本原理及实验步骤、有机分析。很多常用的有机化合物的制备方法大都可以在这里找到,而且实验步骤比较成熟,对反应条件和操作程序描述得非常清楚。书末刊有化合物的理化常数,化合物的排序按照官能团排列,同时列出该化合物的熔点或沸点数据。书的附录有各种官能团的光谱介绍,如红外吸收光谱、核磁氢谱和碳谱的化学位移等。

(3) Operational Organic Chemistry,Allyn and Bacon Inc. 出版,该书是内容较新颖的有机化学实验教科书,1981 年出第 1 版,1988 年出第 2 版时内容作了调整和补充,收录实验 50 个,小实验 39 个,提高设计性实验 9 个,实验操作技术 36 项及定性有机分析实验若干。书末有附录、参考书目和索引,可反映 20 世纪 80 年代后期的有机化学实验的技术水平。

(4) Experimental Organic Chemistry,John Wiley & Sons Inc. 出版,该书分技术、实验、有机定性分析三大部分。收录各类成熟实验 48 个和多步合成实验的规程设计及尝试性练习等内容。该书的特点是对实验室组织、实验常识和实验技术的介绍详细深入,附录部分包含有机化学药品的毒性、易燃性、爆炸性的详细数据和特征。

(5) Purification of Laboratory Chemicals,这本书应用较普遍,内容主要报道各种常用有机化合物的纯化方法,如重结晶溶剂的选择、常压和减压蒸馏的沸点、纯化以前的处理方法等。前几章介绍提纯相关技术(重结晶、干燥、色谱、蒸馏、萃取等),从粗略纯化到高度纯化都有详细记载,并附有参考文献。

(6) Modern Experimental Organic Chemistry,Sunders College Pub. 出版,这是一本将理论与实验融于一体的教科书,精选有代表性的实验,每个实验前面都有较详细的理论阐述,除一般性实验常识和实验技术外,对波谱技术及其在实验中的应用有较深入的介绍。

(7) 有机化学实验,第 2 版,北京大学化学学院有机化学研究所编,北京大学出版社 2002 年出版。该书共分六章,简单扼要地介绍了分离、提纯和光谱法鉴定有机化合物的有机化学实验技术和基本知识。重点介绍了有机合成实验 119 个,包括一些较新的反应类型和实验技术。第 6 章介绍了有机化合物的定性鉴定和其衍生物的制备。

(8) 有机化学实验,第 2 版,兰州大学、复旦大学化学系有机化学教研室编,高等教育出版社 1994 年出版。该书简单介绍了有机化合物的物理性质及化合物结构鉴定和有机化合物的分离提纯及一些基本的操作训练内容。收录了 75 个有机化合物的合成实验。第 5 部分介绍了有机化合物及元素的鉴定。附录还包含有常用元素相对原子质量表、常用酸碱溶液密度及百分组成表、常用有机溶剂沸点、密度表、常用有机溶剂的纯化等有机化学实验中常用的基本知识,内容较全面。

(三) 化学期刊

1. 美国出版的化学期刊

(1) The Journal of the American Chemical Society(美国化学会志)简写为 J. Am. Chem. Soc. ,由美国化学会主办,创刊于 1879 年,发表所有化学学科领域高水平的研究论文和简报,影响因子为 5.9,

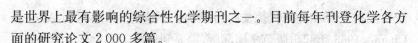

是世界上最有影响的综合性化学期刊之一。目前每年刊登化学各方面的研究论文 2 000 多篇。

(2) The Journal of Organic Chemistry(有机化学杂志),简写为 J. Org. Chem. ,由美国化学会主办,创刊于 1936 年,初刊为月刊,1971 年起改为双周刊,主要刊登涉及整个有机化学学科领域的高水平的研究论文的全文、短文和简报。全文中有比较详细的合成步骤和实验结果。

2. 英国出版的化学期刊

The Journal of the Chemical Society(英国化学会志),简写为 J. Chem. Soc. ,由英国皇家化学会主办,创刊于 1848 年,为综合性化学期刊。1976 年起分成以下几部分。

J. Chem. Soc. Perkin Transactions Ⅰ:报道有机和生物合成领域的合成反应。文章内容要求完整,不接受将完整文章分段投稿的情形。

J. Chem. Soc. Perkin Transactions Ⅱ:物理有机领域,报道有机、生物有机、有机金属化学方面的反应机理、动力学、光谱及结构分析等。

J. Chem. Soc. Faraday Transactions:物理化学和化学物理领域,发表动力学、热力学文章。

J. Chem. Soc. Dalton Transactions:无机化学领域。

J. Chem. Soc. Chemical Communication:为半月刊,内容简短,不超过两页,不需要前言、讨论和结论,简洁地介绍新的实验进展或发现。

Tetrahedron(四面体):为半月刊,有机化学领域,刊载有机反应、光谱和天然产物。

Tetrahedron Letters(四面体快报):周刊。文章要求内容简洁,一般 2～4 页,快报的文章发表后将来可以组合成大文章重新发表。

3. 德国出版的期刊

(1) Angewandte Chemie,International Edition(应用化学国际

版),该刊 1888 年创刊(德文),由德国化学会主办,缩写为 Angew. Chem.,1965 年起出版英文国际版,主要刊登覆盖整个化学学科研究领域的高水平研究论文和综述性文章,是目前化学期刊中影响因子最高的期刊之一。

(2) Synthesis(合成),该刊为有机合成方法学方面的国际性刊物,主要刊登有机合成化学方面的评述性文章、通讯和文摘。以英文书写,着重反应合成报道,内容十分详细,但刊登时只有内容大意,完整部分需要从微缩胶片中调阅,不另出书,这是该刊的特点。

(3) Chemische Berichte(德国化学学报),1868—1945,以德文书写。许多早期的化学资料仍需从该刊以及下面的 Ann. 查找。

(4) Justus Leibigs Annalen der Chemie(利比希化学纪事),简称 Ann.,1932 年出版,德文,发表有机化学与生物有机方面的论文。

4. 综合科技期刊

(1) Science(科学):美国出版。

(2) Nature(自然):英国出版。

这两种期刊是目前世界上最有影响力的期刊,影响因子 20 以上。发表的文章虽然较短,但属于科技创新(发明或发现),因而特别受重视。

5. 中文科技期刊

(1) 中国科学(Chinese Journal of Chemistry)(化学专辑),该刊由中国科学院主办,1950 年创刊,最初为季刊,1974 年改为双月刊,1979 年改为月刊,有中、英文版。1982 年起中、英文版同时分 A、B 两辑出版,化学在 B 辑刊出。从 1997 年起,中国科学分成六个专辑,化学专辑主要反映中国化学学科各领域重要的基础理论方面的和创造性的研究成果。现为 SCI 收录刊物。

(2) 化学学报(ACTA Chimica Sinica),该刊由中国化学会主办,1933 年创刊,主要刊登化学学科基础和应用基础研究方面的创造性研究论文的全文、研究简报和研究快报。现为 SCI 收录刊物。

(3) 高等学校化学学报(Chemical Journal of Chinese University),

该刊是中国教育部主办的化学学科综合性学术刊物,1964 年创刊,两年后停刊,1980 年复刊。有机化学的论文由南开大学编辑部负责审理,其他学科的论文由吉林大学负责审理,主要刊登中国高校化学学科各领域创造性研究论文的全文、研究简报和研究快报。现为 SCI 收录刊物。

(4) 化学通报(Huaxue Tongbao Chemistry),该刊由中国科学院化学所和中国化学会主办,1934 年创刊,月刊,发表有机化学领域的论文,栏目有科研与探索、科研与进展、实验与教学、研究快报、进展评述、知识介绍。

(5) 有机化学(Chinese Journal of Organic Chemistry),由中国化学会主办,1981 年创刊,主要刊登中国有机化学领域的创造性的研究综述、论文、研究简报和研究快报。

(6) 北京大学学报(Acta Scientiarum Naturalium Universitatis Pekinensis),北京大学学报创刊于 1955 年,北京大学出版,双月刊,内容涵盖所有的自然科学(化学、物理、生物、地质、数学等)。栏目有长篇论文和研究简报。

(7) 大学化学(University Chemistry),中国化学会和高等学校教育研究中心合办。栏目有今日化学、教学研究与改革、知识介绍、计算机与化学、化学实验、师生笔谈、自学之友、化学史、书评。

(8) 应用化学(Chinese Journal of Applied Chemistry),中国化学会和中国科学院长春应用化学研究所合办,1983 年创刊,双月刊,内容有研究论文和研究简报,文章后面附有英文摘要。

(四) 化学文摘

化学文摘是将每年发表的大量的、分散的、各种文字的文献加以收集,摘录,分类,整理,使其便于查阅的杂志。美国、德国、俄罗斯、日本都有文摘性刊物,其中以美国化学文摘最为重要。

美国化学文摘(Chemical Abstracts),简称 C. A.,1907 年创刊,是目前世界上报道化学文摘最悠久最齐全的刊物。报道范围涵盖世

界 160 多个国家 60 多种文字，17 000 多种化学及化学相关期刊的文摘。每周出版一期，自 1967 年上半年（即第 67 卷）开始，每逢单期号刊载生化类和有机化学类内容；而逢双期号刊载大分子类、应用与化工、物化与分析类内容。

C. A. 包括两部分内容：文摘部分，即从资料来源刊物上将一篇文章按一定格式缩减为一篇文摘，再按索引词字母顺序编排，或给出该文摘所在的页码或给出它在第一卷栏数及段落，现在一篇文摘占有一条顺序编号；索引部分，利用索引可以以最简便、最科学的方法既全又快地找到所需要的资料的摘要。因此，把握各种索引的检索方法是查阅 C. A. 的关键。现将各种索引简单介绍如下。

(1) 主题索引（Subject Index），每期后面的关键词索引（Key Words Index）自 76 卷开始的年度索引和第 9 次累积索引（1972—1976）中主题索引开始分为普通主题索引（General Subject Index）和化学物质索引（Chemical Substance Index）两部分。前者包括原来主题索引中属于一般化学论题的部分，后者以化合物（及其衍生物）为题，主要提供有关化合物的制备、结构、性质、反应等方面的文摘号。索引系统中将给化学物质一个特定的 CAS 号码。

(2) 作者索引（Author Index），作者索引姓在前，名在后，姓和名之间用","分开。俄文人名、日文人名均有规定的音译法，日文人名写的是汉文，要按日文读音译成英文，中文人名是按罗马拼音（不是现在的汉语拼音）译成英文。

(3) 分子式索引（Formula Index），含碳化合物首先按分子式中 C 的原子数，其次按 H 的原子数排列，然后是其他元素按字母顺序排列。不含 C 的化合物以及各元素一律按字母顺序排列。

(4) 专利索引（Patent Index 和 Patent Concordance），专利索引是分别按国别、按专利号排的，前后期的专利号有很大交叉。同一专利可以在几个国家注册，因此可以在几个国家的专利中查到（专利号不同）。58 卷以后每期和年度索引中都有专利协调一章，专门处理这件事。

(5) 环系索引(Index of Ring System),也称杂原子次序索引。它给出杂环化合物在 C. A. 中所用的分子式,然后从分子式索引中查,此索引从 66 卷采用。

(6) 索引指南(Index Guide),从第 69 卷开始每年出一次。内容包括:交叉索引,可以帮助选定主题和关键词;同名物;各种典型的结构式;词义范围注解;商品名称检索等。

(7) 登记号索引(Register Number Index),从第 62 卷开始收入 C. A. 的每种化合物都给一个登记号,简称 CAS 号。此号主要用于计算机归档,与化合物组成和结构等无任何联系,利用这个号码还可以互查化合物的英文名称和分子式。

(8) 来源索引(Source Index),这是以专册形式出版的索引,于 1970 年出版,列举了 C. A. 中摘引的原文出处,期刊的全名、缩写等。

C. A. 中每条摘要的内容及编排顺序如下:题目;作者姓名;工作单位,在作者姓名后的括号内;原始文献的来源包括期刊名称或缩写、卷号(黑体字)、期号(在括号内)、起止页码、文摘本身、摘录人姓名。

(韩迎春)

第二部分

机化学实验的基本技能

一、简单玻璃工技术和 塞子的打孔

在做有机化学实验时,常常要通过不同规格和形状的玻璃管、塞子等配件将各种玻璃仪器组装起来才能完成一个化学实验操作或者一个实验。虽然现在大多数仪器已经标准化了,但掌握玻璃管的加工和塞子的选用及钻孔的方法依然是做有机化学实验必不可少的基本操作,掌握这些技能,能够为我们快速便利地完成有机化学实验提供帮助。一个玻璃管到手,我们可以进行以下操作步骤。

(一)洗净

玻璃管在加工之前需要洗净。一般玻璃管内有灰尘可用水冲洗干净即可。若保存完好,比较干净,也可不洗,用布将外管擦净即可使用。如果玻璃管内附有油渍,用水无法清洗干净时,可将其适当截短,然后浸入铬酸洗液中,放置一段时间后再取出用水清洗干净即可。

洗净的玻璃管必须干燥后才能使用,干燥的方法可以用自然晾干、热空气吹干以及烘箱中烘干等,但不可用火直接烤干,避免炸裂。

(二)截断

截断玻璃管可用扁锉、三角锉或小砂轮片。把玻璃管平放在桌子的边缘,将锉刀的锋棱压在玻璃管要截断处,然后用力使锉刀向前或向后拉,同时使玻璃管略微向相反方向转动,使玻璃管上刻上细直的印痕。切记不要来回拉,以免损伤锉刀的锋棱,同时加粗印痕。要折断玻璃管时,只要用两手的拇指抵住印痕的背面,稍用弯折与拉力

的合力将它折断(见图 2-1)。如果在印痕处沾一点水,则玻璃管更易断开。断口处应整齐。

图 2-1 截断玻璃管

玻璃管的断口很锋利,极易割破皮肤、刺破橡皮管,因此应该将其断口在火焰上熔光,方法是将其断口在火焰上不断转动,当其烧红后即可。注意不要烧得太久,防止管口缩小。

(三) 弯玻璃管

根据实验的不同需要,常常要将玻璃管弯成不同的角度。先将玻璃管在火焰上加热,同时两手慢慢转动使受热均匀。当玻璃管烧至变软可以弯动时,移离火焰,轻轻顺势弯几度角。然后,再在加热点附近加热,再移离火焰弯角,反复操作几次就可以达到要求,这样操作,弯出的管子管径均匀,角的两边在同一平面,角度合乎要求。玻璃管受热弯曲时,管的一侧会收缩,另一侧会伸长,管壁变薄。所以弯玻璃管时,若操之过急或不得法,则弯曲处会出现瘪陷或纠结现象(见图 2-2),还可能形成角度不对或角的两边不在同一平面以及管径不匀等现象。加工完毕要经退火处理,方法是再在弱火中加热一会,慢慢离开火焰,放在石棉网上冷却至室温。不然,玻璃管因骤冷内部产生较大的应力,会导致玻璃管断裂。

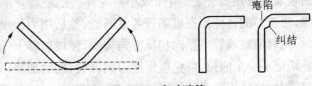

图 2-2 弯玻璃管

（四）塞子的配置和打孔

　　软木塞、橡皮塞都具有两种功能：一是密封容器，二是将分散的仪器连接起来装配成具有特定功能的实验装置。通常玻璃塞、塑料塞只用于密封容器。软木塞缺点是密封性较差、表面粗糙、会吸收较多的溶剂，优点是不会被溶胀变形，在使用前需用压塞机压紧密，以防在钻孔时破裂。橡皮塞表面光滑、内部疏密均匀、密封性好，其缺点是易被有机溶剂或蒸气溶胀变形。在实验室中橡皮塞的使用远比软木塞广泛，特别在密封程度要求高的场合下必须使用橡皮塞。玻璃塞、塑料塞应使用仪器原配的或口径编号相同的。软木塞和橡皮塞的选择原则是将塞子塞进仪器颈口时，要有 1/3～2/3 露出口外。

　　标准磨口玻璃仪器的普及使用为仪器的装配带来极大方便，但仍有不少场合需要通过软木塞或橡皮塞来连接装配，这就需要在塞子上钻孔。为了使玻璃管或温度计既可顺利插入塞孔，又不致松脱漏气，需要选择适当直径的打孔器。对于橡皮塞，打孔器的直径等于待插入的玻璃管或温度计的直径；对于软木塞，则应使打孔器稍细于待插入的玻璃管或温度计。钻孔时在塞子下垫一木块，在打孔器的口上涂少许甘油或肥皂水，左手握塞，右手持打孔器从塞子的小端垂直均匀地旋转钻入（见图 2-3）。钻穿后将打孔器旋转拔出，用小一号的打孔器捅出所用打孔器内的塞芯。必要时可用小圆挫将钻孔修理光滑端正。

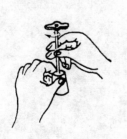

图 2-3　塞子打孔

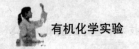

　　把温度计插入塞中时可以在塞孔口处涂上少量甘油,左手持塞,右手捏温度计,缓慢均匀地旋转插入。右手的着力点应尽量靠近塞子,不可在远离塞子处强力推进,否则会折断温度计并扎伤手指。如果塞孔过细而难以插入,可以将温度计缓缓旋转拔出,用小圆挫将塞孔修大一点再重新插入。如塞孔过大而松脱,应另用一个无孔塞,改用小一号的打孔器重新打孔,而不可用纸衬、蜡封等方法凑合使用。玻璃管、玻璃棒插入塞子的方法与温度计相同,且在插入之前需将管口或棒端烧圆滑,在插入时不可将玻璃管(棒)的弯角处当作旋柄用力。

　　如需从塞子中取出玻璃管(棒),可在玻璃管(棒)与塞子的接合缝处滴入甘油,按照插入时的握持方法缓缓旋转退出。如已黏结,可用小起子或不锈钢铲沿管塞接缝处插入缝中轻轻松动,然后按上述方法退出。若实在退不出来,不要强求,可用刀子沿塞的纵轴方向切开,将塞子剥下。若退下的塞子仍然完好,可洗净收存供下次使用。

(唐　乾)

二、加热和冷却

很多化学反应常常需要在加热和冷却的条件下进行,根据不同的样品其加热和冷却方法也不同。

(一) 加热

在化学实验中常用的加热热源有酒精灯、煤气灯、电热套、封闭电炉及恒温水浴和马弗炉等。应注意在实验中,尽量避免明火加热,特别对于可燃物质,以防事故的发生。

1. 液体的加热

将被加热物直接在热源中进行加热,在加热液体前必须擦干容器外侧,液体的体积一般不应超过该容器容积的一半。将样品盛在玻璃容器(如烧杯、烧瓶等)中,则需将热源与容器之间加一块石棉铁丝网,以防容器破裂。

直接加热法:在火焰上加热试管时,用试管夹夹住试管的中上部,在加热时不断地上下移动和摇晃试管,使各部分液体受热均匀,以免管内液体因受热不均而溅出。

间接加热法(热浴法):首先用热源将某些介质加热,介质再将热量传递给被加热物,此方法称为热浴。其优点是升温平稳、均匀,能使被加热物保持一定温度。

(1) 水浴加热。若需要加热到100℃时,可用沸水浴(见图2-4)或水蒸气浴。如加热时间较长,可用恒温水浴加热(见图2-5)。还可用超级恒温水槽,它是一种自动流水装置的水浴,既方便,又能保持加热温度恒定。

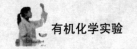
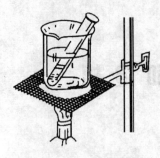

图2-4 烧杯代替水浴加热

图2-5 恒温水浴加热

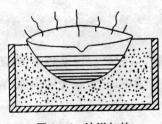

图2-6 沙浴加热

（2）沙浴加热。在加热温度达到350℃时，可使用沙浴（见图2-6）。将清洁而又干燥的细沙平铺在铁盘上，将装有液体的容器埋入沙中，在铁盘下加热。要使液体快速地得到间接的受热，在容器底部沙层处应稍薄，容器周围的沙要厚。沙浴加热的不足之处是沙的传热能力较差、散热较快、温度分布不均匀、不易控制，因此在实验中不常用。

（3）电热套加热。温度在100℃以上可用电热套加热，它是一种可调控温装置。电热套的内层是由玻璃纤维包裹着电热丝编成的碗状半圆形的加热器，可紧紧贴合在盛有液体的烧瓶周围，因此加热较为均匀、快速，还可以加热易燃有机化合物，使用简便安全，所以在实验室中适用范围比较广泛。

（4）油浴加热。当需要加热的温度为100～250℃时可用油浴。油浴所能达到的最高温度取决于所用油的种类（见表2-1）。

实验中用油浴加热时，必须注意防火安全，遇见油浴冒烟时，应立即停止加热。油浴中应悬挂温度计，以便及时可调节热源，以防温度过高。油浴中油量不可过多，避免受热膨胀逸出，同时必须防止油浴中有水溅入。

表 2-1　常见的油浴液

油　浴　液	加热温度/℃	说　　　　明
硅油和真空泵油	＞250	稳定,但价格昂贵
甘　油	140～150	温度过高时易分解
药用液体和石蜡	＜220	高温下不分解,但易燃烧
植　物　油	＜220	加入 1％对苯二酚,可增加其热稳定性
蜡和石蜡	＜220	室温下为固体,便于保存

（5）回流加热。为使某些反应能较长时间加热进行,常使用回流装置加热。反应物质长时间保持沸腾,蒸气不断在冷凝管中冷凝而返回反应瓶中。回流时应注意控制液体蒸气的高度,不能超过冷凝管长度的三分之一。

在实验中,常会产生过热现象,过热液体一旦沸腾,大量的气泡便会剧烈冲出,形成暴沸。因此,在蒸馏或回流加热时,应在液体中加入少许沸石。沸石是一种多孔性材料,受热时,会在沸石孔隙中产生一连串的小气泡,形成沸腾中心,使液体均匀沸腾。使用沸石时应注意,必须在加热前先投入沸石,切忌在加热液体的过程中添加沸石,否则会由于液体过热沸石急剧地释放出大量的气泡而引起暴沸,使液体冲出容器,造成事故。中途停止加热,液体就会进入沸石空隙而使其失效。因此,再次加热时须重新添加沸石。

搅拌器在搅拌过程中可帮助蒸气挥发,起到助沸的作用,故在对搅拌装置加热时不需加沸石。一端封口的毛细管、短玻管等有时也可代替沸石使用。

2. 固体的加热

（1）试管中直接用酒精灯加热（见图 2-7）。加热固体时,试管口应稍微向下倾斜,以免凝结在试管口上的水珠回流到灼热的管底,而使试管破裂。加热固体可以用试管夹或铁架台固定起来加热。

(2) 坩埚中灼烧(见图 2-8)。固体样品放入坩埚,将坩埚放在泥三角上加热灼烧。开始用小火预热,使坩埚受热均匀,灼烧一段时间后,停止加热,在泥三角上冷却后,再用坩埚钳取出,放入干燥器内待用。

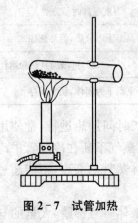

图 2-7 试管加热

图 2-8 灼烧坩埚

(3) 蒸发皿中加热(见图 2-9)。加热固体或半固体样品时,为使少量液态物质蒸发,可在蒸发皿中进行。将蒸发皿直接放在铁圈上,加热过程中应充分搅拌样品,使样品受热均匀,帮助挥发物的蒸发。防止样品局部过热而暴溅。

(4) 马弗炉加热(见图 2-10)。使用马弗炉加热,可以加热到1 000℃以上,并可设定较长时间内自动稳定地加热。

图 2-9 蒸发皿加热

图 2-10 马弗炉加热

（二）冷却

化学实验中,有些化学反应必须在低温条件下进行,蒸馏时要使蒸气冷凝,结晶时要使固体溶质析出,这些过程都需要进行冷却操作。

根据物质的冷却温度要求不同,所选择的冷却剂也不相同。最常用的冷却剂是水。若需要反应物冷却到0℃以下,可选用一定比例的食盐和碎冰的混合体。若需要更低的温度,则选择用特殊的冷却剂,如干冰(固态二氧化碳)可冷却到−78℃,液氮可冷却到−196℃(见表2-2)。

表2-2　常用制冷剂及其最低制冷温度

制 冷 剂	最低温度/℃	制 冷 剂	最低温度/℃
冰-水	0	$CaCl_2 \cdot 6H_2O$-冰(1:1.2)	−21
NaCl-碎冰(1:3)	−20	$CaCl_2 \cdot 6H_2O$-冰(1:0.7)	−55
NaCl-碎冰(1:1)	−22	液　氨	−33
NH_4Cl-冰(1:4)	−15	干　冰	−78
NH_4Cl-冰(1:2)	−17	液　氮	−196

注意:若温度低于−38℃时,监测温度时不能使用水银温度计,而应使用内装有机溶剂的低温温度计,如苯可达−90℃;正戊烷可达−130℃。

三、有机化合物的
干燥和干燥剂

（一）样品的干燥方法

　　干燥是一种除去固体、液体、气体样品中含有的水分或少量的有机溶剂的基本操作。在实验中样品的干燥与否将直接影响测定结果的准确性和可靠性。

　　干燥方法可分为物理方法和化学方法。物理方法包括：烘干、晾干、吸附、分馏、共沸蒸馏、冷冻管、离子交换树脂及分子筛等方法。一般情况下，无机样品可用挥发法（如烘干、晾干等）除去水分，有机样品如含有大量水分则可选用分馏、共沸蒸馏等除去。化学方法常利用干燥剂除去水，其原理为：与水结合生成水合物，如 $CaCl_2 + nH_2O \longrightarrow CaCl_2 \cdot nH_2O$；与水起化学反应，生成新的化合物，如 $2Na + 2H_2O \longrightarrow 2NaOH + H_2 \uparrow$。

（二）液体有机化合物的干燥

　　1. 干燥剂的选择

　　在化学实验中，常用的干燥剂的种类很多（见表 2 - 3），在选用时必须注意下列几点。

　　（1）干燥剂不能溶于液体有机化合物中，也不能与被干燥的液体有机化合物发生化学反应。酸性物质不能用碱性干燥剂；碱性物质不能用酸性干燥剂。例如，氯化钙中钙离子易与醇类、胺类形成配合物。因此氯化钙不能用来干燥这些液体。

表2-3　常用干燥剂的性能及其应用范围

干燥剂	干燥作用	酸碱性质	干燥效能	干燥速度	应用范围
硅胶	物理吸附	中性	强	快	用于一般样品的干燥
分子筛	物理吸附	中性	强	快	用于一般样品的干燥
硫酸	吸收水、乙酸和醇	酸性	强	快	
氯化钙	形成 $CaCl_2 \cdot nH_2O$ （$n=1,2,4,6$）	中性	中等	较快，但吸收水后表面为薄层液体所盖，故放置时间要长些为宜	能与醇、酚、胺及某些醛、酮等形成配合物，故不能干燥这些化合物；工业级产品中可能含 $Ca(OH)_2$ 或 CaO 等碱性物质，故不能用来干燥酸类
硫酸镁	形成 $MgSO_4 \cdot nH_2O$ （$n=1,2,4,5,6,7$）	中性	较弱	较快	应用范围广，可用于干燥酯、醛、酮、腈、酰胺等不能用 $CaCl_2$ 干燥的化合物
硫酸钠	$Na_2SO_4 \cdot 10H_2O$	中性	弱	缓慢	吸水容量较大，干燥效能差，一般用于有机化合物初步干燥
硫酸钙	$CaSO_4 \cdot H_2O$	中性	强	快	常与硫酸镁（钠）配合，作最后干燥之用
碳酸钾	$K_2CO_3 \cdot \frac{1}{2}H_2O$	碱性	较弱	慢	用于干燥醇、酮、酯、胺及杂环等碱性化合物，不适用酸、酚及其他酸性化合物
氢氧化钾（钠）	溶于水，还吸收乙酸、氯化氢、酚、醇	碱性	中等	快	可干燥胺、杂环等碱性化合物，不能用于干燥醇、酯、醛、酮、酸、酚等
金属钠	$Na + H_2O \longrightarrow$ $NaOH + \frac{1}{2}H_2\uparrow$	碱性	强	快	限于干燥醚、烃中痕量水分；切成小块或压成钠丝使用
氧化钙	$CaO + H_2O \longrightarrow$ $Ca(OH)_2$，还吸收乙酸、氯化氢	碱性	强	较快	适用于干燥低级醇
五氧化二磷	$P_2O_5 + 3H_2O \longrightarrow$ $2H_3PO_4$，与醇也有作用	酸性	强	快，但吸水后表面为黏浆液覆盖，操作不便	可干燥醚、烃、卤代烃、腈等中的痕量水分，不适于干燥醇、酸、胺、酮等

（2）在选用与水结合生成水合物的干燥剂时,必须考虑干燥剂的吸水容量和干燥效能。吸水容量是指单位质量干燥剂吸水量的多少,干燥效能指达到平衡时液体被干燥的程度。例如,无水硫酸钠可形成 $Na_2SO_4 \cdot 10H_2O$,即 1 g Na_2SO_4 最多能吸水 1.27 g,其吸水容量为 1.27。但其水合物的水蒸气压也较大,25℃时为 255.98 Pa,故干燥效能差。氯化钙能形成 $CaCl_2 \cdot 6H_2O$,其吸水容量为 0.97,此水合物在 25℃时蒸气压为 39.99 Pa,故无水氯化钙的吸水容量虽然较小,但干燥效能强。所以干燥操作时应根据除去水分的具体要求选择合适的干燥剂。通常这类干燥剂形成水合物需要一定的平衡时间,所以,加入干燥剂后必须放置一段时间才能达到较佳的脱水效果。已吸水的干燥剂受热后又会脱水,其蒸气压随着温度的升高而增加,所以,对已干燥的液体在蒸馏之前必须把干燥剂通过过滤除掉。

（3）干燥剂的颗粒大小要适宜,太大则因表面积小,吸水缓慢;太小则因表面积大,吸附较多的被干燥液体且难以分离。

2. 干燥剂的用量

可根据水在液体中溶解度和干燥剂的吸水量估算,但是,干燥剂的实际用量要大大超过计算量。若干燥剂用量太少,难以达到干燥的目的;干燥剂用量太多,则由于干燥剂的表面吸附而造成液体样品的损失。所以,一般干燥剂的用量为每 10 mL 液体大约需 0.5～1 g 干燥剂。但在实际操作中,主要是根据具体情况和实际经验来观察判断,选用适宜的用量。

各种常用有机物和相应的常用干燥剂见表 2-4。

表 2-4　各类有机物常用的干燥剂

化 合 物 类 型	干　　　　燥　　　　剂
烃	$CaCl_2$, Na, P_2O_5
卤代烃	$CaCl_2$, $MgSO_4$, Na_2SO_4, P_2O_5

化 合 物 类 型	干　燥　剂
醇	K_2CO_3，$MgSO_4$，CaO，Na_2SO_4
醚	$CaCl_2$，Na，P_2O_5
醛	$MgSO_4$，Na_2SO_4
酮	K_2CO_3，$CaCl_2$，$MgSO_4$，Na_2SO_4
酸、酚	$MgSO_4$，Na_2SO_4
酯	$MgSO_4$，Na_2SO_4，K_2CO_3
胺	KOH，$NaOH$，K_2CO_3，CaO
硝基化合物	$CaCl_2$，$MgSO_4$，Na_2SO_4

3. 基本操作

（1）干燥前将液体中水分尽可能分除干净。

（2）有机液体中若含有较多的水分，投入干燥剂后可能出现少量的水层，此时必须将少量的水层用分液漏斗分除或吸管吸去，再补加一些新的干燥剂，并不断地振摇，然后再静置。

（3）若发现干燥剂附着在器壁上或相互凝结时，则表示干燥剂的用量不够，必须补加新的适量干燥剂，直至干燥剂不结块（凝结）、不粘壁。

（三）固体有机化合物的干燥

1. 晾干（自然干燥）

将被干燥的样品放于洁净的器具（如表面皿、滤纸）上摊成薄层，用一张干燥滤纸覆盖上面以防灰尘污染，让样品在空气中通风晾干。此方法最简便、最经济。但可能需要较长时间。

2. 烘干（加热干燥）

适用于熔点较高且遇热不易分解的固体样品。用普通烘箱或红

外干燥灯烘干,加热温度不能超过该固体样品的熔点,以防样品变质或分解。

3. 干燥器干燥

适用于易分解、升华、吸潮的固体样品。干燥器分为两种。

(1)普通干燥器。玻璃缸口与盖之间磨砂处涂有凡士林,使其密封,目的是为防止水蒸气进入,缸内放有一多孔瓷板,瓷板上面放置盛有待干燥的样品的表面皿,下面放置干燥剂(见表2-5)。普通干燥器使用方便且实用,但干燥效率不高,时间较长。必要时可使用真空干燥器。

表 2-5 干燥器内常用干燥剂的应用范围

干燥剂	除去的溶剂或其他杂质	干燥剂	除去的溶剂或其他杂质
CaO	水、乙酸、氯化氢	P_2O_5	水、醇
$CaCl_2$	水、乙醇	石蜡片	醇、醚、石油醚、苯、氯仿、四氯化碳
NaOH	水、乙酸、氯化氢、醇、酚		
浓 H_2SO_4	水、乙酸、醇	硅 胶	水

(2)真空恒温干燥器。在样品量较少的情况下,则用真空恒温干燥器(见图2-11)。使用时在 a 处放置五氧化二磷,将待干燥的样品置于 b 处,有机液体放入烧瓶 c 中,沸点应为需要控制的干燥温度,切勿超过干燥温度。通过活塞 d 使其减压抽真空,加热回流烧瓶 c 中的液体,利用蒸气加热夹层的外层 e,使样品在恒定温度下得到干燥。

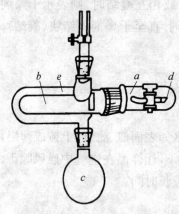

图 2-11 真空恒温干燥器

【思考题】

1. 沸石的作用是什么?蒸馏时加热一段时间后,发现忘了加沸石,应该怎么处理?

2. 在用干燥剂干燥液体有机物的操作中,需要考虑的因素是什么?

3. 在干燥液体有机化合物时,应当使用的容器是什么?

4. 经过干燥剂干燥的有机物澄清透明,可以肯定该有机物是什么?

5. 液体化合物的干燥方法有几种? 并写出其名称。

6. 有机实验中有哪些常用的冷却介质? 应用范围如何?

7. 用干燥剂干燥液体有机物时,干燥剂的用量一般是多少?

（李　玲、陈东红）

四、熔点的测定及
温度计校正

熔点的测定在实验室通常可以用毛细管法或者直接用显微熔点仪测定。

（一）毛细管法

首先把试样装入熔点管（就是一端开口、一端封口的合适孔径的毛细管）中。将干燥的粉末状试样在表面皿上堆成小堆，将熔点管的开口端插入试样中，装取少量待测样品的粉末。然后把熔点管竖立起来，开口端朝上，在桌面上顿几下（熔点管下落方向必须与桌面垂直，否则熔点管易折断），使样品掉入管底。这样重复取样几次（需要平行测定几次）。最后将熔点管从一长约 $40 \sim 50$ cm 的玻璃管中掉到桌面，多重复几次，使样品粉末紧密堆积在毛细管底部。为使测定结果准确，样品一定要研得极细，填充要均匀紧密。

这里简单介绍用提勒管（又称 b 形管）测定熔点的方法。

载热体又称为浴液，可根据所测量物质的熔点选择。一般用液体石蜡、硫酸、硅油等，常见浴液温度适用范围见表 2-6。毛细管中的样品应位于温度计水银球的中部，可用乳胶圈捆好贴实（胶圈不要浸入溶液中），用有缺口的塞子套住温度计放到提勒管中，并使水银球处在提勒管的两叉口之间。

在图 2-12 所示位置加热。载热体被加热后在管内呈对流循环，使温度变化比较均匀。

表 2-6   常 见 浴 液

浴 液	温度适用范围	浴 液	温度适用范围
水	0~100℃	聚有机硅油	350℃以下
液体石蜡	230℃以下	无水甘油	150℃以下
浓硫酸	220℃以下（敞口容器中）	邻苯二甲酸二丁酯	150℃以下
浓硫酸＋硫酸钾(7:3)	325℃以下	真空泵油	250℃以下

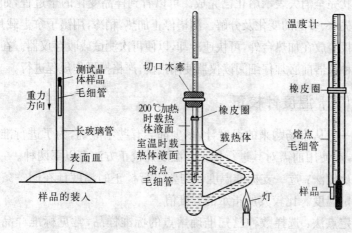

图 2-12   毛细管法测定熔点装置

在测定已知熔点的样品时,可先以较快速度加热,在距离熔点15~20℃时,应控制加热强度使温度计指数以每分钟 1~2℃的速度上升,直到熔化测出熔程。在测定未知熔点样品时,应先粗测熔点范围,再按前述方法细测。测定时,应观察和记录样品开始塌落并有液相产生时(初熔)和固体完全消失时(全熔)的温度读数,所得数据即为该物质的熔程。还要观察和记录在加热过程中是否有萎缩、变色、发泡、升华及炭化等现象,以供分析参考。熔点测定至少要有两次重复数据,每次测定要用新毛细管重新装入新样品测定,不可将前面测定后留下的凝固物拿来测量。

有机化学实验

（二）显微熔点仪测定熔点（微量熔点测定法）

这类仪器型号较多，但共同特点是使用样品量少（2～3 颗小结晶），可观察晶体在加热过程中的变化情况，能测量室温至 300℃ 样品的熔点。其具体操作如下：在干净且干燥的载片上放微量晶粒并盖一片载玻片，放在加热台上。调节反光镜、物镜和目镜，使显微镜焦点对准样品，开启加热器，先快速后慢速加热，温度快升至熔点时，控制温度上升的速度为每分钟 1～2℃，当样品结晶棱角开始变团时，表示熔化已开始，结晶形状完全消失表示熔化已完成。可以看到样品变化的全过程，如结晶的失水、多晶的变化及分解。测毕停止加热，稍冷，用镊子拿走载片，将铜板盖放在加热台外，可快速冷却，以便再次测试或收存仪器。在使用这种仪器前必须仔细阅读仪器使用指南，严格按操作规程进行。

（三）温度计校正

一般从市场购来的温度计，多少都会有些不准确，为了进行准确测量，在使用前需对其进行校正。温度计校正方法有以下两种。

比较法：选一支标准温度计与要进行校正的温度计在同一条件下测定温度。比较其所指示的温度值。

定点法：选择数种已知准确熔点的标准样品，常见标准样品的熔点数据见表 2-7。用购买的温度计测定它们的熔点，以观察到的熔点为纵坐标，以此熔点与准确熔点之差值作横坐标，如图 2-13 所示，从图中求得校正后的正确温度误差值，例如测得的温度为 100℃，则校正后应为 101.3℃。

表 2-7　常见标准样品的熔点

标 准 样 品	参 考 熔 点	标 准 样 品	参 考 熔 点
水-冰	0℃	二苯胺	54～55℃
α-苯胺	50℃	对二氯苯	53.1℃

续 表

标 准 样 品	参 考 熔 点	标 准 样 品	参 考 熔 点
苯甲酸苄酯	71℃	二苯基羟基乙酸	151℃
萘	80.6℃	水 杨 酸	159℃
间二硝基苯	90.0℃	对苯二酚	173～174℃
二苯乙二酮	95～96℃	3,5-二硝基苯甲酸	205℃
乙酰苯胺	114.3℃	蒽	216.2～216.4℃
苯 甲 酸	122.4℃	酚 酞	262～263℃
尿 素	132.7℃	蒽 醌	286℃(升华)

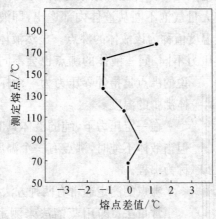

图 2-13 温度计校正曲线

五、沸点的测定

由于分子的热运动,液体分子能够从液体表面逸出进入气相。这种作用随温度的升高而增大。即液体在一定温度下具有一定的蒸气压。液体的蒸气压随温度升高而增大,而与体系中存在的液体及蒸气的绝对量无关。加热液体时其蒸气压随温度升高而不断增大,当液体的蒸气压增大至与外界施加给液体的总压力(通常是大气压力)相等时,就有大量气泡不断从液体内部逸出,即液体沸腾。发生这种现象的特定温度值称为该液体的沸点。显然液体的沸点与外界压力有关。外界压力不同,同一液体的沸点也会不同。不过通常所说的沸点是指外界压力为一个标准大气压时液体沸腾的温度。

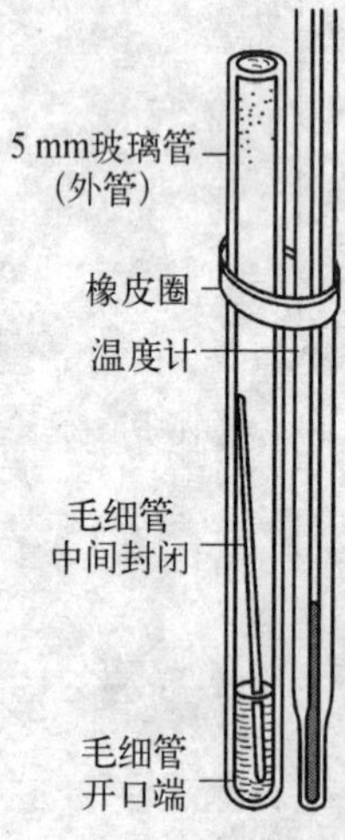

在一定压力下,纯的液体具有固定的沸点。但当液体不纯时,沸点有一个温度稳定范围,常称为沸程。

沸点的测定通常有两种方法。

常量法:即用蒸馏法来测定液体的沸点。蒸馏平衡时温度计指示的温度即为该液体的沸点。

微量法:即利用沸点管来测定液体的沸点。沸点管由内管(长4~5 cm,内径1 mm左右;一端封口的毛细管即可)和外管(长 7~8 cm,内径 4~5 mm)两部分组成。内外管均为一端封闭的耐热玻璃管,如图 2-14 所示。

5 mm玻璃管 (外管)

橡皮圈

温度计

毛细管 中间封闭

毛细管 开口端

图 2-14 微量法测定 沸点装置

测定方法：向外管中加入 2～3 滴被测液体,把内管口朝下插入液体中。装好温度计,置于浴液中进行加热。随着温度的升高,管内的气体分子动能增大,表现出蒸气压增大。随着不断加热,液体分子的汽化增快,可以看到内管中有小气泡冒出。当温度达到比沸点稍高时就表现为一连串的气泡快速逸出,此时停止加热,使环境温度自然下降。随着温度的下降,气泡逸出的速度渐渐减慢。当气泡不再冒出而是待测液体刚刚试图进入内管的瞬间(毛细管内蒸气压与外界相等时),此时的温度即为该液体的沸点,测定时加热要慢,外管中的液体量要足够多。重新取样重复测定几次,误差应小于 1℃。

实验：苯甲酸熔点的测定

【目的要求】
1. 了解测定熔点的原理和意义。
2. 掌握提勒管法测定晶体熔点的方法。

【仪器】
提勒管(b 形管),温度计(150℃),橡皮塞,熔点毛细管,长玻璃管(70～80 cm),玻璃棒,表面皿(或玻璃片),小胶圈,酒精灯,铁架台,烧瓶夹

【试剂】
苯甲酸,液体石蜡

【实验步骤】

1. 熔点管制备

通常用内径约 1～1.5 mm、长约 60～70 mm、一端封闭的毛细管作为熔点管,这种毛细管的拉制很简单,小心将从市场上直接购买的同样直径的毛细管一端放在火焰上加热熔化封口即可,注意要制备平整。

2. 样品的装填

放少许苯甲酸干燥样品(约 0.1～0.2 g)于干净的表面皿或玻璃片上,聚成一小堆。样品事先用研钵充分研成粉末。将毛细管的开

口端插入样品堆中,使样品挤入管内,把开口一端向上竖立,通过一根(长约70 cm)直立于表面皿(或玻璃片)上的玻璃管,自由地落下,重复几次,直至在毛细管封口端底部均匀紧密地装入约2～3 mm样品为止。研磨和装填样品要迅速,防止样品吸潮。

3. 仪器的安装

将提勒管夹在铁架台上,装入浴液,使液面高度达到提勒管上侧管沿时即可,将温度计套入缺口的橡皮塞中,然后控制橡皮塞在温度计上的位置,以使温度计水银球深度恰在提勒管的两侧管中部为宜。取出温度计擦拭干净,用橡皮圈将毛细管紧附在温度计上,样品部分应靠在温度计水银球的中部。最后,将带橡皮塞和待测样品的温度计插入提勒管中。加热时,火焰必须与提勒管的倾斜部分的下缘接触,此时管内液体因温度差而发生对流作用,使液体受热均匀。

4. 测定熔点

熔点测定的关键操作就是控制加热速度,使热量能均匀平稳透过毛细管,这样样品受热熔化时,熔化温度与温度计所示温度一致。一般方法是先粗测化合物的熔点,即以每分钟约5℃的速度升温,小心观察熔点毛细管内待测样品情况,记录当管内样品开始塌落即有细小液滴产生时(初熔)和样品刚好全部变成澄清液体时(全熔)的温度,此读数区间即为该化合物的熔程。然后待热浴的温度下降相对于化合物熔点大约30℃左右时,换一根样品管,再进行精确测定。开始升温可稍快(每分钟约10℃),待浴液温度离粗测熔点约15℃时,改用小火加热(或将酒精灯稍微离开提勒管一些),控制温度缓缓而均匀地上升(每分钟上升1～2℃)。此时应该特别注意温度的上升和毛细管中样品的变化情况。记录刚有小滴液体出现和样品恰好完全熔化时的两个温度读数,这两者的温度范围即为被测样品的熔程。例如,某一化合物在113.0℃时有液滴出现,在114.0℃时全部成为透明液体,应记录为:熔点113.0～114.0℃。每一样品熔点的测定至少要重复进行两次以上,每次测定都必须用新的熔点管重新装样品,不能使用已测过熔点的样品。

实验做完后,浴液要冷却后方可倒回瓶中。温度计不能马上用冷水冲洗,否则易破裂。

实验:乙醇沸点的测定

【目的要求】

1. 了解测定沸点的原理和意义。

2. 掌握微量法测定液体沸点的方法。

【仪器】

水浴锅,沸点管,毛细管,温度计,酒精灯,铁架台

【试剂】

无水乙醇

【实验步骤】

取 2～4 滴无水乙醇液体试样于长 7～8 cm、直径约 5 mm 且一端封口的玻璃管(沸点管)中,再在管中放入一支长 8～9 mm、直径约 1 mm 上端封闭的毛细管,将此沸点管用小橡皮圈固定于温度计旁,使沸点管中液体试样部位与温度计水银球位置平齐,然后把温度计放入盛有适当传热媒介的浴液中(此处用简单水浴即可)。温度计可以用一根线系住挂在铁架上,注意高度要维持在不让待测样浸入浴液。

将浴液慢慢加热,使温度均匀上升,当毛细管口处气泡呈一连串逸出时,停止加热,让热浴慢慢冷却,气泡逸出速度也渐渐减慢,当气泡停止逸出,液体开始进入毛细管时,即最后一个气泡刚要缩回至毛细管时记录下此时的温度,此即为乙醇的沸点,这时毛细管内液体表面的蒸气压和外界大气压相等。重新取样测三次,每次数值相差不应超过 1℃。

【思考题】

1. 测熔点时如果遇到下列情况,会产生什么结果?管壁太厚;熔点管不洁净;试样装得不细或装得不紧;加热太快。

2. 测沸点时,如遇到以下情况将会如何?沸点内管的空气没有排除干净;沸点内管未封好;加热太快。

3. 甲、乙两试样的熔点都为 150℃,以任何比例混合后测得的熔点仍为 150℃,这说明什么?

4. 测得某种液体有固定的沸点,能否认为该液体是纯净物?为什么?

六、重结晶及过滤

重结晶是提纯固体有机化合物常用的方法之一。

固体有机化合物在溶剂中的溶解度随温度的升高而增加,所以将一个有机化合物溶解在某溶剂中,在较高温度时制成饱和溶液,然后使其冷却到室温或室温以下,就会有一部分结晶析出。利用被提纯物质和杂质在溶剂中溶解能力的差异,让杂质全部或大部分留在溶液中(或被过滤除去),从而达到提纯的目的。这就是重结晶方法的基本原理。显然,选择合适的溶剂对于重结晶的成功与否非常重要。

(一) 溶剂的选择与热溶液的制备

被提纯的化合物,在不同溶剂中的溶解度与化合物本身的性质以及溶剂的性质有关,通常遵循相似相溶原理。借助资料、手册可以了解已知化合物在某种溶剂中的溶解度,但最主要是通过实验方法进行溶剂的选择。

所选溶剂必须具备的条件:不与被提纯化合物起化学反应。温度高时,化合物在溶剂中溶解度大,室温或低温下溶解度很小;而杂质的溶解度应该非常大或非常小(这样可使杂质留在母液中,不随提纯物析出或使杂质在热滤时滤出)。溶剂沸点较低,易挥发,易与被提纯物分离除去,价格便宜、毒性小,回收容易,操作安全。

选择溶剂的具体方法:取约 0.10 g(或更少)的待重结晶的样品,放入一支小试管中,加入约 1 mL(或更少)某种溶剂,振荡下,观察是否溶解。若很快全溶,表明此溶剂不宜作为重结晶的溶剂。若不溶,加热后观察是否全溶;如仍不溶,可小心加热并分批加入溶剂

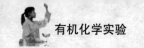

至 3～4 mL,若沸腾下仍不溶解,说明此溶剂也不适用。反之,如能使样品溶在 1～4 mL 沸腾溶剂中,室温下或冷却能自行析出较多结晶,此溶剂适用。以上仅仅是一般方法,实际实验中要同时选择几个溶剂,用同样方法比较收率,选择其中最优者。

根据待结晶物在选定的溶剂中的溶解度和条件实验,逐滴加入溶剂。使用有机溶剂要避免直接在火上加热,必须安装冷凝管以避免造成溶剂挥发或着火事故。极少量产品重结晶,可连接一玻璃管代替冷凝管。在热溶解过程中,因不易辨别是因溶剂不够溶解不完全,还是含有不溶性杂质。此时,宁可先进行一次热过滤,将滤渣再次加适量溶剂溶解。两次滤液分别处理。

分离混合物,可采用分步结晶,即用少量溶剂加热使部分溶解,进行热过滤,再加入新的溶剂溶解滤渣,再热过滤,分别收集各部分的滤液。溶解度大的物质一般在首次滤液中结晶,溶解度小的物质在二次滤液中,这样可使混合物得以分离。但是更好的办法,特别是少量产品的分离,用色谱柱分离效果更好。

(二) 混合溶剂的选择

有时候重结晶找不到合适的单一溶剂,可以考虑使用混合溶剂,用一个极性强的和一个极性弱的溶剂按照不同比例混合,当然要求在操作温度范围内,这两种溶剂是互相溶解的。通过如同前面类似的操作,测试混合物在这些不同比例的混合溶剂中的溶解情况,挑出最适合的溶剂搭配比例作为混合溶剂。

(三) 重结晶的操作方法

选好溶剂后即可进行较大量产品的重结晶。用水作为溶剂时,可在烧杯或锥形瓶中进行。而用有机溶剂时,则必须用锥形瓶或圆底烧瓶作为容器,同时还需安装回流冷凝管,防止溶剂挥发甚至造成火灾。

特别是以乙醚作为溶剂时,需先把水浴加热到一定温度,熄灭燃气灯后再开始操作。溶解产品时,保持溶剂沸腾,逐渐加入溶剂,使溶剂量刚好将全部产品溶解,然后再使其过量约 20％,以免热过滤时因温度的降低和溶剂的挥发导致结晶在滤纸上析出。但溶剂过量太多又会使结晶析出量太少或根本不能析出,遇此情况,需将过多溶剂蒸出。

如遇较多产品不溶时,应先将热溶液倾出或过滤,向剩余物中再加溶剂,加热溶解,如仍不溶,过滤,滤液单独放置或冷却,观察是否有结晶析出。如加热后慢慢溶解,说明产品需要长时间回流后才能全部溶解。

当重结晶的产品带有颜色时,可加入适量的活性炭脱色。活性炭脱色效果和溶液的极性、杂质的多少有关,活性炭在水溶液及极性有机溶剂中脱色效果较好,而在非极性溶剂中效果则不甚显著。活性炭用量一般为固体量的 1％～5％,不可过多。若用非极性溶剂时,可在溶液中加入适量氧化铝。加活性炭时,应待产品全部溶解后,溶液稍冷再加,切不可趁热加入,否则可能引起暴沸,严重时甚至会有溶液冲出的危险。

1. 常压热过滤

常压热过滤就是用重力过滤的方法除去不溶性杂质(包括活性炭),由于溶液为热的饱和溶液,遇冷即会析出结晶,因此需要趁热过滤。热过滤时所用的漏斗置于热过滤保温套中,在保温状态下过滤,见图 2-15(a)。

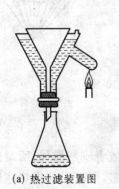 

(a) 热过滤装置图　　　　　(b) 抽滤装置图

图 2-15

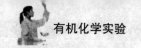

2. 减压过滤

可用布氏漏斗（或砂芯漏斗）和抽滤瓶进行减压抽滤，见图 2-15(b)。减压抽滤操作简便迅速。如果使用的是砂芯漏斗，则可以直接过滤。如果使用的是布氏漏斗，则要剪一个比漏斗内径稍微小一点的滤纸片塞在下面，用一点水润湿，用玻璃棒轻轻压实，然后进行快速抽滤操作。

3. 折叠滤纸

在常压过滤中，为了尽快让液体滤下，减少冷却的时间，滤纸的折叠方式和一般过滤不同。使用时把滤纸折叠，一折二，二折四，四折八（见图 2-16），如果需要还可以继续将滤纸折成三十二份，目的是为了让滤纸多痕，增大过滤面积。在使用前，应将折好的滤纸翻转并整理好后再放入漏斗中，即让没有被手污染的一面和玻璃漏斗内壁接触。

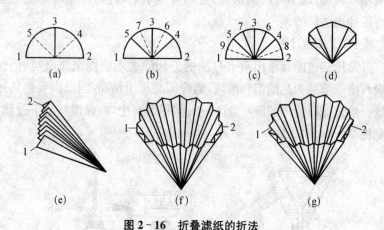

图 2-16 折叠滤纸的折法

（四）结晶体的析出和滤集

如果将过滤得来的热滤液迅速冷却或者剧烈搅拌，所得的结晶颗粒很小，因表面积较大，吸附的杂质较多，所以最好将热滤液放在室温下让其慢慢冷却，这样析出的晶体颗粒比较大，杂质少。有时候化合物不易从溶液中析出，这时可以采取下面的手段帮助结晶。用玻璃棒摩擦瓶内壁帮助结晶，此法操作的时候注意玻璃棒只往一个方向摩擦，不要来回摩擦，速度不需要太快；加入少量该溶质的晶体作为晶核；可以取少量该化合物的纯品投入，或者将母液取出一部分放在蒸发皿上让其快速挥发结晶，然后把这些小的晶体投入作为晶核。

（五）结晶体的干燥

所得晶体可以放在自然状态下干燥，或者放在红外灯下烘干，也可以放在烘箱中烘干，还可以放在加有干燥剂的干燥器中干燥。

实验：苯甲酸的重结晶

【目的要求】

1. 了解重结晶法提纯固态有机化合物的原理。
2. 掌握重结晶的基本操作方法。

【仪器药品】

布氏漏斗，抽滤瓶，安全瓶，水泵，玻璃塞，表面皿，常备仪器，粗苯甲酸，活性炭。

【实验步骤】

在 150 mL 锥形瓶或烧杯里面加 2 g 粗苯甲酸、80 mL 水和几粒沸石，加热使其溶解。溶解完全后稍微降温，加入适量活性炭，然后再煮沸 5~10 min。此过程中，注意水溶剂的蒸发损失，如果损失过大，注意补充一些热水再煮沸。

准备好热水漏斗，在热水漏斗里面放一个玻璃漏斗预热，然后放一张折好的折叠滤纸，并用少量热水润湿或者干脆不润湿（此处最好不事先润湿）。将上述热溶液尽快地倾倒入漏斗中，每次倒入的溶液不要太满，也不要等溶液全部滤完后再加剩下的滤液。过滤完毕后，用少量热水洗涤滤纸内壁。

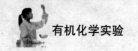

　　滤毕,用表面皿将盛滤液的锥形瓶或烧杯盖好,放置,自然冷却结晶。

　　结晶完成后,用布氏漏斗抽滤(滤纸用少量冷水润湿),使晶体与母液分离。用玻璃塞挤压晶体,使母液尽量除去。用玻璃棒轻轻压实晶体,把溶液挤出晶体。然后关闭抽气装置,倒入少量洗涤剂,用玻璃棒轻轻松动晶体,让晶体和洗涤液充分接触,然后重新抽干。这样重复洗涤两次,最后把晶体移至表面皿上,摊开放在烘箱或红外灯下烘干。

　　称量回收的苯甲酸的质量,计算回收率。

　　注意:若不全溶,要注意区分是杂质还是水不足;过滤时要快,操作要稳,不要弄破滤纸或溅洒溶液;加活性炭前先降温。

(唐　乾)

七、蒸　馏

蒸馏是分离、提纯液体有机化合物的最重要、最常用方法之一。应用蒸馏法不仅可以把挥发性物质与难挥发性物质分离,还可以把沸点不同的物质以及有色杂质等分离,通过蒸馏还可以测出化合物的沸点,所以它对鉴定纯液体有机物有一定的意义。

蒸馏法的基本原理都是利用液体混合物中各组分的挥发度的差异来分离各组分。液体在一定温度下具有一定的饱和蒸气压,当液体饱和蒸气压等于外界压力时,液体发生沸腾,这时的温度称为该物质的沸点。蒸馏就是将液体混合物加热至沸腾,使其汽化,然后将蒸气冷凝为液体的过程。在同一温度下,不同物质具有不同的饱和蒸气压,低沸点物质饱和蒸气压大,高沸点物质饱和蒸气压小。当两种沸点不同的物质加热至沸腾时,低沸点物质在蒸气中的含量比混合液体中高,而高沸点组分则相反。因此,通过蒸馏,低沸点组分首先蒸出来,而高沸点组分后蒸出来,留在烧瓶中的为难挥发组分,从而达到分离的目的。

蒸馏法分为常压蒸馏、减压蒸馏、水蒸气蒸馏和分馏。

(一) 常压蒸馏

常压蒸馏是一种最常用的液体有机化合物的分离提纯方法,适用于分离沸点相差较大的液体混合物,各组分的沸点相差应在 40℃以上才有较好的分离效果。

液体在一定温度下具有一定的饱和蒸气压,将液体加热时,它的饱和蒸气压随温度的升高而增大,当液体的饱和蒸气压与外压相等

有机化学实验

时液体沸腾。这时液体的温度就是该液体在此压力下的沸点。通常所说的液体的沸点是指在一个标准大气压下液体沸腾时的温度。由于不同地区大气压不完全相同,使同一物质在不同压力下有不同沸点。因此在记录液体的沸点时应标明相应的压力。在通常情况下,纯的液态物质在大气压力下有确定的沸点。如果在蒸馏过程中,沸点发生变动,那就说明物质不纯。因此可用蒸馏的方法来测定物质的沸点和定性地检验物质的纯度。

蒸馏时液体实际上是在一定的温度范围内沸腾,馏出液所对应的沸腾温度范围称为沸程。沸程的数据可反映出馏出液的纯度和杂质的性质,对于不能形成共沸点的混合液,沸程范围越小,馏出液越纯。在一些混合物的蒸馏中,某些有机化合物往往能和其他组分形成二元或三元恒沸混合物,它们也有一定的沸点。例如,95.6%的乙醇和4.4%的水组成的共沸点混合物,沸点恒定在78.2℃,因此沸点恒定的液体不一定都是纯净的化合物。

蒸馏装置:常压蒸馏装置主要包括蒸馏烧瓶、冷凝管和接收器等,见图2-17。

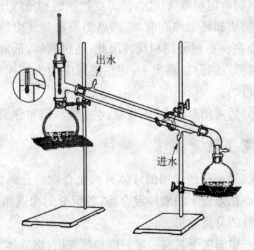

图2-17 常压蒸馏装置

圆底烧瓶是蒸馏时最常用的容器,它与蒸馏头组合习惯上称为蒸馏烧瓶。圆底烧瓶容量应由所蒸馏的液体的体积来决定。通常所蒸馏的原料液体的体积应占圆底烧瓶容量的 $1/3 \sim 2/3$。如果装入的液体量过多,当加热到沸腾时,液体可能冲出,或者液体飞沫被蒸气带出。安装应先从热源开始,由下而上,然后沿馏出液流向逐一装好。根据热源的高低,把圆底烧瓶用铁夹固定在铁架上,装上蒸馏头。在蒸馏瓶的上口装上,应注意密合而不漏气,温度计的插入深度应使水银球的上端与蒸馏烧瓶支管口的下端在同一水平线上,以保证水银球能完全为蒸气所包围,准确反映出馏出液的沸点。以后在装其他仪器时,不宜再调整蒸馏烧瓶的位置。根据蒸馏液的沸点的高低,选用长度合适的冷凝管,用铁夹固定在另一铁架台上,铁夹应夹在冷凝管的中上部分,调整铁架台与铁夹的位置,使冷凝管的中心线和蒸馏头支管的中心线成一直线。移动冷凝管,把蒸馏头的支管和冷凝管严密地连接起来。各铁夹不能过紧和过松,以夹住后稍用力尚能转动为宜。然后接上接引管和接收容器,接收容器下面需用木块等物垫牢,不可悬空。整套装置的重心必须在同一垂直平面内。在常压蒸馏装置中,接引管后面必须有与大气相通之处,不能装成密闭体系,否则加热时会因气体体积的膨胀而爆炸。

如果蒸馏出的物质易受潮分解,可在接引管上连接一个氯化钙干燥管,以防止湿气的侵入;如果蒸馏的同时还放出有毒气体,则需装配气体吸收装置(见图 2-18)。

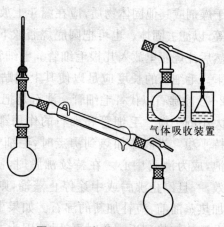

气体吸收装置

如果蒸馏出的物质易挥发、易燃,则可在接收器上连接一长橡皮管,通入水槽的下水管内或引出室外。

图 2-18　气体吸收蒸馏装置

要把反应混合物中挥发性物质蒸出时,可用一根弯管把圆底烧瓶与冷凝管连接起来(见图2-19)。

当蒸馏沸点高于140℃的物质时,应该换用空气冷凝管(见图2-20)。

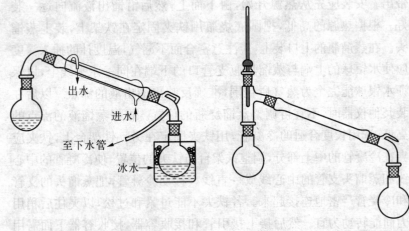

出水

进水↑

至下水管→

冰水

图2-19 弯管蒸馏装置　　　　图2-20 空气冷凝管蒸馏装置

蒸馏装置装好后,取下接头,把要蒸馏的液体经长颈漏斗倒入圆底烧瓶里。漏斗的下端必须伸到蒸馏头支管的下面。若液体里面有干燥剂或其他固体物质,应在漏斗上放滤纸或放一小撮松软的棉花等,以滤去固体。也可把圆底烧瓶取下来,把液体小心地倒入瓶里。然后往烧瓶里放入几根毛细管。毛细管的一端封闭,开口的一端朝下。毛细管的长度应足以使其上端贴靠在烧瓶的颈部。也可投入2~3粒沸石以代替毛细管。沸石是把未上釉的瓷片敲碎成半粒米大小的小粒。毛细管和沸石的作用都是防止液体暴沸,使沸腾保持平稳。当液体加热到沸点时,毛细管与沸石均能产生细小的气泡,成为沸腾中心。在持续沸腾时,沸石(或毛细管)可以继续有效,一旦停止沸腾或中途停止蒸馏,则原有的沸石立即失效;再次加热蒸馏前,应补加新的沸石。如果事先忘记加入沸石,则决不能在液体加热到近沸腾时再补加,因为这样往往会引起剧烈的暴沸,使部分液体冲出瓶外,有时还易发生着火事故。应该待液体冷却一段时间后,再行补加。如果蒸馏液体很黏稠或含有较多的固体物质,加热时很容易发生局部过热和暴沸现象,加入的沸石也往往失效。在这种情况下,可以选用适当的热浴加热,如可采用油浴或电热包。

加热前,应再次检查仪器是否装配严密,必要时应调整。开始加热时,可以让温度上升稍快些。开始沸腾时,应密切注意蒸馏烧瓶中发生的现象。调节火焰或浴温,使从冷凝管流出液滴的速度约为每秒1~2滴。应当记录下第一滴馏出液滴入接收器时的温度。记录下每个接收器内馏分的温度范围和质量。若要集取的馏分的温度范围已有规定,即可按规定集取。馏分的沸点范围越窄,馏分的纯度越高。

蒸馏的速度不应太慢,否则易使水银球周围的蒸气短时间中断,致使温度计上的读数有不规则的变动。蒸馏速度也不能太快,否则温度计读数不正确。在蒸馏过程中,温度计的水银球上应始终都有冷凝的液滴,以保持气液两相的平衡。

蒸馏低沸点易燃液体时(如乙醚),附近应禁止有明火,绝不能用灯火直接加热,也不能用正在灯火上加热的水浴加热,而应该用预先热好的水浴。为了保持必需的温度,可以适时地向水浴中添加热水。当烧瓶中仅残留少量液体时,应停止蒸馏。

(二) 减压蒸馏

高沸点有机化合物在常压下蒸馏往往会发生分解情况,采用减压蒸馏方法是最有效的。液体的沸点随外界压力变化而变化,若降低系统的压力,则液体的沸点也随之降低。要正确了解物质在不同压力下的沸点,可从有关文献中查阅压力-沸点关系图或计算表,也可以从经验曲线(见图2-21)中近似地推算。例如,某化合物在常压下的沸点为200℃,欲找出其在30 mmHg(1 mmHg=133.322 4 Pa)压力下的沸点。可在图2-21的B线上找出200℃

的点,将此点与 C 线上 30 mmHg 处的点连成一直线,将直线延长与 A 线相交,交点即为该化合物在 30 mmHg 时的沸点,即 100℃。此法得出的沸点虽为近似值,但较为简便,实验中有一定的参考价值。

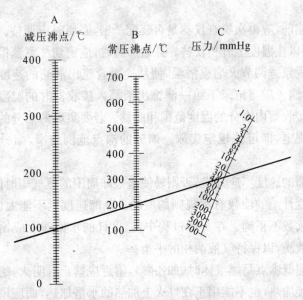

图 2-21　液体常压沸点与减压沸点的近似关系图

在给定压力下的沸点还可以近似地从下列公式求出

$$\lg p = A + \frac{B}{T}$$

式中,p 为饱和蒸气压;T 为沸点(绝对温度);A、B 为常数。如以 $\lg p$ 为纵坐标、$1/T$ 为横坐标作图,可以近似地得到一条直线。因此可从两组已知的压力和温度算出 A 和 B 的数值,再将所选择的压力代入上式算出液体的沸点。

减压蒸馏装置(见图 2-22)包括蒸馏、抽气(减压)、测压和安全保护四部分。减压蒸馏装置中的各个磨口玻璃塞都要涂上真空脂,涂好后还要转动磨口接头处,使真空脂分布均匀。紧密的磨口接头,经正确的涂脂和转动后,应是透明发亮的。所有接头都应润滑和紧密,防止漏气。

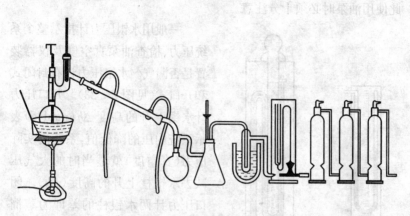

图 2－22　减压蒸馏装置图

　　蒸馏部分由圆底烧瓶、克氏蒸馏头、冷凝管、接引管和接收器组成。用克氏蒸馏头可防止液体由于暴沸或产生泡沫而冲入冷凝管。在克氏蒸馏头的上口插一根末端拉成毛细管的厚壁玻璃管。毛细管下端离瓶底约 1～2 mm,在减压蒸馏中,毛细管主要起到沸腾中心和搅动作用,防止暴沸,保持沸腾平稳。在减压蒸馏时沸石对防止暴沸一般是无效的。由于从毛细管中进入的空气与抽气泵的排气量相比是微不足道的,所以这种"漏气"对整个系统的压力并无显著影响。在玻璃管口套一小段橡皮管,并用螺旋夹夹住橡皮管,便于调节进入瓶中的空气量。接收器采用圆底烧瓶或厚壁试管,切勿用锥形瓶,因为锥形瓶不耐压易破裂。若要收集不同的馏分而不中断蒸馏,可用多头接引管(二叉或三叉接引管)。转动多头接引管与冷凝管的连接处就可以使不同的馏分流入指定的接收器中。

　　实验室里常用的抽气减压设备是水泵或油泵。水泵常因其结

构、水压和水温等因素,不易得到较高的真空度。而油泵可获得较高的真空度。由于油泵的结构较为精密,如果有挥发性有机溶剂、水或酸性蒸气进入,会损坏油泵的机械结构和降低真空泵油的质量。因此使用油泵时必须十分注意。

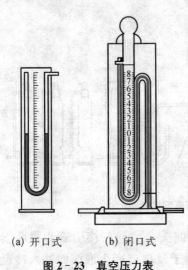

(a) 开口式   (b) 闭口式

图 2 - 23   真空压力表

一般用水银压力计指示整个系统压力、检查油泵真空度及仪器装置是否漏气。水银压力计有封闭式和开口式(见图 2 - 23)。开口压力计水银上升的高度 Δh(mmHg)表示系统内压的降低值,系统内实际压力(真空度)就是当时的大气压减去水银柱上升的高度(Δh)。闭口压力计两水银柱的差即为蒸馏系统内的实际压力。

在减压蒸馏时要接一个安全瓶,瓶上的两通活塞可调节系统压力及放气。当用油泵进行减压时,为了防止易挥发的有机溶剂、酸碱性物质和水蒸气进入油泵,必须在油泵与馏液接收器之间顺次安装冷阱和几个吸收塔,以防污染油泵用油和腐蚀机件。冷阱所使用的冷却剂常为冰-水、冰-盐,必要时用干冰。吸收瓶内吸收剂的种类由馏出液的性质决定。一般用浓硫酸、无水氯化钙、固体氢氧化钠、粒状活性炭、石蜡片和分子筛等。如用水泵抽气减压,可不用吸收装置。

(三) 水蒸气蒸馏

水蒸气蒸馏也是分离和提纯有机化合物的常用方法,在难溶或不溶于水的有机物中通入水蒸气或与水一起共热,当水的蒸气压和该物质的蒸气压之和为一个标准大气压时,该混合物就沸腾,使有机物可以随水蒸气一起蒸馏出来,这种操作称为水蒸气蒸

馏。每种液体都有各自的蒸气压,其蒸气压力的大小与每种液体单独存在时的蒸气压力一样,混合物的总蒸气压为各组分蒸气压之和

$$p_{H_2O} + p_A = 1p$$

显然,混合物的沸点低于任何一个组分的沸点,即有机物可在比其沸点低的温度下被安全地蒸馏出来。在馏出物中,随水蒸气一起蒸馏出的有机物质同水的质量之比,等于两者的分压分别和两者的相对分子质量的乘积之比。

$$\frac{W_A}{W_{H_2O}} = \frac{p_A \cdot M_A}{p_{H_2O} \cdot M_{H_2O}}$$

水蒸气蒸馏常用于下列几种情况:在常压下蒸馏易发生分解的高沸点有机物;含有较多固体的混合物,用一般蒸馏、萃取或过滤等方法又难以分离;混合物中含有大量树脂状物质或不挥发杂质,采用一般蒸馏、萃取等方法也难以分离。

采用水蒸气蒸馏法时应注意,被提纯的物质必须具备以下条件:不溶或难溶于水;与水一起沸腾时不发生化学变化;在100℃左右该物质有一定的蒸气压(至少要有 5~10 mmHg)。

水蒸气蒸馏装置是由水蒸气发生器和普通的蒸馏装置组合而成的(见图 2-24)。在水蒸气发生器中加入约为容器体积 1/2 的水。在三口烧瓶中加入需蒸馏的液体。加热水蒸气发生器至水沸腾,水蒸气经 T 形管导入三口烧瓶,加热其中的液体,混合蒸气经冷凝管冷凝流入接收器。

在进行水蒸气蒸馏时应注意以下几点:安全管的下端应接近容器底部,T 形管的一端必须插入被蒸馏的液体中,整个装置的连接处不得漏气;开始加热水蒸气发生器之前,应先打开 T 形管上的螺旋夹,当 T 形管的支管有水蒸气冲出时,再关上螺旋夹;停止蒸馏时,则先打开螺旋夹再停止加热,以防止倒吸。

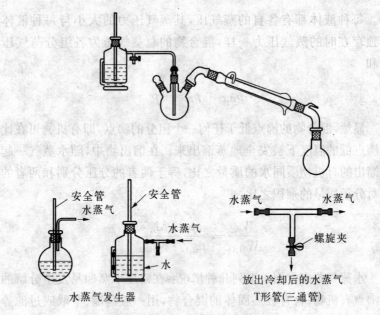

图 2 - 24 水蒸气蒸馏装置

八、升　华

升华法是精制某些固体化合物的方法之一。其基本原理是具有较高蒸气压的固体物质,在其熔点温度以下加热,不经过液态直接变成蒸气,蒸气遇冷后又直接变成固体。只有具有相当高蒸气压的物质才可用升华法来提纯,升华法得到的产品纯度较高,但有时损失较大。升华可以在常压下进行,也可以减压升华。

图2-25为物质的常见三相平衡图,O为三相点,在这一温度和压力下,固、液、气三相处于平衡状态。在三相点以下,物质只有固、气两相。显然,三相点的蒸气压高于大气压时,该固体易于在常压下升华。因此,一般升华操作都是在三相点温度以下进行的。当温度高于三相点温度时将会是气液平衡,此时是不能升华的。由于三相点与物质的熔点相差很小,常只有几分之一度,故可以根据物质熔点时的蒸气压高低来粗略判断其是否可以升华。

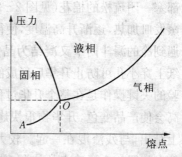

图2-25　物质的三相平衡图

从物质的三相平衡图可看出,能用升华方法提纯的物质必须满足两个条件:被提纯的固体要有较高的蒸气压(在室温下高于20 mmHg);杂质的蒸气压应与被提纯固体化合物的蒸气压之间有显著的差异。

简单的常压升华装置如图2-26所示。

在蒸发皿中放入粗样,铺均匀,上面盖一张穿有许多小孔的滤

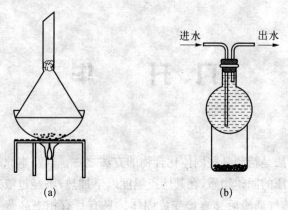

图 2-26　常压升华装置

纸。然后把一个直径略小于蒸发皿的玻璃漏斗倒置在上面,漏斗颈部塞一团疏松的棉花(见图 2-26(a))。在沙浴上或石棉铁丝网上将蒸发皿加热,逐渐升高温度,使待精制的物质汽化,蒸气通过滤纸孔,遇到冷的漏斗内壁又凝结为晶体,附在漏斗的内壁和滤纸上。在滤纸上穿小孔可防止升华后形成的晶体落回到下面的蒸发皿中。本实验的关键操作是在整个升华过程中都需要小火间接加热。如温度太高会使产品变色,升华物很快烤焦;温度太低,样品会在蒸发皿内壁上结出,与残渣混在一起。较大量物质的升华,可在烧杯中进行,烧杯上放置一个通冷水的烧瓶,使蒸气在烧瓶底部凝结成晶体并附着在瓶底上(图 2-26(b))。

　　常见的减压升华装置如图 2-27 所示。升华前,必须把待精制的物质充分干燥。在放置待升华固体的容器内插入一根冷凝指,冷凝指可通入冷水冷却,也可以鼓入冷空气冷却,或直接放入碎冰冷却。在大的吸滤管中装入样品,用铁夹固定好整个装置。向冷凝指中通入冷却水,并装好安全瓶和水泵。开启水泵,用小火加热并注意不让固体熔化,升华完毕后,慢慢打开安全瓶活塞后关闭水泵。小心取下冷凝指,收集纯化产物。图 2-27(a)为非磨口仪器,图 2-27(b)接头部分为磨口,使用更方便。

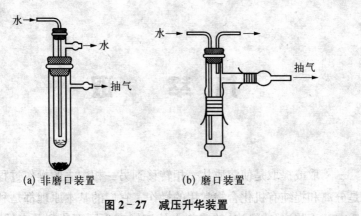

(a) 非磨口装置　　　　(b) 磨口装置

图 2 – 27　减压升华装置

九、萃　　取

　　萃取或提取是使溶质从一相转移到另一相中去的操作过程。它是分离和提纯有机化合物常用的操作。它们的基本原理都是利用物质在互不相溶(或微溶)的溶剂中的溶解度不同而达到分离的目的。应用萃取从固体或液体混合物中提取出所需要的物质,或用来洗去混合物中少量杂质的过程通常称为"抽提"或"洗涤"。

　　根据被提取物质状态的不同,萃取分为两种:一种是用溶剂从液体混合物中提取物质,称为液-液萃取;另一种是用溶剂从固体混合物中提取所需要的物质,称为液-固萃取。

(一) 液-液萃取

　　萃取是以分配定律为基础的,即利用物质在两种互不相溶(或微溶)的溶剂中溶解度或分配系数的不同。在一定温度、一定压力下,若该物质的分子在这两种溶剂中不发生电解、电离、缔合和溶剂化等作用,则此物质在两液相中浓度之比为一个常数

$$\frac{c_A}{c_B} = K$$

式中,c_A、c_B表示一种物质在 A、B 两种互不相溶的溶剂中的物质的量浓度;K 是一个常数,称为分配系数。它可以近似地看作是物质在两溶剂中溶解度之比。由于有机化合物在有机溶剂中一般比在水中溶解度大,因而可以用与水不互溶的有机溶剂将有机物从水溶液中萃取出来。为了节省溶剂并提高萃取效率,根据分配定律,用一定量

的溶剂一次加入溶液中萃取没有将同量的溶剂分成几份多次萃取的效率高。

假设　V 为被萃取溶液的体积(mL)；W_0 为萃取溶液中有机物(X)的总量(g)；W_n 为萃取 n 次后有机物(X)的剩余量(g)；S 为萃取溶剂的体积(mL)。经过 n 次提取后有机物(X)剩余量可用下式计算

$$W_n = W_0 \left(\frac{KV}{KV+S} \right)^n$$

从上式可看出，n 越大，W_n 就越小。可见多次萃取比用全部量的溶剂一次萃取的效率高。但并非萃取的次数越多越好，因为当溶剂总量不变时，萃取次数 n 增加，S 就要减小。当 $n > 5$ 时，n 和 S 两个因素的影响就几乎相互抵消了，n 再增加，W_n/W_{n+1} 的变化很小，所以一般同体积溶剂分为 $3 \sim 5$ 次萃取即可。

一般选择萃取剂的要求为：与原混合物不能互溶，对被提取物质溶解度大、纯度高、沸点低、毒性小、价格低等。萃取方法用得较多的是从水溶液中萃取有机物，用得较多的溶剂有：乙醚、苯、四氯化碳、氯仿、石油醚、二氯甲烷、二氯乙烷、正丁醇、醋酸酯等。洗涤常用于在有机物中除去少量酸、碱等杂质。这类萃取剂一般用 5% 氢氧化钠、5%(或 10%)碳酸钠或(碳酸氢钠)、稀盐酸、稀硫酸等。酸性萃取剂主要是除去有机溶剂中碱性杂质，而碱性萃取剂主要是除去混合物中酸性杂质，总之使一些杂质成为盐溶于水而被分离。

液-液萃取和洗涤常在分液漏斗中进行，选用分液漏斗的容积一般要比液体的体积大一倍以上。使用前检查分液漏斗塞子和活塞是否漏水，确认不漏水时，将漏斗放在固定于铁架上的铁围中，关好活塞，把被萃取溶液倒入分液漏斗中，然后加入萃取剂(一般为被萃取溶液体积的 1/3 左右)，总体积不得超过分液漏斗容积的 3/4。塞紧塞子，取下漏斗，右手握住漏斗颈部，并用手掌顶住塞子，左手握在漏斗活塞处，用拇指压紧活塞，前后小心振荡，见图 2-28。开始振荡时要慢，振荡几次后把漏斗倾斜，使漏斗尾部向上倾斜，开启活塞排气。

再重复上述操作直至放气压力很小为止。将漏斗置于铁架台的铁圈上,静置,待液体分层,打开漏斗上口塞子,下层液体由下口放出,上

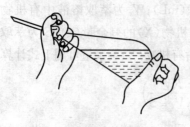

图 2-28　分液漏斗的振荡方法

层液体由上口倒出。在实验结束前,不得把萃取后的溶剂倒掉,以防一旦搞错还可挽回。合并所有萃取液,加入略过量的干燥剂干燥。然后蒸去溶剂,根据所得有机物质的性质可通过蒸馏、重结晶等方法进一步纯化。

(二) 液-固萃取

液-固萃取是从天然物(如植物)中提取固体天然产物常用的方法。利用溶剂对样品中被提取成分和杂质之间溶解度不同而达到分离提取的目的。实验室通常是用索氏提取器进行液-固萃取。索氏提取器是利用溶剂加热回流及虹吸原理,使固体物质每次都能被纯的溶剂萃取,因而效率较高并节约溶剂,但对受热易分解或变色的物质不宜采用。

萃取前将固体物质研细,以增加溶剂的接触面积。然后将固体置于用滤纸做成的套筒中,并将其置于提取器中。低沸点的溶剂置于圆底烧瓶,被加热回流,溶剂蒸气通过左边的侧管上升到冷凝管并被冷凝液化,液滴滴入有固体的套筒中。当液面超过虹吸管的最高处,产生虹吸,萃取液自动流入烧瓶中,一次萃取完成。蒸发、冷凝、提取、虹吸的过程重复无数次后,被提取成分浓缩在蒸馏瓶中,然后用适当方法将萃取物质从溶液中分离出来。因为每次虹吸前都是纯溶剂与固体混合物的直接接触,故此法既可以节省溶剂,又可使提取效率相当高。

(罗　钒)

十、色谱法

　　色谱法是分离、提纯和鉴定各种类型化合物的重要方法,在有机化学、生物化学和医学领域中已得到广泛应用。

　　色谱法的基本原理是建立在相分配原理的基础上的,混合物的各组分随着流动相的液体或气体而流动,并流经另一种固定相的液体或固体,利用各组分在两相中分配、吸附或其他亲和性能的不同,经过反复作用,最终达到分开各组分的目的,所以色谱法主要是一种物理分离方法。根据作用原理和操作条件的不同,色谱法又可分为多种,其中薄层色谱、纸色谱、柱色谱、气相色谱和液相色谱在实验室中最为常用。

　　色谱法的应用主要有以下几方面:分离混合物且分离能力强,甚至可将有机同系物及同分异构体分开;精制提纯化合物;鉴定化合物及产物纯度;跟踪反应进程,利用简便、快速的薄层色谱观察色点的变化,以证明反应进行到哪一步。

(一) 薄层色谱

　　薄层色谱又称薄层层谱(Thin Layer Chromatography),常用TLC 表示。薄层色谱的特点是所需样品少(几微克到几十微克),分离时间短(几分钟到几十分钟),效率高,是一种微量、快速和简便的分离分析方法,实验室最为常用。可用于精制样品、化合物鉴定、跟踪反应进程和柱色谱的先导(即为柱色谱摸索最佳条件)等方面。

　　1. 基本原理

　　薄层色谱分为薄层吸附色谱与薄层分配色谱两种,本节介绍的

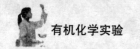

是薄层吸附色谱。薄层色谱是将吸附剂均匀涂在玻璃板或某些高分子薄膜上作为固定相,经干燥、活化后点上待分离的样品,用适当极性的溶剂作为展开剂(即流动相)。当展开剂在吸附剂上展开时,由于样品中各组分对吸附剂的吸附能力不同,发生连续的吸附和解吸过程,吸附能力弱的组分随流动相较快地向前移动,吸附能力强的组分则移动较慢。利用各组分在展开剂中溶解能力和被吸附剂吸附能力的不同,最终将各组分彼此分开。如果各组分本身有颜色,则薄层板干燥后会出现一系列高低不同的斑点,如果本身无色,则可用各种显色剂或在特殊光源下使之显色,以确定斑点位置。在薄板上混合物的每个组分上升的高度与展开剂上升的前沿之比称为该化合物的 R_f 值,又称比移值,见图 2-29。对于同一化合物,当实验条件相同时,其 R_f 值应是一样的。因此可用 R_f 值来初步鉴定物质。

$$R_f = \frac{溶质的最高浓度中心至原点中心的距离}{溶剂前沿至原点中心的距离}$$

$$R_f^1 = \frac{8.4}{12} = 0.70, \qquad R_f^2 = \frac{3}{12} = 0.25$$

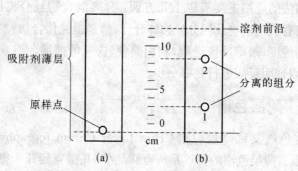

图 2-29　R_f 值的计算示意图

2. 吸附剂

TLC 最常用的吸附剂是硅胶粉及氧化铝粉。硅胶是无定形多孔物质,略具酸性,适用于中性或酸性物质的分离,薄层色谱用的硅胶可分为以下几种。

硅胶 H：不含黏合剂和其他添加剂。

硅胶 G：含煅烧石膏($CaSO_4 \cdot 2H_2O$)作黏合剂。

硅胶 HF254：含荧光物质，可在波长为 254 nm 的紫外光下观察荧光。

硅胶 GF254：含煅烧石膏及荧光物质。

与硅胶相似，氧化铝也因含黏合剂或荧光剂而分为氧化铝 G、氧化铝 GF254 及氧化铝 HF254。氧化铝的极性比硅胶大，比较适用于分离极性小的化合物。

通常将薄层板按加黏合剂和不加黏合剂分为两种，加黏合剂的薄层称为硬板，不加黏合剂的称为软板。常用的黏合剂除煅烧石膏外，还有淀粉、羧甲基纤维素钠(CMC)。化合物的吸附能力与它们的极性成正比，极性大则与吸附剂的作用强，随展开剂移动慢，R_f值小；反之极性小则 R_f 值大，因此利用硅胶或氧化铝薄层色谱可把不同极性的化合物分开，甚至结构相近的顺、反异构体也可分开。各类有机化合物与上述两类吸附剂的亲和力大小次序大致如下：羧酸＞醇＞伯胺＞酯、醛、酮＞芳香族硝基化合物＞卤代烃＞醚＞烯烃＞烷烃。供薄层色谱用的吸附剂粒度较小，标签上有专门说明，不可和柱色谱吸附剂混用。

3. 展开剂

展开剂的选择主要根据样品的极性、溶解度和吸附剂的活性等。溶剂的极性越大，则对化合物解吸的能力越强，R_f值也越大。如果出现样品各组分 R_f 值都较小，则可加入适量极性较大的溶剂混合使用。常用展开剂极性大小次序如下：己烷或石油醚＜环己烷＜四氯化碳＜三氯乙烯＜二硫化碳＜甲苯＜苯＜二氯甲烷＜氯仿＜乙醚＜乙酸乙酯＜丙酮＜丙醇＜乙醇＜甲醇＜水＜吡啶＜乙酸。

4. 薄层板的制备

薄层板通常为玻璃板，其好坏直接影响分离效果，吸附剂应尽可能涂得牢固、均匀、厚度约为 0.25～1 mm。薄层板分为干板和湿板。干板一般用氧化铝作吸附剂，涂层时不加水。湿板按铺层的方法不

同又可分为平铺法、倾注法和浸涂法三种。制湿板前首先要制备浆料。称取 3 g 硅胶 G,边搅拌边慢慢加入到盛有 6~7 mL 0.5%~1% CMC 清液的烧杯中,调成糊状。3 g 硅胶约可铺 7.5 cm×2.5 cm 载玻片 5~6 块。

平铺法:用购置或自制的薄层涂布器(见图 2-30)进行制板,涂层既方便又均匀,是科学研究中常用的方法。

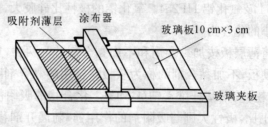

图 2-30　薄层涂布器示意图

倾注法:将调好的浆料倒在玻璃板上,用手摇晃,使其表面均匀平整,然后放在水平的平板上晾干。这种制板方法厚度不易控制。

浸涂法:将两块干净的载玻片对齐紧贴在一起,浸入浆料中,使载玻片上涂上一层均匀的吸附剂,取出分开,晾干。晾干后的薄层板需要活化,硅胶板活化一般在 105~110℃,烘 30 分钟。氧化铝板活化在 200~220℃烘 4 小时。活化后的薄层板放在干燥器内备用,以防吸湿失活,影响分离效果。

5. 展开槽

展开槽亦称色谱缸,规格形式不一。有立式、卧式、斜靠式、下行式、上行式等。展开剂倒入色谱缸中后,应待容器内溶剂蒸气达到饱和后,再将点好样的薄层板放入槽或缸中进行展开,展开时必须密闭。

实验:薄 层 色 谱

【实验目的】

1. 了解薄层色谱的基本原理和操作步骤。

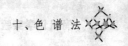

2. 掌握薄层色谱的制备方法和用途。

【仪器药品】

50 mL 锥形瓶,滴管,载玻片,毛细管,色谱缸,紫外灯,烘箱,乙酸乙酯-石油醚的混合液(1∶10),偶氮苯的苯溶液,苏丹(Ⅲ)的苯溶液,偶氮苯和苏丹(Ⅲ)的混合液,二苯甲酮的苯溶液,乙酰苯胺的苯溶液,二苯甲酮和乙酰苯胺的混合液,1%的羧甲基纤维素钠(CMC)水溶液,硅胶 G,硅胶 GF 254

【实验步骤】

1. 制板

取 10 cm×3 cm 左右的载玻片 5 块,洗净。在 50 mL 锥形瓶中放入 1%羧甲基纤维素钠水溶液 9 mL,逐渐加入 3 g 硅胶 G,调成均匀的糊状。用滴管吸取此糊状物,涂于上述洁净的载玻片上。用食指和拇指拿住玻片,做前后左右振荡摆动,使流动的硅胶 G 均匀地铺在载玻片上。一共制作 3 块硅胶 G 板。将涂好的硅胶 G 板水平置于实验台上,在室温下放置半小时后,放至烘箱中,缓慢升温至110℃,活化半小时后取出,稍冷后置于干燥器中备用。

同样,在 50 mL 锥形瓶中放置 1%羧甲基纤维素钠水溶液4.5 mL,逐渐加入 1.5 g 的硅胶 GF254,调成均匀糊状,制成 2 块硅胶 GF254 板。其制作、活化等均同硅胶 G 板。

2. 点样

在小试管中分别取少量 0.5%～1%偶氮苯和苏丹(Ⅲ)的苯溶液以及这两种化合物的二元混合液为试样。在离硅胶 G 薄层板一端1 cm处用铅笔在玻璃板两侧轻轻做一记号。取管口平整的毛细管插入样品溶液中[1],在铅笔记号中间水平处轻轻点样[2]。每块硅胶 G板可点两个样[3],一边点已知样,另一边点未知样。

将二苯甲酮和乙酰苯胺的苯溶液以及这两种化合物的二元混合物,按上述步骤在硅胶 GF254 薄层板上点样。

3. 展开及定位

以 1∶10 的乙酸乙酯-石油醚混合液为展开剂,将点好样品的薄

层板小心放入色谱缸中,或用广口瓶代替色谱缸,注意展开剂液面高度不得超过点样线。将硅胶板点样一端朝下,浸入展开剂内约0.5 cm[4]。盖上盖子,观察展开剂前沿上升到离板的上端约1 cm处时取出。尽快用铅笔在展开剂上升的前沿画上记号[5],晾干[6]。计算各纯样和未知样中各组分的R_f值,确定未知样组成。硅胶GF254板用紫外灯(254 nm)进行观察,并用铅笔确定好黑斑中心,计算R_f值。

注释:

[1] 未知样品由教师发给。点样用毛细管必须专用,不得弄混。

[2] 点样时,毛细管液面刚好接触薄层即可,切勿点样过重而使薄层破坏。

[3] 点样时点与点之间相距1 cm左右。

[4] 展开剂一定要在点样线下,不能超过。

[5] 从展开剂取出后立即在展开剂前沿画记号,如不注意,等展开剂挥发后,就无法确定展开剂上升的高度了。

[6] 若为无色物质的色谱,在晾干后,应喷洒显色剂或放在显色缸内用显色剂的蒸气显色。本实验中硅胶G板分离的物质都有颜色,所以可省去显色一步。

【思考题】

1. 在一定的操作条件下,为什么可利用R_f值来鉴定化合物?

2. 在混合物薄层色谱中,如何判定各组分在薄层上的位置?

3. 展开剂的高度若超过了点样线,对薄层色谱有何影响?

4. 在展开时,色谱缸中常放入一张滤纸,为什么?

实验:甲基橙和荧光黄的分离鉴定

【目的要求】

掌握用薄层色谱法分离和鉴定化合物。

【仪器药品】

色谱缸,毛细管,研钵,载玻片(2.5 cm×7.5 cm),电吹风机,常备仪器,硅胶G,标准液(0.5%荧光黄乙醇液、0.5%甲基橙乙醇液),

样品液(0.5％的甲基橙和荧光黄的乙醇混合液),18％醋酸(展开剂)

【实验步骤】

1. 制板

见"薄层板的制备"。

2. 点样

在距薄板一端约 1 cm 处轻轻作一记号作为起始线,分别用内径小于 1 mm 的毛细管吸取标准液(0.5％荧光黄乙醇液、0.5％甲基橙乙醇液)和样品液(0.5％的甲基橙和荧光黄的乙醇混合液)[1],轻轻点在同一水平起始线上,并立即吹干,使溶剂挥发干净。点样时应注意:轻轻触及吸附层,否则易将吸附层戳出洞穴而影响吸附层的溶剂展开速度;样点直径不超过 3 mm,样点之间距离应大于 1 cm,以免互相干扰;若溶液太稀,则可待前一次试样点干后,在原点样处再点一次。

3. 展开

将点好样的薄层板放入充满展开剂蒸气的色谱缸内,点样一端向下,注意展开剂不可浸及样品点,盖上盖子观察展开情况(见图2-31)。当展开剂前沿爬升至薄层板约 3/4 距离时取出薄层板,立即标记出溶剂前沿,再用电吹风机的冷风吹干。

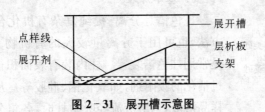

图 2-31　展开槽示意图

4. 显示图谱及测量 R_f 值

因样品本身有色,可不经显色而直接测量和计算 R_f 值。用铅笔画出斑点轮廓,确定斑点浓度集中点,测量并计算各样点的 R_f 值[2]。

5. 比较分析

分析由混合样点所分得的样点中哪一个是甲基橙,哪一个是荧光黄,并说出理由。

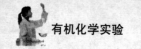

注释:

[1] 点样用的毛细管不得混用,必须每一样品液专用一根毛细管。否则引起样品液交叉污染造成错误结果。

[2] 影响 R_f 值的因素很多,如样品的结构、吸附剂和展开剂的性质、薄层板的质量以及温度等。当这些实验条件都固定时,化合物的 R_f 值是一个特性常数。但由于实验条件很难达到完全相同,因此在鉴定一个具体化合物时,经常采用已知标准样品对照的方法。

【思考题】

1. 色谱槽中展开剂高度超过薄层板上点样线时,对薄层色谱有何影响?

2. 用薄层色谱分析混合物时,如何确定各组分在薄层上的位置?如果斑点出现拖尾现象,这可能是什么原因所引起的?

(二) 柱色谱

图 2-32 柱色谱分离装置

柱色谱按其分离原理可分为吸附柱色谱、分配柱色谱和离子交换柱色谱。其中吸附柱色谱应用最广泛。

1. 基本原理

柱色谱是分离、提纯复杂有机化合物的重要方法,也可用于分离量较大的有机物。图 2-32 是常用柱色谱装置。柱内装有表面积很大而又经过活化的吸附剂,如氧化铝、硅胶等。从柱顶加入样品溶液,当溶液流经吸附柱时,各组分被吸附在柱的上端,然后从柱上方加入洗脱剂,由于各组分吸附能力不同,在固定相上反复发生吸附-解吸-再吸附的过程,它们随着洗脱剂向下移动的速度也不同,于是形成了不同色带,如图 2-33 所示,继续用溶剂洗脱时,吸附能力最弱的组分首先随着溶剂流出,极性强的后流出,分别收集不同时间的洗脱剂,再将溶剂除去。如各组分为

图注: 溶剂、石英砂、吸附剂、石英砂、玻璃棉

有色物质,则可按色带分开;但若为无色物质,可用紫外光照射后是否出现荧光来检查,也可通过薄层色谱逐个鉴定。

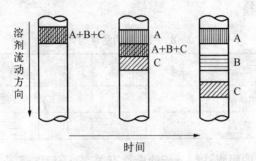

图 2-33　柱色谱色带的形成

色谱柱的尺寸根据被分离物的量来定,其直径与高度之比则根据被分离混合物的分离难易而定,一般在 1:50 到 1:8 之间。柱身细长,分离效果好,但可分离的量小,且分离所需时间长;柱身短粗,分离效果较差,但一次可以分离较多的样品,且所需时间短。最常使用的色谱柱,其直径与长度之比在 1:15 到 1:8 之间。

2. 吸附剂

常用的吸附剂有氧化铝、硅胶、氧化镁、碳酸钙和活性炭等。选择的吸附剂绝不能与被分离的物质和展开剂发生化学作用,要求吸附剂颗粒大小均匀。颗粒太小,表面积大,吸附能力高,但溶剂流速太慢。若颗粒太粗,则溶剂流速太快,分离效果差,因此吸附剂颗粒大小要适当。

柱色谱中应用最广泛的是氧化铝,其颗粒大小一般以通过 100~150 目(每平方英寸面积的孔数,1 平方英寸=6.451 6×10⁻⁴ 平方米)筛孔为宜。色谱用的氧化铝可分为酸性、中性和碱性三种。酸性氧化铝的 pH 为 4~4.5,适用于分离酸性物质,如有机酸类的分离;中性氧化铝 pH 为 7.5,适用于分离中性物质,如醛、酮、醌和酯等类化合物;碱性氧化铝 pH 为 9~10,适用于分离碳氢化合物、生物碱、胺等化合物。

吸附剂的活性与其含水量有关,含水量低的吸附剂活性较高(见表2-8)。氧化铝的活性按含水量的不同分为五个等级,最常使用的是Ⅱ级和Ⅲ级。

表2-8 吸附剂的活性与含水量

活　　性	Ⅰ	Ⅱ	Ⅲ	Ⅳ	Ⅴ
氧化铝含水量/%	0	3	6	10	15
硅胶含水量/%	0	5	15	25	38

化合物的吸附性与分子的极性有关,分子极性越强,吸附能力越强。氧化铝对各类化合物的吸附性按以下次序递减:酸、碱>醇、胺、硫醇>酯、醛、酮>芳香族化合物>卤代物、醚>烯>饱和烃。

此外,一些天然产物带有多种官能团,对微弱的酸碱性都很敏感,则可用纤维素、淀粉或糖类作吸附剂。活性炭虽吸附能力强,但粒度太小而不常用。

3. 溶剂

溶剂的选择通常是从被分离化合物中的各种成分的极性、溶解度和吸附剂的活性等方面来考虑,溶剂选择合适与否将直接影响到柱色谱的分离效果。先将待分离的样品溶解在非极性或极性较小的溶剂中,从柱顶加入,然后用稍有极性的溶剂使各组分在柱中形成若干谱带,再用极性更大的溶剂或混合溶剂洗脱被吸附的物质。极性溶剂对于洗脱极性化合物是有效的,反之非极性溶剂对洗脱非极性化合物是有效的。对分离组分复杂的混合物,用单一溶剂分离效果往往不理想,而需要用混合溶剂。

4. 操作方法

(1)装柱。色谱柱的大小要根据处理量和吸附剂的性质而定,柱的长度与直径比一般为7.5∶1。吸附剂用量一般为被分离样品的30~40倍,有时还可再多些。装柱之前,先将空柱洗净干燥,垂直固定在铁架上,在柱底铺一层玻璃棉或脱脂棉,再在上面覆盖一层厚

0.5～1 cm 的石英砂。装柱的方法有湿法和干法两种。湿法是先将溶剂倒入柱内约柱高的 3/4,然后再将一定量的溶剂和吸附剂调成糊状,从柱的上面倒入柱内,同时打开柱下活塞,控制流速在每秒一滴,用木棒或套有橡皮管的玻璃棒轻轻敲击柱身,使吸附剂缓慢而均匀地下沉,装好后再覆盖 0.5～1 cm 厚度的石英砂。在整个操作过程中,柱内的液面始终要高出吸附剂。干法装柱是在柱子上端放一个干燥的漏斗,使吸附剂均匀连续地通过漏斗流入柱内,同时轻轻敲击柱身,使装填均匀,加完后,再加入溶剂,使吸附剂全部润湿,在吸附剂上面盖一层 0.5～1 cm 厚度的石英砂。再继续敲击柱身,使石英砂上层成水平。在石英砂上面放一张与柱内径相当的滤纸。一般湿法比干法装得结实均匀。

(2)加样及洗脱。当溶剂降至吸附剂表面时,把已配成适当浓度的样品沿着管壁加入色谱柱(也可用滴管滴加),并用少量溶剂分几次洗涤柱壁上所沾的样品。开启下端活塞,使液体慢慢流出,当溶液液面和吸附剂表面相齐时,即可打开安置在柱上装有洗脱剂的滴液漏斗进行洗脱,控制洗脱液流出速度。洗脱速度太慢可用减压或加压方法加速,但一般不宜过快。洗脱液的收集:当样品各组分有颜色时,可直接观察,分别收集各组分洗脱液;若样品各组分无色时,则一般采用等分收集方法收集。

实验:色素的分离

【目的要求】
掌握用柱色谱法分离和鉴定化合物。

【仪器药品】
铁架台,色谱柱,脱脂棉,95％乙醇,微晶纤维素粉,靛红,罗丹明 B

【实验步骤】

1. 装柱

取一根长 10 cm、内径 1 cm 的色谱柱,另取少许脱脂棉放于干净的色谱柱底部轻轻塞好，关闭活塞。将色谱柱垂直于桌面固定在铁架台上。加入洗脱剂(95%乙醇)至柱子高度的一半。然后通过干燥的玻璃漏斗慢慢加入一些微晶纤维素粉，若柱壁上粘有少量微晶纤维素粉，可用少量95%乙醇溶液冲洗下去，待微晶纤维素粉在柱内沉积高度约为1 cm时，打开活塞，控制液体下滴速度为每秒1滴。继续加入微晶纤维素粉，必要时再添加一些95%乙醇，直到微晶纤维素粉沉积高度达5 cm时为止，然后在微晶纤维素面上盖一小滤纸片。

装柱时要注意均匀一致，松紧适当，避免柱中存在气泡、裂缝。装柱过程以及洗脱过程中，要始终保持固定相上面覆盖着一定高度的流动相液面，即柱子上部勿使吸附剂露出，但超出的液面不宜过高。

2. 分离

当柱中的洗脱剂下降至与滤纸水平时，即与吸附剂表面相切，小心滴加2～3滴靛红和罗丹明B混合液[1]。然后少量多次地加入95%乙醇溶液，进行洗脱，并用一个小烧杯在柱下承接。当有一种染料从色谱柱中被完全洗脱下来后，将洗脱剂改换成蒸馏水继续洗脱，同时更换另一个小烧杯作接收器。待第二种染料被全部洗脱下来后，即分离完全，停止色谱操作。

注释：

[1] 靛红和罗丹明B混合液的配制方法：分别称取0.4 g靛红和罗丹明B于一只烧杯中，加入200 mL 95%乙醇使之溶解即可。靛红为蓝色染料，罗丹明B为红色染料。

【思考题】

1. 实验中微晶纤维素、乙醇和蒸馏水各起什么作用？
2. 若色谱柱填充不均匀，对分离效果有何影响？
3. 为什么极性大的组分要用极性较大的溶剂洗脱？

（三）纸色谱

纸色谱和薄层色谱一样，主要用于反应混合物的分离和鉴定，是分配色谱的一种。此法一般适用于微量样品的定性分析,分离出来的色点也可用比色方法定量。由于纸色谱对亲水性较强组分的分离效果较好,故特别适用于多官能团或高极性且亲水性强的化合物(如糖、醇类、生物碱或氨基酸等天然物质)的分析。纸色谱 R_f 值的重现性总体比薄层色谱好一些,色谱纸也比薄层板易于保存,但纸色谱只适用于微量操作,且展开时间长,一次操作常需数小时,这使得其应用受到一定限制。

1. 基本原理

纸色谱是以滤纸作为载体,让样品溶液在滤纸上展开而达到分离的目的。纸色谱的溶剂是由有机溶剂和水组成的。当有机溶剂和水部分溶解时,一相是以水饱和的有机溶剂相,一相是以有机溶剂饱和的水相。纸色谱用滤纸作为载体,因为纸纤维和水有较大的亲和力,而有机溶剂与纸纤维的亲和力较差。水相为固定相。有机溶剂相为流动相,称为展开剂,展开剂常用丁醇-水的混合液。在滤纸的一定部位点上样品,当有机相在滤纸上移动经过原点时,样品即在滤纸上的水与流动相间发生连续重复的再分配,使样品中与流动相有较大亲和力的物质随溶剂移动的速度较快,而与水亲和力较大的物质随溶剂移动的速度较慢,根据混合物的各组分在两种液相物质中分配系数的不同而达到分离目的,分配色谱法在原理上相当于无数次液-液连续萃取。亲脂性较强的展开剂在含水的滤纸上移动时,展开剂中各组分在滤纸上受到两相溶剂的影响,产生了分配现象。亲脂性稍强的组分在流动相中分配较多,移动速度较快,有较高的 R_f 值。反之亲水性的组分在固定相中分配较多,移动得慢些,这样便能将混合物分离。

2. 展开剂

根据待分离物质的不同,要选用合适的展开剂。展开剂应对待分离物质有一定的溶解度,溶解度太大,待分离物质会随展开剂跑到前沿。溶解度太小则会留在原点附近,使分离效果不好。选择展开剂应注意下列几点。

(1) 能溶于水的样品物质,以吸附在滤纸上的水作为固定相,以特定的有机溶剂(如某些醇类)作为展开剂。

(2) 难溶于水的极性化合物,以非水极性溶剂(如甲酰胺、N,N-二甲基甲酰胺等)作固定相,以不能与固定相结合的非极性溶剂(如环己烷、苯、四氯化碳、氯仿)作展开剂。

(3) 对溶于水的非极性化合物,以非极性溶剂(如液体石蜡)作固定相,以极性溶剂(如水、含水的醇、含水的酸等)作展开剂。

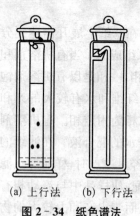

(a) 上行法　(b) 下行法

图 2-34　纸色谱法装置图

3. 滤纸

色谱用滤纸对其质地、纯度及机械强度都有严格要求。色谱纸应厚薄均匀,全纸平整无折痕,纤维松紧适宜,能够吸收一定的水分,使用时将滤纸切成条状,可根据纸色谱缸的大小规格和待分离样品的多少自行选择,一般为(3~8)cm×(20~50)cm。纸色谱的装置见图 2-34。

4. 操作方法

(1) 点样。与薄层色谱中的点样相似,可参见薄层色谱。注意管尖不可触及滤纸,而只使露出管尖的半滴样液触及滤纸。

(2) 展开。先将色谱滤纸置入展开溶剂蒸气中放置过夜,然后将点好样的色谱纸放入,使点有样品的一端浸在展开剂中,但不可浸及样品点。观察展开情况,待展开剂前沿到达离色谱纸另一端约 1.5 cm 处,取出色谱纸,计算 R_f 值。

纸色谱的展开方式也有上行法、下行法、双向展开法、水平展开法等。上行法见图 2-34(a),是将色谱纸垂直挂在展开容器中,下端浸在展开剂中,展开剂沿纸浸润上行,带动样点上行并逐步分离样品,此法装置简单,操作方便,应用最广,但展开速度较慢。下行法见图 2-34(b),是将色谱纸搭挂在展开槽上部的盛液小槽中,展开剂在滤纸上自上而下沿纸下行,既有浸润作用,亦有重力作用,所以展开较快,对于 R_f 值较小、分子较大组分的分离,效果优于上行法。对于组分特别复杂,一种展开剂难以分离的样品,可采用双向展开法,将样品点在较宽的滤纸的一角,先用一种展开剂沿纸的一个方向展开,取出干燥后更换另一种展开剂,沿着与第一次展开方向垂直的方向第二次展开。

(3)显色。对于无色混合物的分离,通常将展开后的滤纸晾干或吹干,置于紫外灯下观察是否有荧光,或根据化合物性质,喷上显色剂,观察斑点位置。纸色谱多采用化学显色剂喷雾显色的方法,如茚三酮溶液适于蛋白质、氨基酸及肽的显色,硝酸银氨溶液适合于糖类的显色,pH 指示剂适合于有机酸、碱的显色等。

十一、有机分子结构模型

有机化合物分子的异构现象包括构造异构和立体异构,立体异构可分为构型异构和构象异构,而构型异构又可分为顺反异构和对映异构。不同的异构现象由分子中的特殊结构所引起,它们之间的相互关系可如下表示

$$\text{异构现象}\begin{cases} \text{构造异构} \\ \text{立体异构}\begin{cases} \text{构型异构}\begin{cases} \text{顺反异构} \\ \text{对映异构} \end{cases} \\ \text{构象异构} \end{cases} \end{cases}$$

通常使用的有机化合物结构模型有三种,即 Kekule 模型(又称球棒模型)、Stuart 模型(又称比例模型)和 Dreiding 模型(又称骨架模型)。图 2-35 是它们表示甲烷分子时的不同形状。

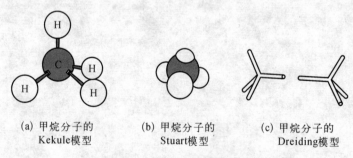

(a) 甲烷分子的
Kekule模型

(b) 甲烷分子的
Stuart模型

(c) 甲烷分子的
Dreiding模型

图 2-35 甲烷分子的模型

Kekule 模型是由小球和短棒组成的,以不同颜色不同大小的球分别表示不同的原子,以长短不同的直型或弯型的短棒表示不同的

化学键。此模型使我们能直接观察到分子中各原子在空间的分布以及成键情况,但不能很好地反映出分子中各原子和基团的相对大小以及分子中电子云的分布情况。更需注意的是 Kekule 模型用短棒表示化学键虽便于观察,但这种夸张的做法有时会引起对键长和成键电子云形状的误解。Kekule 模型应用范围广,拆卸组合容易,故经常使用。

Stuart 模型是按实际分子中各原子的大小和电子云的重叠成键情况,接近比例放大而制成的。它较 Kekule 模型更真实地反映分子中电子云的分布情况。但不及 Kekule 模型使用方便,也没有像 Kekule 模型那样可直观地看到分子中各原子核的相对位置。

Dreiding 模型按照分子的键长和键角放大制成,较真实地反映出分子的碳架结构。它由实心金属棒和空心金属棒相互组合而成,因其体积小,组合准确,通常制成核酸、蛋白质以及多环等有机大分子模型供观察。Dreiding 模型只以线和角反映出分子中共价键的立体形状。

可见,这三种模型在表示分子结构时各有其优点和不足。以下根据实验内容仅介绍 Kekule 模型的一些使用方法及需注意的问题。

构造异构是指分子式相同的各分子中键合方式和原子的连接顺序不同所产生的异构,如丙醛、丙酮、环丙醇和甲基环氧乙烷都相当于分子式 C_3H_6O,但构造却各不相同。

用 Kekule 模型来表示构造异构时,除注意不同原子选用不同的小球外,还需注意各小球是否按杂化轨道的数目和角度打有一些小孔。Kekule 模型通常以黑球表示碳原子,绿球表示卤原子,红球表示氧原子,以较小的球来表示氢原子。以较长的棒表示碳碳键、碳氧键、碳卤键等,以较短的棒来表示氢原子和其他原子形成的共价键。在用 Kekule 模型表示有机分子的构造时,应注意分子中各原子的相互连接顺序。

构象是指分子依靠键的旋转和扭曲所能达到的各种空间形状。例如,1,2-二氯乙烷中由于碳碳键的旋转可产生全重叠(或称顺

叠)、邻位交叉(或称顺错)、部分重叠(或称反错)、对位交叉(或称反叠)四种典型构象式以及它们之间的各种过渡态构象。环己烷分子也有船式和椅式两种典型构象式及过渡态构象。

用 Kekule 模型表示分子的构象时,除以不同的小球和短棒表示不同的原子和化学键外,需特别注意相同原子形成的化学键要选用长短相同的棒,连接好后要旋转灵活,无不规则的变形。否则将难以观察,甚至得出错误的结论。另外,在考察各原子的相互排斥作用时,应考虑到 Kekule 球棒模型将化学键的夸张"拉长"处理。例如,在环己烷的椅式构象中,C_1 上的 a 键与 C_3 和 C_5 上的 a 键距离较近,排斥作用较大。这在 Kekule 模型上没有准确地反映出来。

顺反异构是指由于双键或环状结构的存在,使分子中的一些原子和基团限制在一个参考平面的同侧或异侧而产生的异构。例如,在顺-2-丁烯和反-2-丁烯中,参考平面在垂直于纸平面的两个双键碳原子上,两个甲基或两个氢原子固定在这个参考平面的同侧或异侧而产生顺反异构。

一般 Kekule 模型只有球和棒,不能表示出双键电子云的分布情况。对于双键的顺反异构,仍可采用按 sp^2 杂化制作的小球来表示碳原子。但需用两根弯型小棒来连接黑色小球,虽然这不符合碳碳双键是一个 σ 键和一个 π 键的实际情况,但各原子核在分子中的相应位置更符合实际,对于我们观察分子中各原子的顺反异构观象,不产生错误的影响。环烷烃的顺反异构亦如此。

对映异构是指构造相同的两个化合物,互为实物与其镜像,且不能重合而造成的异构现象。例如,D-甘油醛和 L-甘油醛就是一对对映异构体。

用 Kekule 模型表示对映异构时,最好按费歇尔(Fischer)规则来做,即碳链竖立、C_1 在上以及共价键的横前竖后。若各分子均按 Fischer 规则搭成模型并一致放好,考察对映异构体的相互关系,将不再是一件困难的事情。比较两个结构式的异同,只需看它们所对应的模型能否完全重合,若能重合,则这两个模型所对应的分子结构必定表示同一化合物;反之,就必定是不同的分子。这种判断化合物结构异同的方法,也适用于其他的各种异构现象。

实验:有机分子结构模型作业

【目的要求】

1. 通过模型作业,加深对有机化合物分子立体结构的认识。

2. 进一步掌握立体异构现象,从而理解有机化合物的结构与性质的关系。

【实验材料】

组合式 Kekule 有机分子模型一套

【实验操作】

1. 构造异构的模型制作

(1) 甲烷。用模型表示甲烷分子的结构,观察其四面体形状的存在,弄清四个价键在空间的伸展方向,在模型上找出甲烷的六个对称面,画出甲烷的透视式,注明键角。

(2) 一氯甲烷。用模型表示一氯甲烷的结构,然后用表示氯原子的球棍和三个表示氢原子的球棍分别互换,观察结构是否发生改变。在模型上找出一氯甲烷的三个对称面,并思考为什么少于甲烷的六个对称面。

(3) 碳链异构和位置异构。用模型表示含四个碳原子的烷烃、烯烃和一卤代烷的各种构造异构。比较单键和双键的旋转性,指出各模型之间的异构关系,深入理解碳链异构和位置异构的意义。画出各模型所表示的分子构造式。

2. 构象异构的模型制作

(1) 乙烷和 1,2-二氯乙烷。用模型表示乙烷和 1,2-二氯乙烷的分子结构,旋转碳碳键,使之形成全重叠、邻位交叉、部分重叠和对位交叉四种典型的构象式,比较各构象式中各原子间相互排斥作用的大小,绘制内能变化曲线。用纽曼(Newman)投影式作图,并注明

各构象异构体的名称。

(2) 环己烷。用模型构成环己烷的椅式构象,然后按不同要求进行下列操作。观察椅式环己烷模型的 a 键和 e 键,并注意每两个相邻或相间隔的碳原子上 a 键和 e 键的相对位置,比较 a 键和 e 键所受到的其他原子排斥作用的大小。观察每两个相邻碳原子是否属于邻位交叉构象。画出椅式环己烷的构象透视式及纽曼投影式,并标明各碳原子的 a 键和 e 键。

将环己烷椅式构象模型的"椅子腿"朝上扭转,得到环己烷的船式构象模型,观察 C_2-C_3、C_4-C_5 这两对碳原子的价键是否属于全重叠式,而其他的相邻碳原子是否属于邻位交叉式。将船式构象与椅式构象进行分子内各原子相互排斥作用的比较,得出稳定性大小的结论。画出船式构象的透视式和纽曼投影式。

将椅式环己烷模型的 C_1 和 C_4 分别向相反方向翻转,得到的仍为椅式模型,观察翻转前后各碳原子上的 a 键和 e 键是否发生转变。

将椅式环己烷模型中一个表示氢原子的球棒用一个表示氯原子的球棒取代,然后翻转 C_1 和 C_4,观察翻转前后氯原子键的变化,并对照模型理解其稳定性差异。画出稳定结构的构象表示式,注明氯原子的 a 键和 e 键。

3. 顺反异构的模型制作

(1) 丙烯和 2-丁烯。用模型表示丙烯和 2-丁烯的分子结构,将双键碳上的氢原子和甲基互换。观察各模型在互换前后能否重合,并依此总结出分子具有顺反异构的充分必要条件。画出不同的结构式并命名,注明相应的构型。

(2) 1, 2-二溴-2-丁烯和 2-氯-2-丁烯。用模型表示 1, 2-二溴-2-丁烯和 2-氯-2-丁烯的顺反异构。画出各种不同的结构式,并注明顺、反和 Z、E,依此总结出顺、反和 Z、E 命名原则的差异。

(3) 取代环己烷。用模型表示 1, 2-二氯环己烷、1, 3-二氯环己烷和 1, 4-二氯环己烷的顺反异构体,比较各化合物的稳定性。画出各物质稳定的构象表示式,并注明顺、反构型。

（4）十氢化萘。用模型表示十氢化萘顺反异构体的椅式构象，比较其结构的稳定性。画出构象表示式，注明顺、反构型以及环的稠合方式。

4. 对映异构的模型制作

（1）乳酸。用模型表示乳酸的一对对映体，比较两者的异同。旋转不同的共价键，试图将两模型重合。得出能否重合的结论后，再体会对映异构与构象异构以及其他异构现象的差异。根据模型画出乳酸的 Fischer 投影式，注明分子的 D、L 构型及手性碳的 R、S 构型。

（2）酒石酸。用模型表示酒石酸的所有对映异构体，观察各模型的对称性质，指出各异构体是否具有旋光性，以及各异构体之间的相互关系。旋转不同的模型和模型中的短棒，试图将各模型重合。得出能否重合的结论后，再画出各异构体的 Fischer 投影式，注明各异构体的 D、L 构型及 R、S 构型，根据构型再判断各异构体的异同，找出各异构体之间手性碳构型差异的规律。从内消旋酒石酸模型中找出对称面和对称中心。

（3）2-羟基-3-氯丁二酸。用模型表示 2-羟基-3-氯丁二酸的所有对映异构体，考察各模型的对称性，指出各异构体之间的相互关系。用对酒石酸模型的相同操作来理解对映异构的各种性质。通过对模型的观察，理解 2-羟基-3-氯丁二酸分子与酒石酸分子碳原子数和手性碳原子数均相同，而对映异构体数目不同的原因。

（4）葡萄糖。用模型表示出 D-葡萄糖的开链式结构，判断各手性碳原子的 R、S 构型，画出 Fischer 投影式。根据分子模型找出 D-葡萄糖分子的对映异构体，并注明各手性碳的构型。

将此开链式模型转换成 β-D-吡喃型环状结构。根据模型理解各碳原子上的羟基与醛基形成环状半缩醛结构的难易，观察各碳原子上的较大基团是否都在 e 键上。比较 α-D 型和 β-D 型环状结构的差异以及稳定性大小，旋转相应的共价键看它们能否相互转换。根据模型画出两种构型的稳定构象式，并对其进行相应的命名。

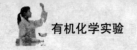

【思考题】

1. 试述 Kekule 模型表示分子结构的优点和不足。

2. 试述有机化合物分子中手性碳原子、对映异构现象和分子的手性三者之间的关系。

3. 葡萄糖水溶液达互变平衡时,各异构体百分浓度为何不同?

(陈东红)

小品文　范霍夫与分子的空间立体结构假说

1874 年,范霍夫和勒·贝尔分别提出了关于碳的正四面体构型学说。

一天,范霍夫坐在乌德勒支大学的图书馆里,认真地阅读着威利森努斯研究乳酸的一篇论文,他随手在纸上画出了乳酸的化学式,当他把视线集中到分子中心的一个碳原子上时,他立即联想到,如果将这个碳原子上的不同取代基都换成氢原子的话,那么这个乳酸分子就变成了一个甲烷分子。由此他想象,甲烷分子中的氢原子和碳原子若排列在同一个平面上,情况会怎样呢?这个偶然产生的想法,使范霍夫激动地奔出了图书馆。他在大街上边走边想,让甲烷分子中的 4 个氢原子都与碳原子排列在一个平面上是否可能呢?这时,具有广博的数学、物理学等知识的范霍夫突然想起,在自然界中一切都趋向于最小能量的状态。这种情况,只有当氢原子均匀地分布在一个碳原子周围的空间时才能达到。那么在空间里甲烷分子是个什么样子呢?范霍夫猛然领悟,正四面体!当然应该是正四面体!这才是甲烷分子最恰当的空间排列方式,他由此进一步想象出,假如用 4 个不同的取代基换去碳原子周围的氢原子,显然,它们可能在空间有两种不同的排列方式。想到这里,范霍夫重新跑回图书馆坐下来,在乳酸的化学式旁画出了两个正四面体,并且一个是另一个的镜像。他把自己的想法归纳了一下,惊奇地发现,物质的旋光特性的差异是和它们的分子空间结构密切相关的,这就是物质产生旋光异构的秘密所在。范霍夫认为,在已经建立起来的经典有机结构理论中,由于人们还不了解原子所处的实际位置,所以原有的化学结构式不能反映出某些有机化合物的异构现象。他根据自己的研究,于1875年发表了《空间化学》一文,首次提出了一个"不对称碳原子"的新概念。不对称碳原子的存在,使酒石酸分子产生两个变体——右旋酒石酸和左旋酒石酸,两者混合后,可得到光学上不活泼的外消旋酒石酸。范霍夫用他提出的"正四面体模型"解释了这些旋光现象。

范霍夫关于分子的空间立体结构的假说,不仅能够解释旋光异构现象,而且还能解释诸如顺丁烯二酸和反丁烯二酸、顺甲基丁烯二酸和反甲基丁烯二酸等另一类非旋光异构现象。分子的空间结构假说的诞生,立刻在整个化学界引起了巨大的反响,一些有识之士看到了新假说的深刻含义,纷纷称赞范霍夫这一创举。例如,荷兰乌德勒支大学的物理学教授毕易·巴洛称"这是一个出色的假说!我认为,它将在有机化学方面引起变革"。著名有机化学家威利森努斯教授写信给范霍夫说:"您在理论方面的研究成果使我感到非常高兴,我在您的文章中不仅看到了说明迄今未弄清楚的事实的极其机智的尝试,而且我也相信,这种尝试在我们这门科学中……将具有划时代的意义。"他们都积极支持和鼓励范霍夫把自己的论文译成法文、德文等多种文字予以广泛传播。

范霍夫首创的"不对称碳原子"概念,以及碳的正四面体构型假说(有时又称为范霍夫-勒·贝尔模型)的建立,尽管学术界对其褒贬不一,但其后的实践却证明,这个假说成了立体化学诞生的标志。

第三部分

 机化合物的合成和化学性质实验

一、有机合成实验的
一般方法和步骤

　　有机合成就是利用化学反应合成某种期望产物的过程，这个过程通常包括：反应的建立、合成、纯化和产品分析。

　　在反应的建立阶段，要充分评价所选择的合成路线是否合理、简单、易操作，并对反应产率做一个预测。在选择合成路线时，必须充分了解所选反应物以及中间产物和最后产物的各个物理常数，如熔沸点、溶解性、密度、挥发性等，以便于确立合成后的产物纯化方案。反应原料是否经济易得、是否环保也是事先需要考虑的问题。

　　确立合成方案后，下一步就是准备实施方案。合成前要充分考虑安全问题，包括试剂的毒性和易燃易爆性；反应中的适宜温度和加热方式；气体冷凝方式的选择；尾气的处理以及发生可能事故时应该如何处理等，千万不可盲目仓促地开始实验，确保准备充分以免发生事故。在安装实验装置时，要遵循一些基本原则：不可对一个密闭的体系进行加热；加热的液体中必须有沸石或搅拌磁子防止暴沸；加热装置需要有气体回流冷凝装置，有必要时需加尾气接收装置，防止试剂挥发和有害气体泄漏；安装反应装置时一般按照从下到上、从左往右的顺序，装置的接口处确保密闭并用铁夹固定，装置搭好后检查是否垂直于桌面，装置整体是否可以有挪动的余地，以免在发生事故时无法挪动处理；反应结束后应等稍冷后按照安装时相反的顺序依次拆除。

　　合成后的纯化是制备中非常重要的一步。纯化时可选用的技术依据其物理性质的差异主要有：结晶、过滤、蒸馏、色谱等。各种方

有机化学实验

法的原理和操作技巧本书已经在有关章节给予了详细介绍,请参照"有机化学的基本技能"章节。

　　纯化后的产品应该对其进行必要的纯度分析和结构鉴定。简单的纯度分析方法是进行熔点或折射率的测定,可用熔点仪或折射仪测得后,再与实验手册中的标准数据进行对比检验,注意测定时必须保证测定条件与标准一致,若是未知物,熔点或折射率等物理常数的测定还可对物质类型进行初步判定。产品的结构可通过光谱分析和元素分析得到精确的鉴定,目前各大高校或研究所都有相应的分析测试中心,可通过傅里叶红外光谱、紫外光谱、核磁共振谱以及质谱等分析手段对物质的结构进行准确的判断。

二、化学性质实验的 注意事项

　　化学性质实验主要包括已知物的验证实验和未知物的鉴定实验，都是针对物质分子的官能团所表现出来的主要性质而展开的。性质实验的装置相对于合成实验较为简单，大多数可以在试管中完成，有时需要用加热和气体接收装置。虽然装置简单，但要做到安全准确，还是需要注意很多细节问题，否则即使一个简单的试管实验，也可能因操作失误等原因而得到错误信息，甚至会影响他人的实验结果，带来安全隐患。

　　试剂准备与贮存。性质实验中所用的试剂有气体、液体、固体，根据实验的需要，可以自己制备所用的试剂，如甲烷、乙烯等气体，或某些必须新鲜制备的试剂(如新制氢氧化铜溶液)，以及需要鉴定的合成产物等；也可以直接购买分析纯化学试剂进行配制，如某些液体和固体等。这些试剂都必须保存在相应的试剂瓶中，贴上标明试剂名称、浓度、日期的标签。为方便使用，液体试剂可以取少量贮存在带有滴头的小试剂瓶中，少量固体必须放在干燥器中保存备用。

　　试剂的使用。使用任何试剂之前都必须了解该试剂的毒性或腐蚀性以及挥发性，以防出现安全问题。对于强毒性或强腐蚀性的试剂，必须戴上手套和防护镜小心取用；对于具有挥发性的试剂，则应该在通风橱中完成取用。打开的试剂瓶必须在取用后立即盖好放回原处，千万不可错盖或不盖，亦不可全部堆积在自己的实验台面上，以免造成试剂的混乱而影响自己或他人的实验结果。任何试剂都必须严格按照实验需要取用相应的量，以免造成浪费和环境污染，不慎

多取或误取的试剂不可倒回原贮存瓶中，应该报告老师作相应处理。

必须严格按照实验操作步骤进行实验，如试剂的加入顺序、使用浓度和使用量等，不可私自改动。实验过程中应该仔细观察发生的现象并及时做好记录，对于非预料中的现象应该仔细分析产生原因，考虑是不是试剂有污染，使用试管是否彻底洗净，对于重复使用的试管如果没有清洁干净很容易造成残留而影响下次实验。在排除了人为操作上的原因后仍然出现的重复现象，可以考虑是否因为反应条件不具备，如加热温度或时间不够，反应的用量过多或过少，是否出现了副反应等，总之应该用科学的态度认真对待每一个实验现象，不要轻易下结论或放弃观察。

实验结束后，将所有试剂瓶按编号摆好，标签朝外，检查是否盖好，固体是否放回干燥器中；自己使用过的试管等必须用清洁剂彻底清洗干净，对于管底的残留可依据其性质加酸或碱等进行化学清洗，并将洗好的试管倒挂在干净的试管架上。

三、实验内容

（一）烃类的性质与制备

烃类化合物是有机化合物中最大的一个分支,其中的烷烃由于性质稳定,广泛分布在自然界中,石油和天然气是烷烃的主要来源。烷烃对很多氧化剂、还原剂、酸或碱都不易起化学反应,但在紫外光照或加热条件下可以发生氢原子的卤代反应。相对于饱和的烷烃来说,不饱和的烯、炔烃的性质更为活泼,其分子中的双键可以发生亲电加成、氧化还原反应。工业上可用轻油和重油在适当的条件下裂解得到小分子烯、炔烃,实验室制备烯、炔烃主要利用醇或卤代烃的消除反应而得到,还可以用金属炔钠与伯卤代烷的取代反应制取一取代或二取代的高级炔烃。芳香烃由于其环状结构的特殊稳定性,常常不易发生烯、炔烃那样的加成反应,却易在催化剂条件下发生取代反应。芳香烃也是一类自然界分布广泛的化合物,很多芳香烃可以从植物中直接提取,同时利用其易发生亲电取代反应的性质,可以在实验室制备各种芳香烃的衍生物。

实验：甲烷的制备和性质

【目的要求】

1. 学习甲烷的制备方法,熟悉烷烃的性质。
2. 掌握气体发生装置的安装和使用。

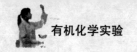
【实验原理】

烷烃分子中只有较稳定的 σ 单键,其键能大不易断裂,故烷烃的化学性质都很稳定,常见的氧化剂、还原剂、酸碱等试剂很难与它们发生化学反应。但在特殊条件下,如紫外光照、强加热等,烷烃的碳氢 σ 单键也能断开,氢原子被卤素原子取代,此反应是自由基链反应机理,光照或加热是引发自由基生成的前提条件。

$$CH_4 + X_2 \xrightarrow{\text{光照或加热}} CH_3X + CH_2X_2 + CHX_3 + CX_4 + HX$$

【仪器药品】

大试管,铁丝,研钵,玻璃导管,橡皮管,收集瓶,玻璃片,无水醋酸钠,碱石灰,浓硫酸,液溴,浓氨水,3%溴的四氯化碳溶液,石蜡油,0.5%高锰酸钾溶液

【实验内容】

1. 甲烷的制备

在1支干燥的大试管中,先放入一段用铁丝卷成的螺圈,称取无水醋酸钠 4 g,碱石灰 2 g 和粒状氢氧化钠 2 g 放在干燥的研钵中快速研细混匀后,装入大试管中。

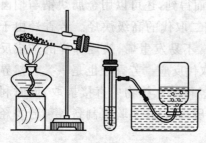

图 3-1 实验室制取甲烷的装置

另取 1 支试管加入适量浓硫酸,用来除去甲烷气体中的杂质,装好装置,大试管管口要稍微向下倾斜,导气管要插入浓硫酸液面下离管底 1 cm,装置见图 3-1。

均匀加热整支试管,再用大火焰加强热,从试管前部逐渐后移,待试管内空气排尽后,做下列性质实验。

2. 甲烷的性质

(1) 卤代反应。取两只 60 mL 集气瓶,一瓶收集满甲烷,另一瓶滴入 1 小滴液溴,盖上玻璃片,待溴蒸气充满瓶后,将该瓶倒立在盛

甲烷的瓶上。抽去玻璃片,使两种气体混合,光照后红棕色溴蒸气消失并产生 HBr 白雾,分开瓶子,把蘸有浓氨水的玻璃棒放在瓶口,观察有无白烟(NH₄Br)生成,见图 3-2。

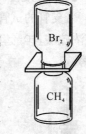

取 2 支干燥试管,分别加 1 mL 液体石蜡[1],再分别加 3 滴 3‰溴的四氯化碳溶液[2]。摇动试管,使其混合均匀。把一支试管放入暗处;另一支试管放在阳光下或日光灯下。半小时后观察两者颜色变化有何区别? 并解释之。

(2) 氧化实验。取 1 支试管加 1 mL 液体石蜡和 4 滴 0.5‰高锰酸钾溶液。摇动试管,观察溶液的颜色有无变化?

图 3-2 取代反应的装置

注释:

[1] 液体石蜡为一混合烷烃,沸点为300℃以上。

[2] 溴化氢不溶于四氯化碳,它在空气中有白色烟雾,能使湿的蓝色石蕊试纸变红。依此现象可与不饱和烃的加成反应相区别。

【思考题】

烷烃的卤代反应为什么不用溴水而用溴的四氯化碳溶液作溶剂?

实验:乙烯的制备和性质

【目的要求】

1. 学习用醇脱水制备烯烃的方法,熟悉 π 键性质。

2. 进一步学习气体发生装置的使用。

【实验原理】

烯烃的反应活性比烷烃高,其碳碳双键中的 π 键容易受到亲电试剂(如卤素、卤化氢等)的进攻而发生亲电加成反应,另外双键也容易被高锰酸钾等氧化剂断裂而发生氧化反应。实验室制备烯烃常常采用醇为原料,在浓硫酸催化下发生醇分子内脱水而制得,如乙烯的合成反应如下

$$CH_3CH_2OH \xrightarrow[\triangle]{\text{浓}\ H_2SO_4} H_2C = CH_2 \uparrow + H_2O$$

此反应需要将温度控制在170℃左右才有利于烯的生成,否则容易发生醇分子之间的脱水而得到大量的副产物乙醚。

【仪器药品】

带支管的试管(两支),试管,导管,橡皮管,沸石,温度计,95%乙醇,浓硫酸,10%氢氧化钠溶液,3%溴的四氯化碳溶液,0.5%高锰酸钾溶液

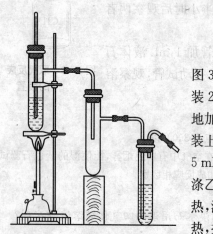

图3-3　乙烯的制备装置

【实验内容】

1. 乙烯的制备[1]

取2支带支管的试管组装成如图3-3的装置。在第一支试管中装2 mL 95%乙醇,边摇动边慢慢地加6 mL浓硫酸,再加2 g沸石[2],装上温度计。在第三支试管中加5 mL 10%氢氧化钠溶液[3],用于洗涤乙烯。开始用稍大一点的火加热,温度升高至160℃后,用小火加热,把温度控制在160～170℃[4],使乙烯均匀地外逸。

2. 乙烯的性质

(1)加成反应。取1支试管,加1 mL 3%溴的四氯化碳溶液。通乙烯于溶液中,溶液有何变化?能说明什么问题?

(2)氧化反应。取1支试管,加5滴0.5%高锰酸钾溶液。然后通乙烯于溶液中,溶液有何变化?

注释:

[1]乙烯由乙醇脱水而得

$$H_2C-CH_2 \xrightarrow[170℃]{\text{浓}\ H_2SO_4} CH_2=CH_2 \uparrow + H_2O$$
$$\quad |\quad\ \ |$$
$$\quad H\ \ OH$$

[2]若有硅藻土、无水硫酸铝或沸石存在时,可催化硫酸氢乙酯分解放出乙

烯。此外,它们还可以防止反应混合物在受热时所发生的泡沫溅出等现象。沸石要用稀盐酸、水洗涤干净,烘干备用。

[3] 洗涤除去二氧化碳和二氧化硫。

[4] 减少乙醚的生成。

【思考题】

1. 由乙醇和浓硫酸共热制乙烯时生成的气体中可能含有哪些杂质? 对实验有什么影响?

2. 制乙烯的实验要注意哪些问题?

实验: 芳香烃的性质

【实验原理】

芳香烃由于其分子中具有环状闭合共轭结构,使它的性质与其他不饱和烃差异甚大。芳香环上易发生亲电取代反应,如卤代、硝化、磺化、傅-克(Friedel-Crafts)反应,难发生加成和氧化反应。但在紫外光照射下可与卤素加成,在催化剂存在下,可以加氢。芳环侧链上的烃基,由于受苯环的影响,较易氧化,其 $\alpha-H$ 在光照或加热下比一般烷烃还容易被取代。

具有芳环结构的化合物通常在无水三氯化铝催化下与氯仿起傅-克反应,生成有颜色的物质,而且从生成物的颜色可以初步推测芳香烃的种类。对于有侧链烃基的芳环,其侧链可被酸性高锰酸钾氧化成羧基,实验中可观察到紫色高锰酸钾溶液褪色。实验室中常利用这两个性质鉴定芳香烃。

【仪器药品】

干燥试管,紫外灯,滤纸条,水浴锅,苯,甲苯,3%溴的四氯化碳溶液,铁粉,氯仿,萘,环己烷,无水三氯化铝,0.5%高锰酸钾溶液,25%稀硫酸

【实验内容】

1. 芳环上的卤代

取四支干燥洁净的试管,编号。在 1、2 两支试管里各加 10 滴

苯;在3、4两支试管里各加10滴甲苯。然后在这四支试管里各加3滴3%溴的四氯化碳溶液,摇动试管。混合均匀后,在试管2、4中各加少量铁粉。将四支试管不断摇动,观察有何现象。如果温度过低,反应困难,可将试管放在沸水浴中加热几分钟再观察现象。

2. 苯环侧链上的卤代

取两支干燥试管,各加入甲苯1 mL和3%溴的四氯化碳溶液10滴,摇匀后,将一支放在阳光下(如果没有阳光,可用紫外灯或60 W以上的灯光照射),另一支用黑纸包住放在黑暗处(如柜子中)。稍待片刻取出,向试管吹气,观察现象。

取两条滤纸条分别插入上述两支试管中,将其一端浸湿,然后取出在空气中稍微晾干小心嗅其气味[1],有何不同?

3. 芳香烃的鉴定

(1) 傅-克反应。在干燥试管中加入氯仿2 mL,再加入烃类样品苯、甲苯、萘、环己烷各2滴(固体约0.1 g),充分振摇混匀并润湿试管壁。然后沿管壁加入无水三氯化铝约0.5 g,注意观察颜色的变化。芳烃能起傅-克反应,生成有色产物[2]。

(2) 氧化反应。取三支干净的试管,各加5滴0.5%高锰酸钾溶液和25%稀硫酸溶液。然后分别加10滴苯、甲苯和0.1 g萘的粉末,用力摇动。观察现象有何不同。

注释:

[1] 生成溴化苄$C_6H_5CH_2Br$,沸点为201℃,具有刺激性气味和催泪性。

[2] 颜色从三氯化铝表面产生,并逐渐扩散至整个溶液变色。不同种类的芳烃生成的颜色有如下差异

苯及其同系物	橙色至红色
卤代芳烃	橙色至红色
萘	蓝 色
联苯	蓝 色
菲	紫红色
蒽	黄绿色

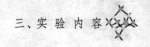

【思考题】

在芳烃的傅-克反应中,无水三氯化铝起什么作用? 为什么要求无水? 有哪些化合物可以代替无水三氯化铝?

实验：环己烯的制备

【实验目的】

1. 了解分馏装置的应用和反应条件的控制。
2. 正确理解共沸物概念及在有机化学实验中的应用。

【实验原理】

环己烯的实验室制备方法有很多。常用的有：环己醇与磷酸或硫酸共热;环己醇与邻苯二甲酸酐共热;环己醇与硫酸氢钾或无水草酸共热;环己醇蒸气通过160℃活性氧化铝;在有吡啶或二甲苯胺存在下用亚硫酰氯使环己醇失水;或将氯代环己烷在高温下通过活性炭或在三甘醇中与氢氧化钠作用而制得。

本实验采用环己醇与磷酸共热脱水的方法制备环己烯。由于反应是可逆的,本实验采用在反应过程中将产物从反应体系中分离出来的方法推动平衡向正反应方向移动,提高产物的产率。环己烯-水共沸点为70.8℃,含水10%;环己醇-水共沸点为97.8℃,含水80%。为了使产物以共沸物的形式带出反应体系又不夹带原料环己醇,本实验采用分馏反应装置。

由反应式可知,每生成82 g 环己烯的同时生成18 g 水,粗产物中含水量大于环己烯-水共沸物中的含水量,因此,利用共沸分馏并控制柱顶温度在71℃左右,生成的水完全可以把环己烯带出反应体系,又可以减少环己醇以共沸物的形式带出体系,使环己醇充分转化。加热反应一段时间后再逐渐蒸出产物,调节加热速度,保持反应速度大于蒸出速度才能使分馏连续进行,柱顶温度稳定在71℃不波动。反应结束前温度升到85℃是为了使分馏柱中少量环己烯彻底蒸出来。用25 mL 量筒作分馏接收器,便于计量分馏出的产物的量,判

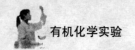

断反应进行的程度。反应终点的判断可以参考下面几个参数：反应进行 40 min 左右；分馏出的环己烯-水共沸物达到理论计算值；反应烧瓶中出现白雾；柱顶温度下降后又升到 85℃ 以上。粗产物干燥后再蒸馏，蒸馏装置要干燥，否则前馏分多（环己烯-水共沸物），会降低产率。

【仪器药品】

圆底烧瓶(15 mL)，分馏柱，直形冷凝管，温度计，油浴，沸石，环己醇，磷酸(85%)，饱和食盐水，无水氯化钙

【实验步骤】

在干燥的 15 mL 圆底烧瓶中加入 5.2 mL 环己醇[1]、1.5 mL 磷酸[2]和沸石，摇匀，装一支分馏柱，其支管连接一支直形冷凝管，用圆底烧瓶作为接收器，置于冰浴中，收集馏液用。在分馏柱顶部装一支温度计，以测量分馏柱的顶部温度（在反应瓶和支管中间加一个刺形分馏柱）。

用油浴加热圆底烧瓶，控制浴温在 180～200℃[3]缓慢蒸出环己烯和水，使馏分温度不超过 90℃，蒸至瓶中仅剩下少量残留液时，停止蒸馏。

将收集的粗环己烯转移至分液漏斗中，用等体积饱和氯化钠溶液洗一次，分去水层[4]，将有机层倒入一个干燥锥形瓶中，用无水氯化钙干燥 30 min 至溶液清亮透明为止。

将干燥过的产品小心滤入圆底烧瓶中，加入几粒沸石后用油浴加热蒸馏，收集 82～85℃ 馏出液，产品为无色透明液体，产量约为 1.5～2.1 g。

纯的环己烯沸点为 83℃，折射率 n_D^{20} 为 1.446 5。

本实验约需 6 h。

注释：

[1] 环己醇熔点较高(25.2℃)，当气温低时比较黏稠，用量筒量取时应注意转移中的损失，采用称量法加料，可减少加料时的误差。环己醇与磷酸应充分混匀后，再加热反应。环己醇毒性比环己烯强，不要吸入其蒸气或触及皮肤。

[2] 83%~98%的 H_3PO_4 是一种稠厚液体,属强酸,腐蚀性强,不要溅入眼睛和接触皮肤。相对密度为1.70,溶于水和乙醇,能吸收空气中的水分。加热到213℃时失去部分水转变为焦磷酸,进一步转变为偏磷酸,酸性介于强酸与弱酸之间。硫酸也可代替磷酸起脱水剂作用,但硫酸较易引起炭化。

[3] 反应中环己烯与水形成共沸物(沸点70.8℃,含水10%);环己醇与环己烯形成共沸物(沸点64.9℃,含环己醇30.5%);环己醇与水形成共沸物(沸点97.8℃,含水80%),因此不宜控制加热温度过高、蒸馏速度过快。尽量减少未反应的环己醇蒸出。

[4] 尽量分去水层,以免因增加干燥剂用量导致更多的产品损失。

【思考题】

1. 在粗制环己烯中,为什么要加入饱和食盐水洗涤?

2. 无水氯化钙吸水后有什么变化? 为什么蒸馏前要将它过滤掉?

实验：乙苯的制备

【实验目的】

1. 学习傅-克法制备乙苯的原理和方法,加深对烷基化反应特点的认识。

2. 学习气体吸收和无水操作技术。

3. 巩固分馏、蒸馏等实验技术。

【实验原理】

芳香烃在无水三氯化铝等催化剂存在下,与卤代烷、酰氯或酸酐作用,在苯环上发生亲电取代反应,引入烷基或酰基的反应称为傅-克(Friedel-Crafts)反应。引入烷基的反应称为傅-克烷基化反应,引入酰基的反应称为傅-克酰基化反应。所用的催化剂无水三氯化铝是路易斯酸,接受卤代烃分子中的卤负离子,使卤代烃分子转变为亲电能力更强的碳正离子,配合得到的氯化铝负离子对酸敏感,在质子性溶剂中会迅速分解而使烷基化反应难以进行下去,因此整个反应过程中都必须严格做到无水干燥。

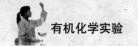

在利用傅-克烷基化反应向苯环引入烷基的时候需要注意,当所引入的烷基为 3 个碳以上的伯烷基或仲烷基时,往往在反应过程中生成的伯或仲正碳离子会重排成更稳定的叔正碳离子而不能得到预期产物,因而不能直接采用烷基化反应,而应该先用酰基化反应引入相同碳链结构的羰基以后,再对羰基实施还原得到。对于简单的烷基,如甲基和乙基,则可以直接烷基化得到。制备乙苯的反应式如下

主反应

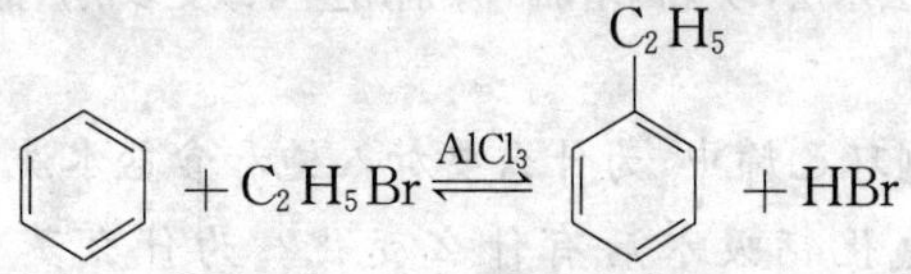

副反应

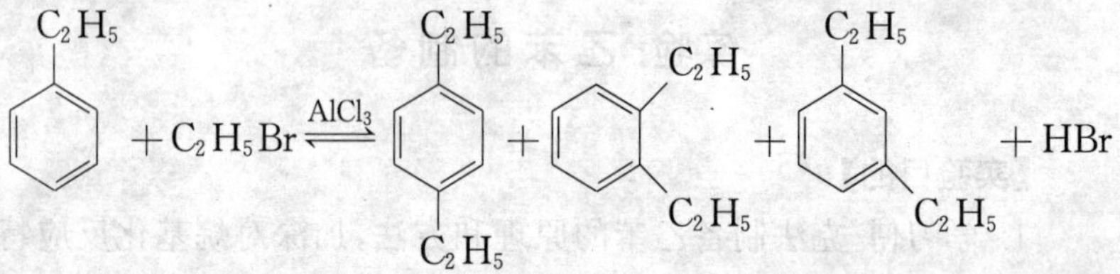

反应中由于引入了活化苯环的乙基,生成的乙苯分子易于和过量的溴苯进一步烷基化而生成二乙基苯甚至多乙基苯,故为了减少副反应的发生,加料时要苯过量,而且缓慢滴加以控制反应停留在一烷基化阶段。

【仪器药品】

三口烧瓶,圆底烧瓶,搅拌装置,滴液漏斗,分液漏斗,玻璃漏斗,回流冷凝管,接引管,导气接头,刺形分馏柱,蒸馏头,温度计套管,温度计,电热套,烧杯,量筒,溴乙烷,苯[1],无水 $AlCl_3$[2],浓 HCl,无水 $CaCl_2$(块状)

【实验步骤】

本实验所用实验药品必须是无水的,所用仪器必须是干燥的[3]。

在 125 mL 三口烧瓶上分别安装滴液漏斗和回流冷凝管,冷凝管上口连接气体吸收装置。三口烧瓶中迅速加入 0.75 g 无水 $AlCl_3$、15 mL 苯和磁力搅拌子。滴液漏斗中加入 3.8 mL 溴乙烷和 7.2 mL 苯的混合液。固定好装置。开动搅拌器,自滴液漏斗中缓慢滴加混合液。当观察到有 HBr 气体逸出,并有不溶于苯的红棕色配合物生成时,表明反应已经开始[4]。控制好滴加速度使反应不至过于剧烈(即 HBr 的逸出速度不至太快)。加料完毕后,继续搅拌。当反应缓和下来时,开始加热,控制温度约 60℃左右,并在此温度保持 1 h。然后停止加热和搅拌。

待反应物冷却后,在通风橱内将反应物慢慢地倒入盛有 25 g 碎冰、25 mL 水及 2.5 mL 浓 HCl 混合物的烧杯中,同时用玻璃棒不断搅拌,使配合物完全分解。

用分液漏斗分去水层,烃层用等体积的水洗涤若干次,分离出烃层。用适量的块状无水 $CaCl_2$ 干燥。

将干燥后的液体小心地倒入 100 mL 圆底烧瓶中,装好刺形分馏柱,在电热套中加热分馏,馏出速度控制在每秒 1 滴。当温度达 85℃时,停止加热,稍稍冷却后把分馏装置改装成蒸馏装置,在电热套中加热蒸馏。收集 132～139℃的馏分[5],产量约 3.5 mL。

纯乙苯是无色透明液体,相对密度 d_4^{20} 为 0.867 2,折射率 n_D^{20} 为 1.495 9,沸点为 136.3℃,凝固点为 -94℃,微溶于水,溶于乙醇、苯、乙醚和四氯化碳。

本实验大约需要 6 h。

注释:

[1] 此实验最好用无噻吩的苯。要除去苯中所含噻吩,可用硫酸多次洗涤(每次用相当于苯体积 15% 的浓 H_2SO_4)直到不含噻吩为止,然后依次用水、10% NaOH 溶液和水洗涤,用无水 $CaCl_2$ 干燥后蒸馏。检验苯中噻吩的方法:取 1 mL 样品,加 2 mL 0.1% 靓红在浓 H_2SO_4 中,振荡数分钟,若有噻吩,酸层将呈现浅蓝绿色。

[2] 无水 $AlCl_3$ 暴露在空气中,极易吸水潮解而失效。应当用新升华过的或

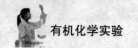

包装严密的试剂,称取动作要迅速。

〔3〕仪器或药品不干燥,将严重影响实验结果或使反应难以进行。

〔4〕此棕红色配合物是催化剂,反应即发生在配合物与苯的界面处。

〔5〕85～132℃的馏分为含少量乙苯的苯,另外用瓶收集。如果将此馏分再分馏一次,可再回收一部分乙苯。139℃以上的残液中含有二乙苯及多乙苯。

【思考题】

1. 为什么本实验所用仪器和试剂必须干燥,水分对反应有何影响?

2. 什么情况下需要用到气体吸收装置?

实验: 反-1,2-二苯乙烯的制备

【目的要求】

1. 学习并理解 Wittig 法制备烯烃的原理和方法。

2. 掌握蒸馏装置的使用以及萃取结晶的分离技术。

【实验原理】

1953 年德国化学家 G. Wittig 报道了一种合成烯烃的方法。这种方法是先用三苯基膦与卤化物起反应,生成季鏻盐,然后用强碱脱去卤化氢,使它变成一种负碳离子,这个负碳离子的负电荷为相邻的磷原子上空的 d 轨道所稳定。这种负碳离子称为叶立德(ylide)。

$$(C_6H_5)_3P + RR'CHX \longrightarrow (C_6H_5)_3\overset{\oplus}{P}CHRR'\overset{\ominus}{X} \xrightarrow[-\text{LiX}]{\underset{-C_6H_6}{C_6H_5Li}}$$

三苯基膦 　　　　　　　　　季鏻盐

$$(C_6H_5)_3\overset{\oplus}{P}-\overset{\ominus}{C}RR' \rightleftharpoons (C_6H_5)_3P=CRR'$$

叶立德

ylide 是一种亲核试剂,可以进攻醛酮的羰基碳,最后消除掉三苯基氧膦而生成烯烃。

$$(C_6H_5)_3\overset{\oplus}{P}-\overset{\ominus}{C}RR' + \underset{R'''}{\overset{R''}{O=C}} \longrightarrow (C_6H_5)_3\overset{\oplus}{P}-CRR'$$
$$\underset{\overset{|}{O}-\underset{\ominus}{C}R''R'''}{}$$

$$\longrightarrow (C_6H_5)_3P-CRR' \longrightarrow (C_6H_5)_3P=O + RR'C=CR''R'''$$
$$\underset{\overset{|}{O}-CR''R'''}{}$$

如果应用了各种卤化物和醛酮,就可以用此法合成为数众多的烯烃。与其他合成烯烃方法相比,Wittig 法的反应条件温和,产率一般很高,还不会产生异构烯烃和重排产物。由于 Wittig 法作为一种合成烯烃的一般方法在有机合成中得到了广泛应用,因此,G. Wittig 于 1979 年获得了诺贝尔化学奖。

这个反应通常使用的强碱是有机锂化合物,而有机锂化合物是不容易处理的,也比较危险,通常需在氮气氛下进行操作。如果在第一步反应时采用较活泼的卤代物,如 $CH_2=CHCH_2Cl$、$ClCH_2COOC_2H_5$ 或 $C_6H_5CH_2Cl$ 等,则可应用较便宜的亚磷酸酯与醇钠来代替毒性较大、价格也较昂贵的三苯基膦和有机锂化合物,这个改良的方法操作方便,且最后生成的磷酸二乙酯溶于水,容易与烯烃分离。例如,用此法合成反-1,2-二苯乙烯的反应过程如下

$$(C_2H_5O)_3P + C_6H_5CH_2Cl \longrightarrow (C_2H_5O)_2\overset{\overset{O}{\|}}{P}CH_2C_6H_5 + C_2H_5Cl$$

$$(C_2H_5O)_2\overset{\overset{O}{\|}}{P}CH_2C_6H_5 + CH_3ONa \xrightarrow{DMF} \left[(C_2H_5O)_2\overset{\overset{O}{\|}}{P}\overset{\ominus}{C}HC_6H_5\right]Na^{\oplus}$$

$$\xrightarrow{C_6H_5CHO} \underset{C_6H_5}{\overset{H}{}}C=C\underset{H}{\overset{C_6H_5}{}} + (C_2H_5O)_2\overset{\overset{O}{\|}}{P}ONa$$

【仪器药品】[1]

圆底烧瓶(50 mL),球形冷凝管,滴液漏斗,温度计,氯化钙干燥

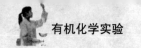

管,干燥三口瓶(100 mL),减压过滤装置,氯苄,亚磷酸三乙酯,甲醇钠,N,N-二甲基甲酰胺(DMF),苯甲醛(新蒸)

【实验步骤】

1. 苄基磷酸二乙酯的制备

在 50 mL 圆底烧瓶中放置 6 mL 氯苄和 9.1 mL 亚磷酸三乙酯[2]和几粒沸石,装上球形冷凝管,垫上石棉网小火加热,维持微沸 1 h[3],冷却此反应混合物(主要是苄基磷酸二乙酯,$C_6H_5CH_2P(OC_2H_5)_3$)至室温待用。

2. 反-1,2-二苯乙烯的制备

在装有滴液漏斗、温度计和氯化钙干燥管的 100 mL 干燥三口瓶中放置 3.0 g 甲醇钠[4]和 25 mL 干燥 N,N-二甲基甲酰胺(DMF)。将三口瓶置于冰-水浴中冷却。然后将上面制得的苄基磷酸二乙酯加入此三口瓶中。

在滴液漏斗中放置 5.2 mL 新蒸馏的苯甲醛。在反应混合物温度低于 20℃时,滴加苯甲醛,加入速度以维持反应在 30~40℃进行为宜。加完后,移去冰-水浴,在室温下放置 10 min,使反应完全。

在搅拌下,加 10 mL 水到此三口瓶中,这时有晶体析出,将三口瓶置于冰-水浴中搅拌片刻以使晶体析出完全。过滤收集产物,用少量等体积冷甲醇-水混合物洗涤晶体。干燥后得产物 8 g(产率 85%)[5],熔点为 124~125℃。

纯的反-1,2-二苯乙烯的熔点为 125℃。

注释:

[1] 有机膦(磷)化合物常常是有毒的。这类化合物与皮肤接触都应立即用肥皂和水充分洗涤,并避免吸入这类化合物的蒸气。氯乙烷对人体有害,反应最好在通风橱中进行。氯苄蒸气对眼睛有强烈的刺激作用,转移时切勿滴在瓶外。如果沾在手上,立即用大量水冲洗,再用肥皂擦洗。

[2] 氯苄和亚磷酸三乙酯都应用新蒸馏的。

[3] 130℃时开始消除 C_2H_5Cl,1 h 后液体温度可达 200℃左右。

[4] 尽可能不让吸湿性强的甲醇钠多暴露在空气中,应迅速称量并及时

盖好瓶塞。甲醇钠最好统一制备,其制备方法是:在装有回流冷凝管和氯化钙干燥管的圆底烧瓶中放置无水甲醇,再加入除去外皮切成小块的金属钠(用量比为10 mL甲醇:1 g钠)。开始反应较为激烈,可用冷水浴冷却。大部分钠反应后,钠溶解甚慢,可用水浴加热。待金属钠全部反应后,水泵减压蒸除大部分甲醇,再油泵减压于150℃油浴中抽2 h。制得的甲醇钠应置于干燥器中备用。

[5]粗产物纯度已足够供一般实验使用。若需更纯的产物,可用乙醇-乙酸乙酯混合溶剂重结晶。此粗产物中以反式产物为主要产物,但也有少量的顺式烯烃生成,为了进一步提高反式产物的纯度,可以在混合烯烃中加入干燥的二氯甲烷和碘,在150 W红外灯下照射1 h,此条件下顺式烯烃可以转化为反式烯烃,最后旋转蒸发除去二氯甲烷即可。

【思考题】

试比较用格氏试剂与醛酮作用后的产物经脱水后生成烯烃和用Wittig 法制备烯烃的优缺点。

(二) 碳-卤键的性质与制备

C—X 键是极性很强的共价键,成键电子云强烈地偏向于电负性较大的卤素一方,从而暴露出正碳核,容易受到亲核试剂的进攻,发生亲核取代反应。同时,由于卤素基团是一个较好的离去基团,因而容易与邻近碳上的氢原子发生 α-消去或 β-消去而生成相应的卡宾或烯烃。另外,碳卤键中间还可以插入一些活泼金属元素(如 Li、Mg等),生成金属有机化合物,是一类重要的有机合成中间体。值得注意的是,卤素连接于 sp^2 杂化的碳上,其化学性质与连接于 sp^3 杂化的碳上有较大差别,当卤素连接于 sp^2 杂化碳上时,卤素原子参与 π 键的共轭体系,降低了 C—X 键的极性,因而反应活性大大降低。

含有卤素的有机物在自然界很少存在,大多数卤代烃都是人工合成的。简单的单卤代烃常常用相应的醇在酸性催化条件下与卤化氢发生取代反应来制备,而一些二元卤代烃则多由卤素与烯烃或环氧烷烃的加成而来。

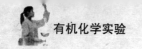

实验：卤代烃的性质

【目的要求】

1. 理解卤代烃的亲核取代反应机理，熟悉卤代烃的消除反应性质及反应条件。

2. 了解利用亲核取代反应的活性区别伯、仲、叔卤代烃的方法。

【实验原理】

亲核取代反应是卤代烃的主要化学性质。卤代烃中 C—X 键是极性共价键，比烃类活泼得多，其活性因卤原子和烃基结构的不同而异。对于相同烃基的卤代烷，其反应活性次序为：RI > RBr > RCl；不同烃基结构的卤代烷，其活性次序又因反应历程的不同而不同。

在单分子亲核取代(S_N1)反应中，如卤代烷与硝酸银的乙醇溶液反应，卤代烷的活性次序是：叔卤代烷($3°$) > 仲卤代烷($2°$) > 伯卤代烷($1°$)；而在双分子亲核取代(S_N2)反应中，如溴（或氯）代烷与碘化钠的丙酮溶液作用生成碘代烷的反应，卤代烷的活性次序是：伯卤代烷($1°$) > 仲卤代烷($2°$) > 叔卤代烷($3°$)。

卤代烯烃、卤代芳烃的化学性质与卤代烷烃有较大的区别，它们的反应活性不活泼，相比卤代烷烃的活性次序为：烯丙型或苄基卤代烃 >（伯、仲卤代烷）> 乙烯型卤代烃或卤代苯。

卤代烃在强碱作用下，发生 β-消去反应，生成烯烃。多卤代烃（如 $CHCl_3$）在强碱作用下，发生 α-消去反应，生成卡宾。卡宾是重要的有机合成中间体。

【仪器药品】

常备仪器，饱和 $AgNO_3$ 的乙醇溶液，1-溴丁烷，2-溴丁烷，2-甲基-2-溴丙烷，溴苯，3 $mmol \cdot L^{-1}$ HNO_3，1-氯丁烷，1-溴丁烷，1-碘丁烷，碘化钠丙酮溶液，1-溴丁烷，苄基氯，氯苯，2，4-二硝基氯苯，氢氧化钾，20%NaOH 溶液，氯仿，2%$KMnO_4$溶液

【实验内容】

1. **与硝酸银乙醇溶液反应**

(1) 将 4 支干燥的试管依次标上记号并各加入饱和硝酸银乙醇溶液 1 mL[1]，然后分别加入 1-溴丁烷、2-溴丁烷、2-甲基-2-溴丙烷、溴苯 2 滴，振摇后注意观察出现沉淀的先后次序。若不见沉淀析出，可在 70℃左右热水浴中加热，3 min 后观察现象，在每支有沉淀的试管中各滴入 3 mmol·L^{-1} HNO$_3$ 1 滴，振摇，若沉淀溶解则不是卤化银。根据实验现象，排列出四种溴代物的反应活性次序，说明烃基结构不同对反应速率的影响。

(2) 在 3 支干燥试管中各加入饱和硝酸银乙醇溶液 1 mL，然后分别加入 1-氯丁烷、1-溴丁烷、1-碘丁烷 2 滴，充分振摇后，观察沉淀析出的先后次序。若未见沉淀析出，可在 70℃左右水浴中加热。根据实验结果，排列出三种卤代丁烷的反应活性次序，说明不同卤原子对反应速率的影响。

2. **与碘化钠丙酮溶液反应**

在试管中加入碘化钠丙酮溶液 1 mL，加入样品 3 滴，振摇后静置。观察是否出现沉淀或浑浊。若不见浑浊，可将试管于温热水浴中加热数分钟，再观察现象。浑浊出现说明有溴化钠或氯化钠生成[2]。

样品：1-溴丁烷，苄氯，氯苯，2，4-二硝基氯苯。

3. **卤代烃的消去反应**

(1) β-消去反应——生成烯烃。在试管中加入氢氧化钾固体 1 g、乙醇 4～5 mL，微微加热，当 KOH 全部溶解后，再加入溴乙烷 1 mL，振摇混匀，塞上带有导管的塞子，导管另一端插入盛有溴水或酸性高锰酸钾溶液的试管中。试管中有气泡产生，溶液褪色，说明有乙烯生成。

(2) α-消去反应——生成卡宾。在试管中加入 20% NaOH 溶液 3 mL，再滴入氯仿 8 滴，在振摇下小心加热 1～2 min 至溶液沸腾，然后把试管浸入水中冷却，加入 2% KMnO$_4$ 溶液 2～3 滴，观察现象，

写出反应式[3]。

注释：

[1] 在 18～20℃时，硝酸银在无水乙醇中的溶解度为 2.1 g，由于卤代烃能溶于乙醇而不溶于水，所以用乙醇作溶剂，能使反应处于均相，有利于反应顺利进行。

[2] 碘化钠溶于丙酮，而溴化钠和氯化钠不溶于丙酮。

[3] 氯仿和强碱作用生成二氯卡宾，它在碱性溶液中易水解生成甲酸盐，后者把高锰酸钾还原成锰酸盐，使溶液变成绿色，反应式如下

$$CHCl_3 + NaOH \longrightarrow :CCl_2 + NaCl + H_2O$$

$$:CCl_2 + 3NaOH \longrightarrow HCOONa + 2NaCl + H_2O$$

$$HCOONa + 2KMnO_4 + 3NaOH \longrightarrow K_2MnO_4 + Na_2MnO_4 + Na_2CO_3 + 2H_2O$$

【思考题】

伯、仲、叔卤代烷与硝酸银-乙醇溶液作用的活性次序与在碘化钠-丙酮溶液实验中活性次序有何不同？试解释原因。

实验：溴乙烷的制备

【目的要求】

1. 学习溴代烃的制备方法和原理。
2. 学习电热套、蒸馏装置和分液漏斗的安装和使用方法。

【实验原理】

根据溴代烃结构的要求，实验室制备溴代烃的方法很多，这些方法由于适用范围不同而具有各自的优缺点。方法之一是使用液体溴直接在光照下溴代。此法优点是成本低，适用于简单溴代烃制备；缺点是溴的腐蚀性很强，对超过两个碳的烃容易产生不同位置溴代的副产物。方法之二是使用氢溴酸与醇作用。多数长链脂肪伯醇容易由油脂还原制备，工业上多采用此方法制备 12～18 碳的端溴代物；缺点是高温下有部分重排产物生成。方法之三是用 PBr_3 与醇直接作用，成本较高，但不会发生重排，适合实验室制备。本实验采用乙

醇为原料,在硫酸的催化下与溴化钠加热反应制得溴代乙烷,具体反应过程如下

$$NaBr + H_2SO_4 \longrightarrow HBr + NaHSO_4$$

$$C_2H_5OH + HBr \underset{}{\overset{\triangle}{\rightleftharpoons}} C_2H_5Br + H_2O$$

另外,在浓硫酸存在下加热,醇还容易发生副反应脱水生成乙醚,应在反应中防止生成乙醚并在产物中加以除去。

【仪器药品】

圆底烧瓶(25 mL),蒸馏头,直形冷凝管,接收器,分液漏斗,锥形瓶(25 mL,干燥),95%乙醇,无水溴化钠,浓硫酸[1]

【实验步骤】

在 25 mL 圆底烧瓶中放入 3.3 mL 95%乙醇及 3 mL 水[2],在冷水冷却及不断振摇下慢慢加入 6 mL 浓硫酸。冷至室温后,加入 5 g 研细的溴化钠[3]及几粒沸石,装上蒸馏头搭好蒸馏装置。接收器内加入少许冷水,并将它浸于冰水浴中,接收管的末端应刚浸没在接收器的冷水中为宜[4]。将反应混合物在石棉网上用小火[5]加热,20 min 后慢慢加大火焰,直至无油状物蒸馏出为止[6]。

将馏出物倒入分液漏斗中,分出有机层[7](哪一层?),置于干燥的 25 mL 锥形瓶里。把锥形瓶置于冰水浴中,在摇动下用滴管慢慢滴加约 1.5 mL 浓硫酸[8]。用干燥的分液漏斗分去硫酸[9],将溴乙烷倒入(如何倒法?) 10 mL 蒸馏瓶里,加入沸石后,装上蒸馏头,搭好蒸馏装置,用水浴加热进行蒸馏。用已称重的干燥的锥形瓶作接收器,并将瓶浸在冰水浴中冷却,收集 34~40℃馏分,产量约 2.5~3 g。

纯溴乙烷为无色或微黄色透明液体,沸点为 38.4℃,其蒸气与空气混合易爆炸,其爆炸极限是 6.7%~11.2%。

本实验约需 5 h。

注释:

[1] 浓硫酸是一种腐蚀性很强的酸,是一级无机酸性腐蚀品。不要吸入其烟雾,不要触及皮肤。使用时必须小心,如不慎溅在皮肤上,应立即用大量冷水冲

洗。配取硫酸水溶液时,一定要注意加料次序,将硫酸滴加到水中。浓硫酸不得与粉状可燃物相接触,以免发生燃烧事故。

〔2〕加入少量水可防止反应进行时产生大量泡沫,避免氢溴酸的挥发,并可降低硫酸的浓度以减少副产物乙醚的生成。

〔3〕溴化钠易结块,影响 HBr 的顺利产生,故加料时应不断振摇搅拌,用相当量的 NaBr·2H₂O 或 KBr 代替均可,但后者价格较贵。

〔4〕由于溴乙烷沸点较低,为了减少其挥发,常在接收器内预盛冷水,并使接液管的末端稍微浸入水中。蒸馏过程中应严防馏出液倒吸。

〔5〕蒸馏速度宜慢,否则蒸气会因来不及冷却而逸失,导致产物损失。

〔6〕馏出液由浑浊变为澄清时,表示已经蒸完。拆除热源前,应先将接收器移去,以防倒吸。待反应瓶内剩余物稍冷后,趁热倒出,以免硫酸氢钠冷后结块,不易倒出。

〔7〕应尽可能分去水,否则当用硫酸洗涤时会产生热量导致产物挥发损失。

〔8〕浓硫酸用来除去乙醚、乙醇及水等杂质(为防止产物挥发,应在冷却下操作)。当洗涤不够,馏分中仍可能含极少量的水及乙醇,它们与溴乙烷分别形成共沸物(溴乙烷-水,沸点为 37℃,含水约 1%;溴乙烷-乙醇,沸点为 37℃,含醇 3%)。

〔9〕有机层与浓硫酸的界面不易观察清楚,故较难分离,因此可将混合物放在 25 mL 茄形瓶中,下层的浓硫酸再用滴管吸出,这样可以避免产物损失。

【思考题】

1. 在制备溴乙烷时,反应混合物中如果不加水,会有什么结果?

2. 粗产物中可能有什么杂质?如何除去?

3. 本实验经常产率不高,请分析其原因。

实验:1,2-二溴乙烷的制备

【目的要求】

1. 学习由醇制备二元卤代烃的原理和方法。

2. 学习气体发生装置和尾气处理装置的安装和使用方法。

【实验原理】

1,2-二溴乙烷主要用于汽油抗爆剂的添加剂。汽油抗爆剂是以四乙基铅为主体,并且添加1,2-二溴乙烷、1,2-二氯乙烷和其他一些添加剂。汽车用汽油的抗爆剂含1,2-二溴乙烷约17%,航空用汽油抗爆剂中含35%。1,2-二溴乙烷还可用作有机合成和熏蒸消毒上的溶剂。1,2-二溴乙烷的制备主要用乙醇在浓硫酸催化下的消去得到乙烯,再用溴与乙烯发生加成而得到,反应过程如下

主反应 $CH_3CH_2-OH \xrightarrow[170℃]{H_2SO_4} CH_2=CH_2 + H_2O$,

$CH_2=CH_2 + Br_2 \longrightarrow Br-CH_2CH_2-Br$。

副反应 $2CH_3CH_2-OH \xrightarrow[\triangle]{H_2SO_4} (CH_3CH_2)_2O + H_2O$

浓硫酸由于其强氧化性可以将乙醇氧化成CO_2或碳,而自身被还原成SO_2气体,SO_2若未经除去,则可再被溴氧化

$$SO_2 + Br_2 + 2H_2O \longrightarrow 2HBr + H_2SO_4$$

所以生成的乙烯气体需要先经过氢氧化钠溶液洗涤。

【仪器药品】

三口烧瓶(250 mL),滴液漏斗,吸滤瓶(250 mL),搅拌器,搅拌头,长玻璃管,玻璃弯管,温度计,反应试管,锥形瓶(100 mL),溴[1],95%乙醇,浓硫酸,粗沙,10%氢氧化钠溶液,5%氢氧化钠溶液,无水氯化钙

【实验步骤】

按照图3-4安装好仪器,整套仪器是由玻璃弯管连接的5个瓶子组成,为叙述方便,由左向右把瓶子编号。1瓶用作乙烯发生器,是一个250 mL三口瓶,瓶口装一个恒压滴液漏斗和一支温度计(插至距瓶底1～2 mm处),在瓶中加10 g粗沙,用以防止产生乙烯时因加热起泡沫,影响反应正常进行。2瓶为安全瓶,是一个盛有50 mL水的250 mL吸滤瓶,瓶口装一根插至水面以下的长玻璃管作为安全管,若发现玻璃管内水柱迅速上升,甚至喷出,则证明体系有堵塞,应立即停止反应。3瓶是洗气瓶,是一个装有75 mL 10%氢氧化钠溶

液的 250 mL 锥形瓶,用以吸收乙烯气中的酸气。4 瓶是反应试管,是一支装着 4 mL 溴的 20 mL 吸滤试管,并且在溴的液面上覆盖 2～3 mL 水,连接 3 瓶的导气管要深插至距试管底 3 mm 处,试管要浸在一个装有冷水的烧杯中[2]。5 瓶是吸收瓶,是一个盛着 50 mL 5％氢氧化钠溶液的 100 mL 锥形瓶,用来吸收少量挥发出来的溴蒸气[3]。1、2、3 和 4 瓶的瓶口都用橡皮塞塞住,塞子和孔径大小都一定要合适,所有连接部分必须力求严密。待仪器安装完毕,需认真检查体系是否漏气[4]。

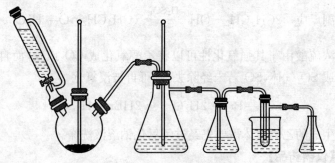

图 3-4　1, 2-二溴乙烷的制备装置

在冰水浴冷却下,小心将 23 mL 浓硫酸混入盛有 13 mL 95％乙醇的锥形瓶中,混匀后将其倒入恒压滴液漏斗中。首先一次将13 mL 乙醇-浓硫酸混合液滴加至三口瓶中。开始用石棉网加热,使 1 瓶温度迅速升至170℃,此时有乙烯产生。调节火焰,维持温度在 180～200℃,再慢慢滴加其余的乙醇-浓硫酸混合液,控制滴加速度和反应温度,保持乙烯均匀地通入吸滤试管[5]至溴的颜色完全褪去为止。先拆下吸滤试管,保存好产品,然后停火。

将粗产品移至分液漏斗中,每次用 10 mL 水洗 4 次(洗至洗涤液呈中性为止)。用无水氯化钙干燥。

将干燥过的粗产品用玻璃漏斗滤入 50 mL 圆底烧瓶中,进行蒸馏,收集 129～132℃的馏分,产品为无色透明液体,产量 8～10 g,产率 57％～71％。

在整个实验过程中要注意因温度和压力的变化导致的反吸。本实验约需 7~8 h。

纯 1,2-二溴乙烷的物理常数:沸点为 131.36℃,折射率 n_D^{20} 为 1.538 7。

注释:

[1]溴是具有强腐蚀性和刺激性的液体。取溴时必须特别小心:先在盛溴的吸滤试管中装入 2~3 mL 水,再拿去取溴;必须在通风橱内戴好橡皮手套进行取溴操作。如不慎使溴触及皮肤,应立即用大量水冲洗,再用乙醇或甘油擦洗和按摩。

[2]乙烯和溴发生放热反应,如不冷却,将导致溴大量逸出,影响产率。

[3]注意:绝不可用塞子堵住 5 瓶瓶口。

[4]仪器体系是否严密是该实验成败的关键。仪器若有缝隙漏气,则无足够的压力将乙烯通入反应管内,此时不要勉强进行实验。

[5]若乙烯生成太快,使溴的有效吸收率降低,也会因为激烈鼓泡而引起溴大量挥发逸出,导致损失。

【思考题】

1. 粗产品用水洗涤的目的是什么?

2. 在本实验中,出现下列现象对 1,2-二溴乙烷的产率有何影响?

(1) 盛溴的吸滤试管太热。

(2) 乙烯通入溴时迅速鼓泡。

(3) 仪器装置体系不严,带有缝隙。

实验:正溴丁烷的制备

【实验目的】

1. 理解用醇作原料制备卤代烃的原理和方法。

2. 掌握加热回流、蒸馏、洗涤、干燥等操作方法。

3. 学会气体回收装置的安装使用。

【实验原理】

溴代烷烃是常用的有机合成中间体,正溴丁烷通常采用正丁醇

与溴化钠在浓硫酸催化下脱水而得,其制备原理与"溴乙烷的制备"相同。反应式如下

主反应 $NaBr + H_2SO_4 \longrightarrow HBr + NaHSO_4$

$$n\text{-}C_4H_9OH + HBr \xrightarrow[\triangle]{H_2SO_4} n\text{-}C_4H_9Br + H_2O$$

副反应 $2n\text{-}C_4H_9OH \xrightarrow[\triangle]{H_2SO_4} CH_3CH = CHCH_3 +$

$$CH_3CH_2CH = CH_2 + 2H_2O$$

$$2n\text{-}C_4H_9OH \xrightarrow[\triangle]{H_2SO_4} (n\text{-}C_4H_9)_2O + H_2O$$

【仪器药品】

圆底烧瓶(25 mL),玻璃漏斗,直形冷凝管,接引管,导气接头,普通蒸馏装置,正丁醇,溴化钠,浓硫酸,饱和碳酸氢钠溶液,饱和亚硫酸氢钠溶液,无水氯化钙

【实验步骤】

在 25 mL 圆底烧瓶中加入 3 mL 水,并缓缓加入 4 mL 浓硫酸[1],混匀后,冷却至室温,再依次加入 3.0 mL 正丁醇和 4.0 g 研细的溴化钠,充分振荡,加入几粒沸石,装好回流冷凝管和气体吸收装置[2]。在电加热器上加热至沸,保持平稳回流 30 min 并时加摇动,使反应完全。冷却,拆去回流装置,改成蒸馏装置[3],蒸出粗产物正溴丁烷。

将馏出液移至 50 mL 分液漏斗中[4],加入等体积的水洗涤[5],产物位于下层。分净水层,小心用等体积浓硫酸洗,仔细分净硫酸层[6],再依次用等体积的水和饱和碳酸氢钠溶液各洗一次。最后将有机相转入干燥的锥形瓶中,加入几小粒无水氯化钙干燥 30 min。间歇摇动锥形瓶,直至液体清亮为止。

将干燥过的粗产品转移至 10 mL 圆底烧瓶中,蒸馏[7]。收集99~103℃的馏分,产品为无色透明液体,产量 1.8~2.5 g。

本实验约需 4~5 h[8]。

纯正溴丁烷的物理常数：沸点为 101.6℃，密度为 1.275 g/mL，折射率 n_D^{20} 为 1.440 1。

注释：

[1] 浓硫酸是一种腐蚀性很强的酸，是一级无机酸性腐蚀品。不要吸入其烟雾，不要触及皮肤。使用时必须小心，如不慎溅在皮肤上，应立即用大量冷水冲洗。配制硫酸水溶液时，一定要注意加料次序，将硫酸滴加到水中。浓硫酸不得与粉状可燃物相接触，以免发生燃烧事故。

[2] 微型实验产生的气体量少，可直接用水吸收。本实验采用常见的气体吸收装置来吸收反应中逸出的溴化氢气体。注意勿使漏斗全部埋入水中，以免倒吸。

[3] 正溴丁烷是否完全蒸出，可用以下几种方法判断：馏出液是否澄清；反应液的上层油状液是否完全消失；用一支试管接几滴馏出液，再加少许水摇动，观察有无油珠。

[4] 在使用分液漏斗时，要明白取舍的对象。所有经过分离操作的液层，都要暂时保留到整个实验结束，获得合格产品后才能进行处理，以便一旦发现取错液层，可以及时补救，避免实验从头返工。

[5] 用水洗后，有机层若呈红色，是因为含有溴的缘故。可用几毫升饱和亚硫酸氢钠溶液洗涤除去，反应式为

$$2NaBr + 3H_2SO_4 \longrightarrow Br_2 + SO_2 \uparrow + 2H_2O + 2NaHSO_4$$

$$Br_2 + 3NaHSO_3 \longrightarrow 2NaBr + NaHSO_4 + 2SO_2 \uparrow + H_2O$$

[6] 浓硫酸能溶解少量未反应的正丁醇及副产物正丁醚等杂质。因为在后面的蒸馏中，正丁醇和正溴丁烷可形成共沸物（沸点为 98.6℃，含正丁醇约 13%）而难以除去。

[7] 第一次加入的沸石，因反应瓶冷却而失效，所以在进行蒸馏操作时，应当再次加入沸石。

[8] 反应中生成的硫酸氢钠，冷却后会生成硬块状物而留在烧瓶中，不易洗净。故应趁热倒在废液缸内，有利于事后仪器的清洗。不要将烧瓶内的残存物倒在水池内。

【思考题】

1. 如何减少本实验中副反应的发生？

2. 浓硫酸的洗涤目的何在？

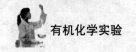

（三）羟基化合物的性质与制备

常见的羟基类化合物有醇、酚、醚、羧酸及取代羧酸等。自然界有很多多官能团的化合物（如蛋白质、糖等）分子中都含有羟基。羟基作为主官能团，反映出非常活泼的性质。由于氧原子的电负性大，使得 C—O 键及 O—H 键都是极性较强的共价键，是羟基类化合物主要的反应靶位，因而表现出相应的亲核取代、酸性等共性。当然，上述各类含羟基或羟基衍生基团的化合物，由于其结构上的差异，性质也有很多不同之处，具体在下面的性质实验中介绍。

羟基化合物广泛存在于自然界。由极简单的甲醇、乙醇直至比较复杂的含多个官能团的化合物，如甘油、乳酸、氨基酸、柠檬酸、丙酮酸等，它们有的是动植物代谢过程中的重要物质，有的则是重要的医药原料（如水杨酸等）。羟基化合物的实验室制备方法有很多，用格氏试剂几乎可以制备各种不同碳链长短的醇，因而是最常用的制备醇的方法；醚如果结构对称，通常采用醇脱水制得，而不对称醚则多用 Williamson 法由伯、仲醇和卤代烃反应而得到；羧酸可以采用烃、醇或醛的氧化法，也可利用环酮氧化成内酯后水解得到，另外，通过格氏试剂与二氧化碳的加成酸化或者羧酸衍生物及腈的水解也能得到相应的羧酸。

实验：醇、酚、醚、羧酸和取代羧酸的性质

【实验原理】

醇、酚、醚、羧酸都是烃的含氧衍生物。由于氧原子所连的基团（原子）不同，使醇、酚、醚和羧酸各具有不同的化学性质。

醇含有羟基，可以发生取代反应、消除反应和氧化反应。羟基中的活泼氢原子能与金属钠反应生成醇钠和氢气，醇钠水解为醇和氢氧化钠；在高锰酸钾或重铬酸钾的作用下，伯醇易被氧化成羧酸，仲醇被氧化成酮，叔醇因无 α - H 难被氧化；醇羟基被卤素原子取代时，其结构对反应速度有明显影响，当与卢卡斯（Lucas）试剂作用时，叔

醇最快,仲醇次之,伯醇最慢;多元醇由于羟基间的相互影响,可与重金属的氢氧化物反应,如在氢氧化铜的沉淀中加入甘油即可生成可溶性的深蓝色配合物。

醚比较稳定,在一定条件下才能发生醚键的断裂。醇和醚都能与酸生成锌盐。醚长期与空气接触容易生成爆炸性的过氧化物,因此使用前必须检查有无过氧化物生成。

酚的反应比较复杂,除具有酚羟基的特性外,还具有一些芳烃的性质,如取代反应。两者的互相影响使酚不仅有弱酸性(苯酚比碳酸酸性弱),而且还可以发生氧化反应,与三氯化铁发生特征性的颜色反应。

羧酸含有羧基,具有酸的通性(酸性、成盐、脱羧)。不同的羧酸酸性强弱不同,但比碳酸强,能与 Na_2CO_3 作用放出 CO_2。甲酸是最简单的一元酸,由于羧基与氢原子相连,使其具有一些特殊的化学性质,如易被氧化,酸性比其他的一元羧酸强等。某些多元酸受热易脱羧,如草酸(乙二酸)受热分解,生成甲酸和 CO_2。羟基酸(如酒石酸、水杨酸)为取代羧酸,除具有羧酸的通性外,还具有羟基的性质。例如,水杨酸具有酚羟基,可与 $FeCl_3$ 起颜色反应。

【仪器药品】

常备仪器,无水乙醇,金属钠,5％$K_2Cr_2O_7$溶液,5％NaOH溶液,甲醇,异丙醇,正丁醇,仲丁醇,叔丁醇,苯甲醇,液体苯酚,饱和溴水,2％$CuSO_4$溶液,1％$AgNO_3$溶液,5％H_2SO_4,6 mol·L^{-1} H_2SO_4,1％苯酚溶液,1％间苯二酚,95％乙醇,卢卡斯试剂,1％对苯二酚,1％$FeCl_3$溶液,酚酞,1％α-萘酚溶液,丙三醇(甘油),乙二醇,1％KI溶液,乙醚,10％甲酸,10％乙酸,10％草酸,10％Na_2CO_3溶液,苯甲酸,10％盐酸,1:1氨水,5％$AgNO_3$溶液,饱和水杨酸,5％Na_2CO_3溶液,0.5％$KMnO_4$溶液

【实验内容】

1. 醇的性质

(1) 醇钠的生成[1]和水解

在两支干燥的试管中分别加入无水乙醇、正丁醇 1 mL,再各加

入 1 粒黄豆般大小的金属钠,观察两者反应速率有何差异,液体黏度有何变化,等到气体平稳放出时,在试管口点火,有何现象发生。

正丁醇与钠反应完毕后,将试管中的反应液倒在表面皿上,在水浴中蒸发至干。取少量固体移入盛 1 mL 蒸馏水的小试管中,观察是否溶解。往水溶液滴加酚酞试剂 2 滴,观察现象。

(2) 醇的氧化

与重铬酸反应。在三支试管中分别加入 5％ $K_2Cr_2O_7$ 溶液和 6 mol·L^{-1} H_2SO_4 各 1 mL,摇匀,再分别加入正丁醇、仲丁醇、叔丁醇 5 滴,振摇后用小火加热,观察颜色有什么变化。

与氧化铜反应。取一根铜丝,在玻璃棒上绕成螺旋状,螺旋长约 1.5 cm,将此铜丝圈在灯焰上烧红,移出火焰,待铜丝表面出现黑色氧化铜时,趁热插入盛有 3 mL 1:1 甲醇水溶液的小试管中。铜丝冷后,取出再烧红,重复上述操作多次。观察铜丝圈表面颜色的变化,并嗅一下溶液有何气味。

(3) 醇的取代:与卢卡斯试剂反应[2]——伯、仲、叔醇的鉴别

在试管中加入卢卡斯试剂 2 mL,再加入样品正丁醇、仲丁醇、叔丁醇、苯甲醇各 5~6 滴,塞住试管,用力振摇数分钟,然后将试管放入 25~30℃的水浴中,观察其变化。溶液立刻浑浊或分层为叔醇或苯甲醇;5 min 内溶液浑浊,至 10 min 分层者为仲醇;不分层者为伯醇。用 2 mL 浓盐酸代替卢卡斯试剂,按照上述方法进行实验,比较结果。

(4) 多元醇的氢氧化铜实验

取 2％$CuSO_4$ 溶液 6 滴,滴加 5％NaOH 溶液至氢氧化铜沉淀全部析出,边振荡边滴加样品乙醇、乙二醇、丙三醇各 2~3 滴,观察结果并加以比较。

2. 酚的性质

(1) 酚的溶解性和弱酸性

在试管中加入蒸馏水 1 mL 和苯酚[3] 0.3 g,振摇,观察是否溶解。加热后再观察现象,然后放冷,又有何变化? 滴加 5％NaOH 溶

液数滴,观察现象,再通入 CO_2 气体,又有何现象发生?

(2) 酚的检验

与溴水的反应[4]。取 2% 苯酚溶液 5 滴,再逐滴加入饱和溴水,边加边摇,观察有何现象。

与 $FeCl_3$ 的颜色反应[5]。分别加入 1% 苯酚溶液、1% α-萘酚溶液、1% 间苯二酚溶液各 5 滴,然后在各试管中加入 1% $FeCl_3$ 溶液 1 滴,观察各试管呈现的颜色。

3. 醚的性质

过氧化乙醚的检查。取两支试管,各加入 3 mol·L^{-1} H_2SO_4 2~3 滴,1% KI 溶液 15 滴。然后在其中一支试管中加入乙醚 15 滴,振摇。观察乙醚层中是否有黄色或黄棕色的颜色变化,若有,则表示有过氧化物存在。

4. 羧酸及取代羧酸的性质

(1) 酸性

pH 试纸实验。在三支小试管中分别加入 10% 甲酸、10% 乙酸、10% 草酸溶液各 5 滴,然后用干净的玻璃棒蘸取相应的酸溶液少许,在广泛 pH 试纸上测试比较各自的 pH,并解释之。

在三支小试管中各加 10% Na_2CO_3 溶液 2 mL,再分别加入甲酸、乙酸、草酸溶液 5 滴,观察现象。如有 CO_2 逸出,说明该酸的酸性比碳酸强。

在一支小试管中加入苯甲酸 0.1 g,加蒸馏水 1 mL,振摇,观察是否溶解。再加入 10% NaOH 溶液数滴,振摇,观察现象。然后加入 10% 盐酸数滴,又有何现象,说明原因。

(2) 甲酸和草酸的特性

分解反应。在两支带导气管的试管中,分别加入甲酸 1 mL、草酸 1 g,再各加入 2 mL 浓 H_2SO_4,摇匀,分别加热,将产生的气体导入盛有 2 mL 石灰水的试管中,有何现象? 然后在导气管口点火,观察燃烧情况,比较结果。

还原性。① 在两支小试管中分别加入甲酸 0.5 mL、草酸 0.2 g,

再各加 6 mol·L^{-1}H$_2$SO$_4$ 1 mL 和 0.5％KMnO$_4$ 溶液 0.5 mL，加热至沸，观察现象。② 银镜反应：在一支十分洁净的小试管 A 中，加入 1：1 氨水 1 mL 和 5％AgNO$_3$ 溶液 5～6 滴；在另一小试管 B 中加入 20％NaOH 溶液[6] 1 mL 和甲酸 5～6 滴。然后将 B 管中的溶液倒入 A 管中，摇匀，如产生沉淀，可再加几滴氨水，使其刚刚溶解。将 A 管放在 85～95℃水浴中加热，观察现象。

（3）取代羧酸的性质

酚酸的氧化反应。取两支试管，分别加入 5 滴饱和苯甲酸溶液、饱和水杨酸溶液，再各加 1 mL 5％碳酸钠溶液和 1 滴 0.5％高锰酸钾溶液，摇动试管，仔细观察各试管有何现象发生。

与饱和溴水反应。取两支试管，分别加入 5 滴饱和苯甲酸溶液、饱和水杨酸溶液，再各加 2 滴饱和溴水，观察各试管有何变化？

与三氯化铁反应。取两支试管，分别加入 5 滴饱和苯甲酸溶液、饱和水杨酸溶液，再各加 1～2 滴 1％FeCl$_3$ 溶液，观察各试管有何现象？

水杨酸脱羧。取一支干燥试管，加入约 0.5 g 水杨酸固体，塞上带玻璃导管的塞子，玻璃导管的另一端插入盛有饱和澄清石灰水的试管中。加热水杨酸（试管口稍微倾斜向上）使它熔化并继续加热至沸。观察试管中有何变化？盛水杨酸的试管有何气味？

注释：

[1] 醇分子中碳原子数越多，反应一般越慢；碳原子数相同的带支链的醇比直链醇反应慢。除醇外，某些醛、酮、羧酸、胺、酯等含活泼氢的化合物都能发生此反应，因而在实际工作中很少利用此性质来鉴定醇类。

[2] 本实验仅适用于试剂中能溶解的醇，通常只用于鉴别 C$_3$～C$_6$ 醇，因为 C$_1$～C$_2$ 醇反应后所生成的氯代烷是气体，而大于 6 个碳的醇不溶于卢卡斯试剂，故不适用。用浓盐酸代替卢卡斯试剂，只有叔醇起反应。

[3] 苯酚对皮肤有很强的腐蚀性，如不慎沾及皮肤，应先用水冲洗，再用酒精擦洗至沾及部位不呈白色，然后涂上甘油。

[4] 室温下生成的 2，4，6-三溴苯酚在水中的溶解度为 0.007 g，故呈白色浑浊。但过量的溴水亦可将 2，4，6-三溴苯酚氧化成淡黄色的 2，4，4，6-四溴

环己二烯酮,所以溴水不能加过量。

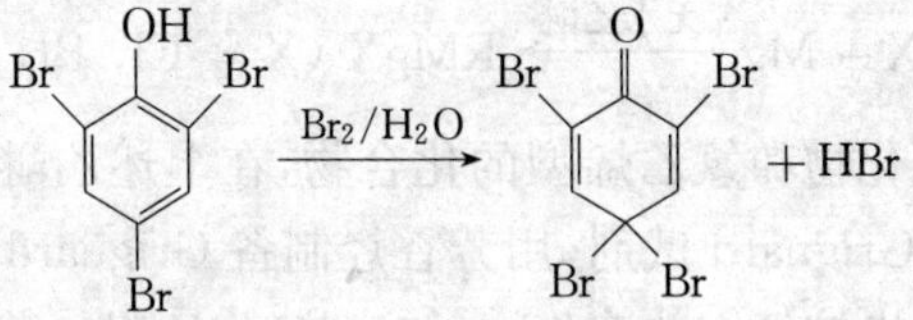

芳香醚也能与溴水作用,生成溴代物沉淀

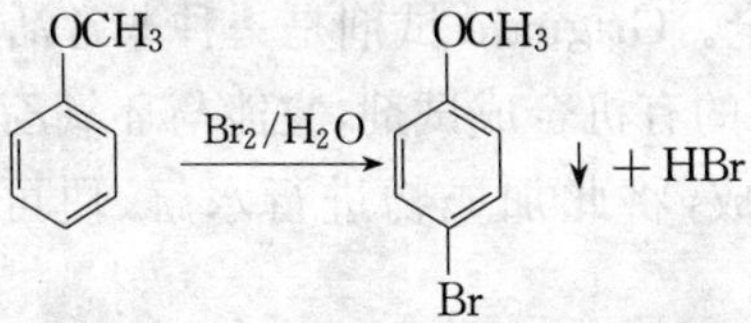

[5] 大多数酚类和烯醇类都能与 $FeCl_3$ 反应生成有色配合物。$FeCl_3$ 既是显色剂,又是氧化剂,过量的 $FeCl_3$ 溶液能与某些酚起氧化反应。例如,对苯二酚氧化成对苯醌,α-萘酚氧化为溶解度很小的联苯酚,并以白色沉淀析出。

[6] 甲酸的酸性较强,若直接加在弱碱性的银氨溶液中,必将破坏银氨离子而使实验难以成功,故先加少量碱液中和。

【思考题】

1. 金属钠与醇作用,若反应不完全,剩余的金属钠应如何处理?

2. 在卢卡斯实验中,试管若不干燥能否进行? 为什么?

3. 酚与三氯化铁溶液显色后加入氢氧化钠溶液使呈碱性,请预测可能出现的现象,并用实验加以验证。

4. 如何分离苯甲醇、苯酚和苯甲酸的混合物? 试拟实验方案。

实验:2-甲基-2-己醇的制备

【实验目的】

学习由 Grignard 试剂合成醇的方法原理和操作步骤。

【实验原理】

卤代烷在无水乙醚中和金属镁作用后生成的烷基卤化镁

(RMgX)称为 Grignard 试剂。

$$RX + Mg \xrightarrow{\text{无水乙醚}} RMgX \ (X = Cl, Br, I)$$

芳香族氯化物和氯乙烯型的化合物,在上述乙醚为溶剂的条件下,较难生成 Grignard 试剂,用芳香烃制备 Grignard 试剂时通常采用活性较高价格较便宜的溴化物(如溴苯)作原料。若用碱性比乙醚稍强、沸点稍高的四氢呋喃(66℃)作溶剂,则能生成 Grignard 试剂,且操作时比较安全。Grignard 试剂是一种非常活泼的试剂,它能起很多反应,是重要的有机合成试剂,它能与环氧乙烷、醛、酮、羧酸酯等化合物进行加成,将此加成物进行水解,便可分别得到伯、仲、叔醇。

Grignard 反应必须在无水和无氧条件下进行,不然将得不到烃基卤化镁,或产率很低。Grignard 试剂遇水遇氧及其他含活泼氢的化合物都会发生分解,因此反应时应设法除去这类物质。在形成 Grignard 试剂的过程中往往有一个诱导期,作用非常慢,甚至需要加温或加入少量碘来使它发生反应,诱导期过后反应变得非常剧烈,需要用冰水或冷水在反应器外面冷却,使反应缓和下来。因而在制备 Grignard 试剂时必须先加入少量的卤代烷和镁作用,待反应引发后再将其余的卤代烷逐滴加入。调节滴加速度使乙醚保持微沸为宜。对于活性较差的卤代烷或反应不易发生时,可采取加热或加入少量碘来引发反应。

与 Grignard 试剂加成所得的产物一般在酸性条件下水解,由于水解时放热,故仍要在冷却下进行。对于遇酸极易脱水的醇,最好用氯化铵溶液进行水解。本实验的目标产物 2-甲基-2-己醇选用正丁醇作原料,反应过程如下

$$n\text{-}C_4H_9Br + Mg \xrightarrow{\text{无水乙醚}} n\text{-}C_4H_9MgBr$$

$$n\text{-}C_4H_9MgBr + \underset{\underset{O}{\|}}{CH_3CCH_3} \xrightarrow{\text{无水乙醚}} n\text{-}C_4H_9\underset{\underset{OMgBr}{|}}{C(CH_3)_2}$$

$$n - C_4H_9C(CH_3)_2 + HOH \xrightarrow{H^+} n - C_4H_9C(CH_3)_2$$

$$\underset{OMgBr}{|} \qquad\qquad\qquad\qquad \underset{OH}{|}$$

【仪器药品】

三口瓶(50 mL),搅拌装置,球形冷凝管,恒压滴液漏斗,装氯化钙的干燥管,常压蒸馏装置,正溴丁烷,无水丙酮,无水乙醚,乙醚,镁屑,氯化铵,无水碳酸钾,碘

【实验步骤】

在 50 mL 三口瓶[1]上分别装上搅拌器[2]、球形冷凝管和恒压滴液漏斗,在球形冷凝管上口装氯化钙干燥管。瓶内放入 0.6 g 镁屑、4 mL 无水乙醚及一粒碘。在恒压滴液漏斗中加入 2.7 mL 正溴丁烷和 3 mL 无水乙醚并使之混合均匀。先向三口瓶中滴入约 1 mL 混合液,数分钟后溶液呈微沸状态,碘的颜色消失,若不发生反应,可用温水浴温热[3]。

开动搅拌,反应比较剧烈,待反应稍缓和后,自冷凝管上端加入 5 mL 无水乙醚。此时滴入其余的正溴丁烷和无水乙醚混合溶液。控制滴加速度,维持反应液呈微沸状态。加毕,用温水浴回流 15 min,使镁屑几乎作用完全。

将上面制好的 Grignard 试剂在不断搅拌和冰水浴冷却下,自恒压滴液漏斗加入 2 mL 丙酮和 3 mL 无水乙醚混合液,控制滴加速度保持乙醚微沸。加完后,在室温继续搅拌 15 min,溶液中可能有灰白色黏稠状固体析出。

将反应瓶在冰水浴冷却下继续搅拌,自恒压滴液漏斗加入 3 g 氯化铵溶于 10 mL 水的溶液分解加成产物[4]。分解完成后,将溶液倒入分液漏斗中,分出醚层。水层每次用 5 mL 乙醚萃取两次,合并醚层。用无水碳酸钾干燥[5]。

将干燥后的粗产物滤入 25 mL 蒸馏瓶中,先用温水浴蒸去乙醚,再在石棉网上直接加热蒸出产品,收集 137～141℃ 的馏分,产量为 5～6 g。

纯 2-甲基-2-己醇的沸点为 143℃,折射率 n_D^{20} 为 1.417 5。

本实验约需 6 h。

注释:

[1] 所有仪器及试剂必须充分干燥。溴丁烷用无水氯化钙干燥后蒸馏提纯。丙酮用无水碳酸钾干燥后再进行蒸馏纯化。乙醚用金属钠处理后再蒸馏纯化。镁屑用新处理的,因长期放置的镁屑表面常有一层氧化膜,因此要进行处理:用 5% 盐酸溶液作用数分钟,抽滤除去酸液,再依次用水、乙醇、乙醚洗涤干燥后备用。

所用仪器在烘箱干燥后取出,稍冷后放入干燥器中或将仪器开口处用塞子塞好,以防止在冷却过程中玻璃吸附空气中的水分。

[2] 本实验搅拌密封应好,装置搅拌器时应注意以下几点:搅拌棒应保持垂直,末端以不触及瓶底为宜;装好后先用手慢慢旋动搅拌,无阻滞后方可开动搅拌器;转速由低挡慢慢调至合适挡。

[3] 开始时正溴丁烷浓度较大,易于发生反应,若 5 min 后反应仍不开始,可用温水浴加热,或在加热前再加一小粒碘促使反应开始。

[4] 开始水解时要慢,以后可以逐渐加快。

[5] 2-甲基-2-己醇与水能形成共沸物,必须彻底干燥,否则前馏分会大大增加。

【思考题】

1. 进行 Grignard 反应时,为何试剂和仪器必须绝对干燥?

2. 本实验的粗产物可否用无水氯化钙干燥,为什么?

实验:三苯甲醇的制备

【实验目的】

1. 加深理解 Grignard 试剂的制备、应用和进行 Grignard 反应的条件。

2. 掌握搅拌、回流、萃取、蒸馏(包括低沸物的蒸馏)等操作。

【实验原理】

三苯甲醇是重要的有机合成原料。实验室制备三苯甲醇的方法很多,如用溴苯生成的 Grignard 试剂与 2 mol 苯甲酸乙酯直接加成或先后与 1 mol 苯甲酸乙酯和 1 mol 二苯酮加成制得(本实验采用前者);也可用苯先烷基化后水解得到;或先用苯与氯仿烷基化反应得到三苯基甲烷后再氧化而制得。其中用 Grignard 试剂的方法最常用,具体过程如下

【仪器药品】

三口瓶(25 mL),搅拌装置,冷凝管,滴液漏斗,装氯化钙的干燥管,水蒸气蒸馏装置,镁屑,溴苯(新蒸),苯甲酸乙酯,无水乙醚[1],氯

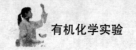

化铵,乙醇

【实验步骤】

1. 苯基溴化镁的制备

在 25 mL 三口瓶上分别安装搅拌器[2]、冷凝管及滴液漏斗,在冷凝管及滴液漏斗的上口安装氯化钙干燥管(参见"2-甲基-2-己醇的制备"装置)[3]。瓶内放置 0.5 g 镁屑,1~2 小粒碘。滴液漏斗中放置 2.2 mL 溴苯及 9 mL 无水乙醚,混合均匀。先滴入约三分之一的混合液至三口瓶中,片刻后即起反应,镁屑表面有气泡冒出,碘的颜色逐渐消失,溶液变浑浊。如不发生反应,可用温水浴温热反应物。反应开始后启动搅拌,继续缓缓滴加[4]其余的溴苯-乙醚溶液,保持反应物呈微沸状态。加毕后,用温水浴加热回流 0.5 h,使镁屑作用完全,即得苯基溴化镁。

2. 三苯甲醇的制备

用冷水浴冷却三口瓶中制好的苯基溴化苯,于搅拌下滴加 1.5 g 苯甲酸乙酯和 4 mL 无水乙醚的混合溶液。控制滴加速度使反应平稳进行。加完后再用温水浴加热回流 0.5 h,使反应完全。

稍冷后用冰水浴冷却反应瓶,自滴液漏斗中滴加用 2.5 g 氯化铵[5]配制成的饱和溶液(约加 9 mL 水),分解加成产物[6]。将反应物倒入分液漏斗中,分出的乙醚层倒入干净的反应瓶中。先用热水浴蒸去乙醚,然后进行水蒸气蒸馏,除去未作用的溴苯和副产物联苯,直至无油珠状物馏出为止。瓶中的三苯甲醇呈固态析出。冷却后,过滤出产物,用水洗涤。粗产物用乙醇-水重结晶[7],得白色棱状结晶。干燥后称重约 2.0 g,熔点为 160~162℃。

纯三苯甲醇为白色片状晶体,熔点为 164.2℃。

本实验约需 6 h。

注释:

[1] 乙醚是低沸点的易燃液体,实验时切忌周围有明火。

[2] 搅拌套管与搅拌棒之间需密封,否则乙醚逸出,使反应物变黏结块,增加副反应。

[3] 所有的反应仪器及试剂必须充分干燥。

[4] 溴苯醚溶液不宜滴加过快,否则反应过于剧烈,同时会增加副产物联苯的生成。

[5] 加氯化铵饱和水溶液分解加成产物是放热反应,开始应慢慢加入,否则反应剧烈放热会使乙醚冲出。

[6] 如反应中生成的絮状氢氧化镁未完全溶解,可加几毫升稀盐酸,促使其溶解。

[7] 用乙醇-水的混合溶剂重结晶的操作如下:先用热的乙醇使三苯甲醇晶体溶解,然后滴加热水至溶液出现浑浊,再加热使浑浊消失,溶液变为清亮,冷却抽滤析出结晶。如果在重结晶过程中溶液的颜色较深,可加入少量活性炭脱色。

【思考题】

1. 本实验中溴苯加入太快或一次加入对实验有什么影响?

2. 实验时如果苯甲酸乙酯和乙醚中含有乙醇对反应有何影响?

实验:乙醚的制备

【实验目的】

1. 学习用脱水反应制备乙醚的原理和方法。

2. 掌握低沸点、易燃有机溶剂的蒸馏操作。

【实验原理】

脂肪族低级简单的对称醚通常由醇在酸性催化剂存在下通过双分子脱水来制备

$$2ROH \xrightleftharpoons[140℃]{H_2SO_4} R\text{—}O\text{—}R + H_2O$$

在实验室中制备乙醚常用浓硫酸作催化剂,反应分两步进行:首先乙醇和浓硫酸作用生成硫酸氢乙酯和水,当温度为 140～150℃ 时,硫酸氢乙酯再跟一分子醇反应生成乙醚。

$$CH_3CH_2OH + H_2SO_4 \xrightarrow{50℃} CH_3CH_2OSO_2OH + H_2O$$

 有机化学实验

$$CH_3CH_2OSO_2OH + HOCH_2CH_3 \xrightarrow{140℃} CH_3CH_2OCH_2CH_3 + H_2SO_4$$

反应过程中水和乙醚一起蒸出,因此硫酸仍可保持一定的浓度,继续起催化作用。

制取乙醚时,反应温度(140～150℃)比原料乙醇的沸点(78℃)高得多,因此先将浓硫酸和部分乙醇混合,生成硫酸氢乙酯,加热至反应温度,然后再把剩下的乙醇从滴液漏斗滴入混合液中,这样可以减少乙醇未发生反应即被蒸出。

反应温度超过150℃,单分子脱水产物乙烯增加,由于浓硫酸具有氧化性,故反应过程中还有乙醛、乙酸、二氧化硫等副产物产生。

$$CH_3CH_2OSO_2OH \xrightarrow{170℃} CH_2 = CH_2 \uparrow + H_2SO_4$$

$$CH_3CH_2OSO_2OH + HOCH_2CH_3 \xrightarrow{\triangle} CH_3CH_2OSO_2OCH_2CH_3 + H_2O$$

$$CH_3CH_2OH + H_2SO_4 \xrightarrow{\triangle} CH_3 - \overset{\overset{\textstyle O}{\|}}{C} - H + SO_2 + 2H_2O$$

$$CH_3 - \overset{\overset{\textstyle O}{\|}}{C} - H + H_2SO_4 \longrightarrow CH_3 - \overset{\overset{\textstyle O}{\|}}{C} - OH + SO_2 + H_2O$$

乙醚沸点低(34.51℃),极易挥发和燃烧,属第一类可燃物。它与空气以一定比例混合,点火能爆炸,因此使用时要特别小心,绝对不可让乙醚的蒸气和明火接触。另外乙醚具有麻醉性质,不要吸入其蒸气,不要触及皮肤。

【仪器药品】

三口瓶(25 mL),温度计(200℃),滴液漏斗,橡皮管,钩形玻璃管,冷凝管,真空尾接管,锥形瓶,95％乙醇溶液,浓硫酸,5％NaOH溶液,饱和氯化钠溶液,无水氯化钙

【实验步骤】

取25 mL三口瓶1只,加入95％乙醇溶液4 mL,将瓶浸入冰水浴中,在振摇下慢慢加入浓硫酸4.2 mL(注意:加乙醇和浓硫酸的

次序,绝对不能颠倒,为什么?),混匀后加沸石2~3粒。三口烧瓶的
左口插1支200℃温度计,中口装上1支滴液漏斗,下端用一段短橡
皮管和一根钩形玻璃管连接。温度计和钩形玻璃管的末端都要浸到
液面以下,离瓶底约0.5~1 cm。右口通过玻璃弯管依次与冷凝管、
真空接液管、锥形瓶连接。锥形瓶放在冰浴中冷却,真空尾接管的支
管接一根长的橡皮管,一直通至水槽出口或窗外,防止挥发出来的
乙醚蒸气和明火接触引起燃烧或爆炸,装置见图3-5。

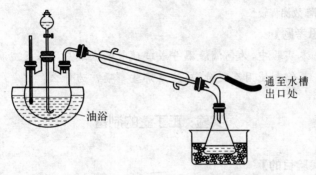

通至水槽
出口处

油浴

图3-5 制备乙醚的装置

在滴液漏斗中加入余下的95%乙醇溶液,加热油浴,当瓶内混合
物的温度升至135~140℃时,开始慢慢滴加乙醇[1],控制滴入乙醇速
度,使它和蒸出乙醚的速度相等(约1滴/秒),并维持反应温度为
135~140℃。乙醇约25 min加完,再继续加热10 min,直至温度上
升至160℃时,停止加热,反应结束。

精制:将蒸馏液小心移入分液漏斗,依次用5%NaOH溶液和饱
和氯化钠溶液洗涤1~2次[2],每次用量为3 mL。分净水层,将粗制
乙醚从分液漏斗上口倒入锥形瓶中,加入无水氯化钙约0.5 g,用软
木塞塞紧,振摇后静置15 min,当瓶内乙醚澄清时,将它过滤到干燥
的5 mL蒸馏烧瓶中,加入沸石。用50~60℃的热水浴进行蒸馏。
热水要预先准备好,严禁一边用明火加热一边蒸馏!接收瓶放在冰
浴中冷却。收集33~38℃[3]的馏分,产量约2 g。

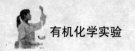

纯乙醚为无色易挥发液体,沸点为 34.51℃,密度为 0.713 g/mL。本实验约需 3～4 h。

注释:

[1] 若滴加速度过快,不仅乙醇会来不及反应就被蒸出,而且会使反应液的温度骤降,减少乙醚的生成。

[2] 用 NaOH 洗过后的乙醚溶液呈碱性,可用石蕊试纸检验,用少量饱和氯化钠溶液洗涤是为了除去残留的碱并降低乙醚在水中的溶解度。

[3] 乙醚与水会形成共沸物(沸点为 34.15℃,含水 1.26%),馏分中还含有少量乙醇,故沸程较长。

【思考题】

1. 本实验中,为何滴液漏斗或玻璃管的末端应浸入反应液中?

2. 蒸馏和使用乙醚时,应注意哪些事项? 为什么?

实验：正丁醚的制备

【实验目的】

1. 掌握制备正丁醚的原理和方法。

2. 学习分水器的使用,进一步巩固回流、蒸馏、萃取操作。

【实验原理】

正丁醚的制备原理同乙醚,参见乙醚的制备。

主反应

$$2CH_3CH_2CH_2CH_2OH \xrightarrow[134\sim135℃]{浓硫酸} (CH_3CH_2CH_2CH_2)_2O + H_2O$$

副反应

$$CH_3CH_2CH_2CH_2OH \xrightarrow[>135℃]{浓硫酸} CH_3CH_2CH=CH_2 + H_2O$$

【仪器药品】

三口瓶(25 mL),温度计,分水器,冷凝管,常压蒸馏装置,正丁醇,浓硫酸,饱和食盐水,50%硫酸,无水氯化钙

【实验步骤】

在 25 mL 三口瓶中加入 10.3 mL 正丁醇,再将 1.7 mL 浓硫酸慢慢加入瓶中,将三口瓶不停地摇荡,使瓶中的浓硫酸与正丁醇混合均匀[1],并加入几粒沸石。在烧瓶口上装温度计和分水器,温度计要插在液面以下,分水器上端接一回流冷凝管。先在分水器中加入饱和食盐水,食盐水的用量等于分水器的总容积减去反应完全时可能生成的水的体积[2]。然后加热烧瓶,使反应液保持微沸。上升的蒸气经冷凝管冷凝收集于分水器中,水沉在下层,有机物浮在水面,当分水器中液面高达支管时,有机层可自动流回烧瓶。随着分水器中的水层不断增多,当分水器中的水层不再变化,反应液的温度也逐渐上升,温度达到 135~140℃左右时(约需 1 h),可停止加热[3]。若继续加热,则会有大量副产物烯烃生成。

冷却后将烧瓶中的液体转移到已盛有 15 mL 水的分液漏斗中,充分振摇。静置分去下层液体。上层粗产品用 5 mL 冷的 50% 硫酸[4]洗涤 2 次,再用 5 mL 蒸馏水洗涤 2 次,最后用 1 g 无水氯化钙干燥。将干燥后的粗产物倒入干燥的 5 mL 圆底烧瓶中(注意:不要把氯化钙倒进瓶中!)进行蒸馏,收集 140~144℃ 的馏分。产量为 2 g。

纯正丁醚为无色液体,沸点为 142.4℃,折射率 n_D^{20} 为 1.399 2。

本实验约需 4~5 h。

注释:

[1] 如不充分摇匀,在酸与醇的界面处会局部过热,使部分正丁醇碳化,反应液很快变为红色甚至棕色,加热后易使反应溶液变黑。

[2] 本实验根据理论计算,失水体积约为 1 mL,实际分出水的体积约大于计算量,故分水器加满后先放掉 1.2 mL 水为宜。

[3] 反应开始回流时,由于有恒沸物的存在,温度不可能马上达到 135℃,但随着水被蒸出,温度会逐渐升高。

[4] 50% 硫酸可洗去未反应的正丁醇,而正丁醚在其中仅能微溶。50% 硫酸的配制方法:将 10 mL 浓硫酸缓缓加入 17 mL 水中,混匀。

有机化学实验

【思考题】

1. 制备正丁醚与制备乙醚在实验操作上有什么不同?

2. 如实验室无分水器,可用什么简易装置代替? 请说明原理。

实验：己二酸的制备

【实验目的】

1. 学习环己醇氧化制备己二酸的原理和方法。

2. 熟悉电动搅拌、浓缩、抽滤等操作技术。

【实验原理】

羧酸常可用烯烃、醛、醇等经硝酸、重铬酸钾(钠)的硫酸溶液、高锰酸钾、过氧化氢或过氧乙酸等氧化剂氧化而制备。此外,实验室常用的合成方法还有：用重铬酸钾和硫酸氧化环己烯制取;用环己烷一步空气氧化法制取;氯代环己烷碱性水解制取。本实验以环己醇为原料,用高锰酸钾氧化制取己二酸[1]。

$$\text{环己醇} \xrightarrow[\text{NaOH}]{\text{KMnO}_4} \text{环己酮} \xrightarrow[\text{NaOH}]{\text{KMnO}_4}$$

$$\text{环己烷-1,2-二甲酸钠 COONa/COONa} \xrightarrow{\text{H}^+} \text{COOH/COOH}$$

【仪器药品】

三口瓶(100 mL),搅拌装置,温度计,球形冷凝管,减压过滤装置,环己醇,高锰酸钾,浓盐酸,10%氢氧化钠溶液,亚硫酸氢钠

【实验步骤】

在 100 mL 三口烧瓶中间瓶口装电动搅拌器,一个侧口装球形冷凝管,另一个侧口插一支 150℃温度计,用水浴加热。

向三口烧瓶内加入 2 mL 10%氢氧化钠溶液和 15 mL 水,边搅拌边加入 2 g 粉末状高锰酸钾[2]。待高锰酸钾溶解后,用滴管逐滴加

入 0.8 mL 环己醇[3]，保持反应温度在 43～47℃[4]。当环己醇加完后，反应温度有所下降。在 50℃水浴中继续加热 20 min，直到高锰酸钾紫色消失为止，可用玻璃棒蘸一滴反应混合物点在滤纸上，若二氧化锰点的周围出现紫色的环，说明还有高锰酸盐存在，可加入少量固体亚硫酸氢钠直到点滴实验呈负性。然后，再将水浴升温至沸腾，将反应混合物在沸水浴中继续加热 5～10 min，使氧化反应完全并使二氧化锰沉淀凝结。停止加热，撤去热源。

稍冷后对反应混合物进行减压过滤，用少量热水洗涤滤饼[5]。合并滤液和洗涤液，用 1.2 mL 浓盐酸进行酸化，使 pH 为 1～2。仔细地进行加热，将滤液浓缩至 3～4 mL。将浓缩液冷却结晶，进行减压过滤，分离出白色结晶体。晾干或烘干后称量。计算产率。

纯己二酸为无色结晶，熔点为 153℃，微溶于乙醚，易溶于乙醇。

注释：

[1] 环己醇氧化制取己二酸是一个放热反应。注意控制好反应条件：通过机械搅拌使反应物混合均匀，充分接触，防止因混合不均匀，导致反应物局部积累，突然发生剧烈反应而发生冲料等事故；环己醇的滴加速度要均匀，不要过快或过慢，必须等到先加入的环己醇全部作用后，才能再继续滴加，若滴加太快，反应过于激烈，会使反应物冲出烧瓶，滴加太慢，反应过于缓慢，未作用的环己醇越积越多，一旦反应变得剧烈，积聚的环己醇迅速被氧化，放热太多也会引起爆炸；通过水浴温度的变化，调节反应瓶内的反应温度，必要时可以用冰水浴快速降温。

[2] 高锰酸钾为深紫色固体。有金属光泽，溶于水，遇乙醇分解。本实验要用粉末状品，不要加块状，以加速溶解与反应。

[3] 环己醇是无色针状晶体，熔化后为黏稠液体，不易倒净，损失较大。因此要用少量水洗涤量筒，在环己醇中掺入少量水还可以降低其熔点，避免室温低时析出晶体，堵塞滴液漏斗。

[4] 反应开始温度不宜低于 15℃，否则会因反应物积料过多而使反应过于剧烈导致冲料等事故发生。

[5] 滤饼为固体二氧化锰上的己二酸。

【思考题】

本实验中为什么必须控制反应温度和环己醇的滴加速度？

有机化学实验

实验：肉桂酸的制备

【实验目的】

1. 掌握 Perkin 反应的基本原理及合成肉桂酸的操作方法。
2. 进一步熟悉水蒸气蒸馏、回流、脱色、热过滤等操作。

【实验原理】

芳香醛和酸酐在碱性催化剂作用下可发生类似的羟醛缩合反应，生成不饱和芳香酸，这个反应称为 Perkin 反应。苯甲醛和醋酸酐在无水醋酸钠(钾)的存在下发生 Perkin 反应，生成肉桂酸。反应首先是醋酸酐在醋酸钠的作用下，生成醋酸酐的负碳离子，然后，负碳离子和芳香醛发生亲核加成反应，经一系列中间体后，产生 α,β-不饱和酸酐，经水解得肉桂酸。肉桂酸在一般情况下以反式存在。如在肉桂酸合成中，用碳酸钾代替醋酸钠，反应进行的周期要短得多。因为反应开始时总有微量水存在，反应第一步可能包括酸酐的水解，随之与碳酸钾生成羧酸钾盐，而羧酸钾盐能催化这个反应已是众所周知的。本实验中采用碳酸钾作催化剂。

$$\text{——CHO} + \begin{matrix} H_3C-C \\ | \\ H_3C-C \end{matrix} O \xrightarrow[\text{加热}]{K_2CO_3}$$

$$\xrightarrow{H^+} \text{——CH}=\text{CHCOOH} + CH_3COOH$$

【仪器药品】

三口瓶(25 mL)，空气冷凝管，温度计，油浴，球形冷凝管，减压过滤装置，苯甲醛(新蒸)，乙酸酐，无水碳酸钾，浓盐酸，10％氢氧化钠溶液，活性炭

【实验步骤】

在 25 mL 三口烧瓶中,依次加入 3 mL 苯甲醛[1]、8 mL 醋酸酐[2]、4.2 g 无水碳酸钾[3]。轻轻摇动,使三者混合均匀。然后装上空气冷凝管及温度计,温度计的水银球应浸入液面以下。在 170～180℃的油浴[4]中回流 30 min,由于逸出二氧化碳,所以最初有泡沫出现。反应结束后,将三口瓶冷却至 80～100℃,进行水蒸气蒸馏。

从混合物中蒸掉未反应的苯甲醛,即蒸至馏出液无油珠时为止。将烧瓶冷却,加入 20 mL 10%氢氧化钠溶液,以使肉桂酸成为钠盐而溶解。加 50 mL 热水及少量活性炭,装上球形冷凝管,加热回流10 min,进行脱色,趁热抽滤。滤液冷却至室温,一边搅拌一边加入1:1盐酸至溶液呈酸性(用刚果红试纸检验),冷却,待结晶全部析出后,再进行抽滤,并用少量水洗去残留的酸。抽干后的产品在 80℃左右烘箱中烘干,即得到肉桂酸白色片状结晶。称重,计算产率。

纯肉桂酸(反式)的熔点为 131.5～132℃。

本实验约需 3 h。

注释:

[1]苯甲醛放置过久,会自动氧化而部分生成苯甲酸,这不仅影响反应的进行,而且苯甲酸混在产品中不易分离,影响产品质量。因此,所用苯甲醛要事先蒸馏,截取 170～180℃馏分使用。

[2]醋酸酐存放过久会吸潮而水解为乙酸,故所用醋酸酐必须在实验前进行重新蒸馏。

[3]无水碳酸钾需新鲜熔焙。方法是将含水碳酸钾放入蒸发皿中加热,盐首先在自己的结晶水中熔化,水分蒸发后又结成固体,再猛烈加热使其熔融,不断搅拌,趁热倒在金属板上,冷却后研碎,放干燥器中备用。

[4]没有合适的油浴液时,亦可改用小火隔石棉网直接加热,控制反应液呈微沸状态。

【思考题】

1. 若用无水醋酸钾作缩合剂,回流结束后加入固体碳酸钠使溶液呈碱性,此时溶液中有哪几种化合物?

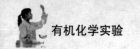

2. 用丙酸酐和无水丙酸钾与苯甲醛反应,得到什么产物? 写出反应式。

(冯文芳)

小品文　用途广泛的肉桂酸

肉桂酸是重要的有机合成工业中间体之一,广泛用于香料、医药、塑料和感光树脂等化工产品中。

1. 肉桂酸在香精香料中的应用

(1) 肉桂酸本身就是一种香料,具有很好的保香作用,通常作为配香原料,可使主香料的香气更加清香。肉桂酸的各种酯都可用作定香剂,用于饮料、糖果、酒类等食品。

(2) 可作为芳香混合物,用于香皂、香波、洗衣粉、日用化妆品中。

(3) 调制苹果、樱桃,可作为水果香精、花香香精调和使用。

2. 肉桂酸在食品添加剂中的应用

(1) 近年来,新型保健甜味剂阿斯巴甜(以下简称 APM)开发上市。APM 由 L-天冬氨酸、L-苯丙氨酸所组成。由于 APM 具备安全、美味、高甜度三大优点,所以被称为最优秀的合成甜味剂,目前 100 多个国家和地区获准使用,应用于 6 000 多种饮料、食品及医药等产品中,被联合国食品添加剂联合委员会确立为国际 A(Ⅰ)级甜味剂。肉桂酸可作为微生物酶法合成 L-苯丙氨酸前体手性化合物的中间体(用肉桂酸和氨制备 L-苯丙氨酸)。

(2) 肉桂酸和巴氏杀菌助剂组合,具有很强的杀菌、防腐作用。

(3) 肉桂酸还是辣椒素合成酶的一个组成部分(肉桂酸水解酶),可以利用转基因培育辣椒素含量高的辣椒优良品种,必将大大提高辣椒品质,从而有力推动辣椒产业化发展。

(4) 肉桂酸具有防霉防腐杀菌作用,可应用于粮食、蔬菜、水果中的保鲜、防腐。我国每年因加工贮存不善导致粮食损失浪费高达 15%～25%,水果蔬菜在流通消费中的损失更是高达 30%～40%,因此要求有高效的防腐保鲜剂以贮存和保鲜农产品,而肉桂酸作为水果蔬菜的防腐保鲜剂必将面临广阔的市场发展空间。

(5)还可用在葡萄酒中,使其色泽光鲜。

3. 肉桂酸在医药工业中的应用

肉桂酸可用于合成治疗冠心病的重要药物乳酸可心定和心痛平,用来制造"心可安"、局部麻醉剂、杀菌剂、止血药等。还可合成氯苯氨丁酸和肉桂苯哌嗪,用作脊椎骨骼松弛剂和镇痉剂,主要用于脑血栓、脑动脉硬化、冠状动脉硬化等病症。对肺腺癌细胞增殖有明显抑制作用,肉桂酸是 A－549 人肺腺癌细胞有效的抑制剂,在抗癌方面具有极大的应用价值。

4. 肉桂酸在美容方面的应用

酪氨酸酶是黑色素合成的关键酶,它启动了由酪氨酸转化为黑色素生物聚合体的级联反应。肉桂酸有抑制形成酪氨酸酶的作用,对紫外线有一定的隔绝作用,能使褐斑变浅,甚至消失,是高级防晒霜中必不可少的成分之一。肉桂酸显著的抗氧化功效对于减慢皱纹的出现有很好的疗效。

5. 肉桂酸在农业中的应用

在农业中,肉桂酸作为生长促进剂和长效杀菌剂而用于果蔬防腐。

6. 肉桂酸在有机合成化工方面的应用

肉桂酸可作为镀锌板的缓释剂、聚氯乙烯的热稳定剂、多氨基甲酸酯的交联剂、己内酰胺和聚己内酰胺的阻燃剂、化学分析试剂,也是测定铀、钒分离的试剂,它还是负片型感光树脂的最主要合成原料,主要用来合成肉桂酸酯、聚乙烯醇肉桂酸酯、聚乙烯氧肉桂酸乙酯和侧基为肉桂酸酯的环氧树脂。

应用于塑料方面,肉桂酸可用作 PVC 的热稳定剂、杀菌防霉除臭剂,还可添加在橡胶、泡沫塑料中制成防臭鞋和鞋垫,也可用于棉布和各种合成纤维、皮革、涂料、鞋油、草席等制品中防止霉变。

(韩迎春)

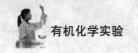
（四）氨基化合物的性质和制备

　　常见的氨基化合物有胺、酰胺和脲等。胺又分为脂肪胺和芳香胺，在脂肪胺分子中，由于脂肪烃基的斥电子作用，使得 N 原子上的电子云密度增加，因此它们具有一定的碱性。同时也具有亲核性，易与苯甲酰氯或对甲苯磺酰氯等发生亲核取代反应。在芳香胺分子中，由于 N 原子与芳环形成的 p-π 共轭效应，N 原子上电子云密度下降，从而碱性和亲核性也会随之下降。而在酰胺或脲分子中，由于羰基的强吸电子作用以及与 N 原子发生 p-π 共轭作用，N 原子上电子云密度进一步下降，所以碱性也随之下降，酰胺几乎都不表现出碱性。此外，不同结构的氨基化合物也能与亚硝酸发生不同的反应。但是由于各种类型的氨基化合物的结构不同，因此它们还各自具有一些特殊的化学性质。如芳香胺可以发生重氮化反应和氧化反应，酰胺可以发生水解以及脲可以发生缩合、分解和成盐等反应。不同的氨基化合物的制备方法不同，如实验室里常用铁或锡还原硝基苯来制备苯胺，以苯胺与醋酐乙酰化反应制备乙酰苯胺以及以偶联反应制备甲基橙等。

实验：胺和酰胺的化学性质

【目的要求】

1. 掌握胺、酰胺和脲的主要化学性质。
2. 掌握苯胺的鉴别方法。
3. 熟悉重氮盐的制备方法及性质。

【基本原理】

　　胺是一类碱性有机化合物，可与 HCl 等强酸作用生成盐。胺有伯、仲、叔之分。伯胺、仲胺、叔胺在酰化反应中表现出不同的特点。兴斯堡（Hinsberg）反应就是利用这一特性来鉴别或分离伯胺、仲胺和叔胺的。

芳香胺(如苯胺)还具有一些特殊的化学性质,可以重氮化反应和氧化反应等,其氧化反应的产物比较复杂。

酰胺既可看成是羧酸的衍生物,也可看成是胺的衍生物。酰基的引入,使其碱性变得很弱。它和其他羧酸衍生物一样,可以进行水解等反应。

尿素是最简单的脲,其结构为碳酸的二酰胺,除了能发生水解反应外,还可以与亚硝酸反应放出氮气。此外,缩合、分解、成盐也是尿素的重要性质。

【仪器药品】

常备仪器,水浴锅,带塞子的玻璃导管,苯胺,20%盐酸,20%氢氧化钠溶液,正丙胺,苯甲酰氯,N-甲基苯胺,N,N-二甲基苯胺,对甲苯磺酰氯,异丙胺,30%硫酸,10%亚硝酸钠溶液,β-萘酚,溴水,饱和重铬酸钾溶液,20%尿素,饱和氢氧化钡溶液,浓盐酸,苯甲酰胺,尿素,5%硫酸铜溶液,浓硝酸,饱和草酸溶液

【实验步骤】

1. 碱性实验

取 1 支试管,加入 10 滴蒸馏水、2 滴苯胺,振摇。观察何现象?然后滴加 1~2 滴20%盐酸,观察溶液有何变化?再向溶液中滴加 2~3 滴 20%氢氧化钠溶液,振摇,观察有何现象,为什么?

2. 与苯甲酰氯反应[1]

取 1 支干燥的试管,加 3 滴正丙胺,再加 6 滴苯甲酰氯,摇动试管。注意观察试管里溶液的变化。然后滴加 10%氢氧化钠溶液,边滴加边用力摇动试管,使溶液呈碱性。将试管里溶液加热至沸,观察试管里的变化。冷至室温后,把清亮的溶液倾出一部分到另一支试管里,并加浓盐酸酸化。有何现象?再加碱溶液,又有什么现象?如何解释?

3. Hinsberg 反应

取 3 支试管,分别加入 0.1 mL 苯胺、N-甲基苯胺、N,N-二甲基苯胺。再在每支试管里加 0.2 g 对甲苯磺酰氯,用力摇动试管,手

触试管底,哪支试管发热?说明什么?然后加 5 mL 10％氢氧化钠溶液,塞好试管,将试管摇动 3～5 min。打开塞子,边摇动试管边用水浴加热 1 min。冷却溶液并用 pH 试纸检验之,直到呈碱性。加氢氧化钠后,生成的沉淀用 5 mL 水稀释,并用力摇动试管。不溶解的是什么胺?溶解的又是什么胺?最后各用 5％盐酸滴加到刚好是酸性[2]。注意观察每步所出现的现象,并加以解释。

4. 与亚硝酸反应[3]

(1) 取 1 支大试管,加 3 滴异丙胺和 2 mL 30％硫酸溶液,放在冰水浴里冷却溶液到 5℃或更低些。另取 1 支试管,加 2 mL 10％亚硝酸钠溶液,同样放在冰水浴里冷却。再取 1 支试管,加 2 mL 10％氢氧化钠溶液,并将 β-萘酚 0.1 g 溶于其中,也放在冰水浴里冷却。当这 3 试管里的溶液的温度冷到 5℃以下后,就边摇动边把冷的亚硝酸钠溶液滴加到冷的异丙胺溶液中。注意,此时有何现象出现[4]?滴加完毕后,再加 β-萘酚溶液,又有什么现象出现?

(2) 用 0.1 mL 苯胺代替 0.1 mL 异丙胺做上述实验[5]。注意,在滴加冷的亚硝酸钠溶液时所出现的现象与上面实验有何不同?边加边摇动试管,加完后继续摇动到固体全部溶解。然后倒出 0.5 mL 溶液放在试管架上,让温度升高到室温,其现象如何?在剩余的反应液里加入冷的 β-萘酚溶液,现象又有什么不同?

5. 苯胺的反应

(1) 溴代反应。取 1 支试管加 1 mL 苯胺水溶液,然后滴加 3 滴溴水,边滴边摇动试管,每加 1 滴时,注意观察试管里溶液有何变化。

(2) 氧化反应。取 1 支试管加 1 mL 苯胺水溶液,然后滴加 2 滴饱和重铬酸钾溶液和 0.5 mL 15％硫酸,摇动试管,放置 10 min。注意观察溶液颜色的变化。

6. 酰胺的水解

取 2 支试管,各加 0.2 g 苯甲酰胺,分别做下面实验。

(1) 在第一支试管里加 2 mL 10％氢氧化钠溶液,摇动试管,加一粒沸石煮沸。在试管口放一条湿的红色石蕊试纸,观察煮沸过程中石蕊试纸的颜色有什么变化,放出的气体具有何气味。然后停止加热,待试管里的溶液冷至室温后再加浓盐酸。注意观察在加盐酸的前后变化。

(2) 在第二支试管里加 1 mL 浓盐酸(在冷水冷却下加入)。注意此时试管里的变化。加沸石煮沸 1 min 后再用冷水冷至室温,溶液里有何变化?

7. 脲的反应

(1) 脲的水解。取 1 支试管,加 1 mL 20%尿素水溶液和 2 mL 饱和氢氧化钡溶液,加热。在试管口放一条湿的红色石蕊试纸。观察加热时溶液的变化和石蕊试纸颜色的变化,放出的气体有何气味?

(2) 脲与亚硝酸反应。取 1 支试管,加 1 mL 20%尿素水溶液和 0.5 mL 10%亚硝酸钠溶液,混合均匀。然后一滴一滴地滴加 15%硫酸,边滴边摇动试管。滴第一滴后,注意观察有无气体产生和气体的颜色、气味。滴第二滴后立即把准备好的带有导气管的塞子塞好试管口,把放出来的气体通入装有 0.5 mL 饱和氢氧化钡溶液的试管里。观察氢氧化钡溶液的变化。滴加硫酸后出现的这些现象说明了什么问题?

(3) 脲的缩合反应与分解。取 1 支干燥试管,加 0.3 g 尿素,加热熔化。继续加热,使熔化后又凝成固体。在加热过程中,把湿的红色石蕊试纸放在试管口上,观察试纸的变化,有何气味?待试管冷却后,加入 2 mL 水,用玻璃棒搅动并加热片刻,将上层清液转入另一试管中,在此清液中加入 1 滴 20%氢氧化钠溶液,1 滴 5%硫酸铜溶液,观察溶液的颜色变化。

(4) 脲盐的生成。取 1 支试管,加 1 mL 浓硝酸,再往硝酸中滴加 1 mL 20%尿素水溶液。不要摇动,观察有何现象,摇动后又有何现象?另取 1 支试管,加 1 mL 冷的饱和草酸水溶液,再加 1 mL 20%尿素水溶液。摇动试管,观察混合物有何现象?

注释:

[1] 除叔胺外,一般胺都有此反应。但注意不能有水,因为苯甲酰氯易水解

成苯甲酸。

[2] 酸性太强,加入水量不足,致使对甲苯磺酰胺酸性水解生成的对甲苯磺酸和叔铵盐酸盐以固体形式出现。

[3] 此反应可用来鉴别脂肪伯胺和芳香伯胺。反应中,如果是脂肪伯胺,即使在 5℃ 或更低的温度下,反应液也能大量地冒气泡(氮气);如果是芳香伯胺,反应液的温度低时不冒气泡,当温度升高后才大量冒气泡,而且与 β-萘酚碱溶液反应有红色偶氮化合物沉淀生成。

仲、叔胺与亚硝酸反应往往生成黄色的亚硝基化合物。一些亚硝基化合物已被证实是致癌物质。

[4] 有时是无色气体,有时气体呈棕色。后者是因为温度过高,引起亚硝酸分解成二氧化氮的原因。

[5] 加硫酸溶液时,可能有白色固体,这是没有溶解的苯胺硫酸盐。

【思考题】

1. 为什么 Hinsberg 反应中对甲苯磺酰氯不能太过量也不能太少?

2. 在与亚硝酸的反应中,为什么脂肪伯胺容易放出氮气而芳香伯胺要温度升高后才有氮气放出?

3. 试比较苯胺和苯溴代反应的难易,试解释为什么?

4. 缩二脲反应,除了鉴别脲外,还可以鉴别哪一类化合物?

实验: 苯胺的制备

【目的要求】

1. 了解从硝基苯还原成苯胺的方法。

2. 掌握蒸馏、水蒸气蒸馏、空气冷凝管蒸馏等基本操作。

【基本原理】

芳香族硝基化合物在酸性介质中还原,可以得到芳香族伯胺。常用的还原剂有铁-盐酸、铁-醋酸、锡-盐酸等。本实验由硝基苯和铁粉在酸性条件下制备苯胺[1]。

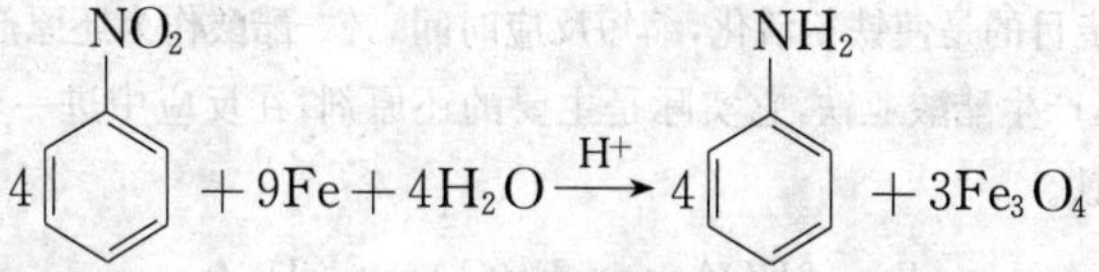

$$4\underset{\text{NO}_2}{\underset{|}{\bigcirc}} + 9\text{Fe} + 4\text{H}_2\text{O} \xrightarrow{\text{H}^+} 4\underset{\text{NH}_2}{\underset{|}{\bigcirc}} + 3\text{Fe}_3\text{O}_4$$

【仪器药品】

圆底烧瓶(250 mL),回流装置,石棉网,水蒸气蒸馏装置,分液漏斗,圆底烧瓶(100 mL,干燥),空气冷凝管蒸馏装置,硝基苯,还原铁粉,冰醋酸,乙醚,精盐,氢氧化钠

【实验步骤】

1. 制备

在 250 mL 圆底烧瓶中,放置 13.5 g 还原铁粉、25 mL 水及 1.5 mL 冰醋酸[2],振荡使充分混合。装上回流冷凝管,用小火在石棉网上加热煮沸约 10 min。稍冷后,从冷凝管顶端加入 7.6 mL 硝基苯,加完后用力振摇,使反应物充分混合。然后加热至沸腾即停止加热,由于反应放热,猛烈的反应约保持 6 min。待反应温和后,将反应物加热回流 0.5 h,并时加摇动,使还原反应完全[3],此时,冷凝管回流液应不再呈现硝基苯的黄色。

2. 分离

将反应瓶改为水蒸气蒸馏装置,进行水蒸气蒸馏,至馏出液变清,再多收集 20 mL 馏出液,共约需收集 60 mL[4]。馏出液用食盐饱和[5](约需 40 g 食盐)后,使苯胺与水分层。然后将溶液转入分液漏斗,分出有机层(苯胺层),用粒状氢氧化钠干燥,得约 5 mL 粗品。

3. 精制

将 3~4 个同学的粗品苯胺合并后转至 100 mL 干燥的蒸馏瓶中,用空气冷凝管蒸馏,收集 180~185℃馏分[6]即可。苯胺的沸点文献值为 184.4℃,$n_D^{20} = 1.586\,3$。

注释:

[1]苯胺有毒,操作时应避免与皮肤接触或吸入其蒸气。若不慎触及皮肤时,先用水冲洗,再用肥皂和温水洗涤。

[2] 这步目的是使铁粉活化，缩短反应时间。铁-醋酸作为还原剂时，铁首先与醋酸作用，产生醋酸亚铁，它实际是主要的还原剂，在反应中进一步被氧化生成碱式醋酸铁。

$$Fe + 2HOAc \longrightarrow Fe(OAc)_2 + H_2 \uparrow$$

$$2Fe(OAc)_2 + [O] + H_2O \longrightarrow 2Fe(OH)(OAc)_2$$

碱式醋酸铁与铁及水作用后，生成醋酸亚铁和醋酸可以再起上述反应。

$$6Fe(OH)(OAc)_2 + Fe + 2H_2O \longrightarrow 2Fe_3O_4 + Fe(OAc)_2 + 10HOAc$$

所以总的来看，反应中主要是水作为供质子剂提供质子，铁提供电子完成还原反应。

[3] 硝基苯为黄色油状物，如果回流液中黄色油状物消失而转变成乳白色油珠(由于游离苯胺引起)，表示反应已经完成。还原作用必须完全，否则残留在反应物中的硝基苯在以下几步提纯过程中很难分离，因而影响产品纯度。

[4] 反应完后，圆底烧瓶壁上黏附的黑褐色物质，可用1∶1(体积比)盐酸水溶液温热除去或直接用少量浓盐酸除去。

[5] 在20℃时，每100 mL水可溶解3.4 g苯胺，为了减少苯胺损失，根据盐析原理，加入精盐使馏出液饱和，原来溶于水中的绝大部分苯胺呈油状物析出。

[6] 纯苯胺为无色液体，但在空气中由于氧化而呈淡黄色，加入少许锌粉重新蒸馏，可去掉颜色。

【思考题】

1. 如果以盐酸代替醋酸，则反应后要加入饱和碳酸钠至溶液呈碱性，再进行水蒸气蒸馏，这是为什么？本实验为何不进行中和？

2. 有机物质必须具备什么性质，才能采用水蒸气蒸馏提纯，本实验为何选择水蒸气蒸馏法把苯胺从反应混合物中分离出来？

3. 在水蒸气蒸馏完毕时，先灭火焰，再打开 T 形管下端弹簧夹，这样做行吗？为什么？

实验：乙酰苯胺的制备

【目的要求】

1. 进一步熟悉乙酰化反应的原理和实验操作。

2. 进一步掌握固体有机物提纯的方法——重结晶。

【基本原理】

有机合成上将向有机化合物分子中引入酰基(RCO—)的反应称为酰基化反应。若酰基是乙酰基(CH_3CO—)则为乙酰化反应。

苯胺和乙酰化试剂冰醋酸、乙酸酐、乙酰氯反应均可以在苯胺的N原子上引入乙酰基而生成乙酰苯胺。其中苯胺与乙酰氯反应最激烈,乙酸酐次之,冰醋酸最慢。

本实验采用乙酸酐与苯胺作用,其反应式如下

在有机合成上,因芳香伯胺的氨基较活泼,又易被氧化,为了保护氨基,常把它乙酰化,再进行其他反应,最后水解除去乙酰基。

【仪器药品】

常备仪器,布氏漏斗,吸滤瓶,安全瓶,水泵或真空泵,热水漏斗(保温漏斗),表面皿,熔点测定装置一套,苯胺,醋酸酐,醋酸钠,浓HCl,活性炭

【实验步骤】

1. 酰化

在 100 mL 的烧杯中,加水 30 mL,然后再加入 2.5 mL 浓 HCl,在搅拌下加入苯胺[1]2.5 mL (约 2.5 g,0.027 mol)即得苯胺盐酸盐溶液。称取 3 g 醋酸钠(用以抑制乙酸酐水解)置于 50 mL 烧杯中,加水 15 mL,溶解后加入苯胺盐酸盐溶液中。量取乙酸酐 3.5 mL(约 3.6 g,0.035 mol),分三次加入苯胺盐酸盐溶液中,边加边搅拌,并将烧杯置于冰水中冷却,待白色片状结晶析出后(约 10～15 min),减压过滤,用 5 mL 冷水洗涤晶体两次,压紧抽干,得粗乙酰苯胺。

2. 精制

将粗乙酰苯胺移入 250 mL 烧杯中,加 80 mL 水,加热煮沸使其

全溶。如仍有未溶的乙酰苯胺油珠，需加少量水，直到全溶。此时，再加水 10 mL，以免热滤时析出结晶，造成损失。将热乙酰苯胺水溶液稍冷却，加一角匙（约 0.5 g）活性炭，再重新煮沸，并使溶液继续沸腾约 5 min。趁热，将上述乙酰苯胺溶液用保温漏斗[2]过滤。冷却滤液，析出结晶后，将滤液置于冰水浴中进一步冷却以使结晶完全。减压过滤，用 5 mL 蒸馏水洗涤结晶两次。压紧抽干。将结晶转移至已称重的表面皿干燥后，称重，计算产率[3]，并测熔点[4]。乙酰苯胺产量约为 2.4 g。

注释：

[1] 苯胺久置后颜色变深有杂质，会影响乙酰苯胺的质量。故最好采用新蒸的无色或淡黄色的苯胺。为防止苯胺在蒸馏时被氧化，蒸馏时可加入少许锌粉。

[2] 用普通漏斗过滤热的饱和溶液时，常在漏斗中或颈部析出结晶，使过滤发生困难。因此，采用保温漏斗过滤。

[3] 由于本实验乙酸酐过量，因此计算产率应以苯胺为标准计算。

[4] 乙酰苯胺熔点为 113～115℃。

【思考题】

1. 本实验采用了哪些措施来提高乙酰苯胺的产率？

2. 常用乙酰化试剂有哪些？哪一种较经济？哪一种反应最快？

3. 为什么以苯胺为原料进行苯环上的一些取代反应时，要先进行乙酰化？

4. 乙酰苯胺与热的稀盐酸或稀氢氧化钠溶液反应时生成什么产物？

5. 重结晶时，应注意哪几点才能得到产率高、质量好的乙酰苯胺？

实验：对氨基苯磺酰胺的制备

【目的要求】

1. 了解合成对氨基苯磺酰胺的原理和方法。

2. 掌握蒸馏、减压过滤及重结晶等基本操作。

【基本原理】

磺胺药物是含磺胺基团的合成抗菌药物的总称,它能抑制多种细菌和少数病毒的生长及繁殖,用于防治多种病菌感染,在保障人类生命健康方面曾发挥过重要作用。抗菌素面世后,它虽然已不再作为普遍使用的抗菌剂,但在某些治疗中仍然应用。磺胺药物的一般结构如下

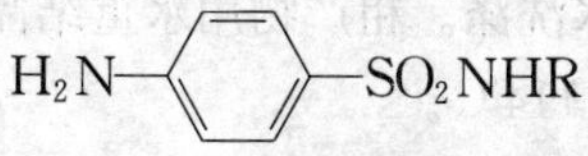

$$H_2N-\underset{}{\bigodot}-SO_2NHR$$

由于磺胺基上氮原子的取代基不同而形成不同的磺胺药物,本实验合成的磺胺药物是最简单的磺胺。磺胺的制备从苯胺开始,其合成路线如下

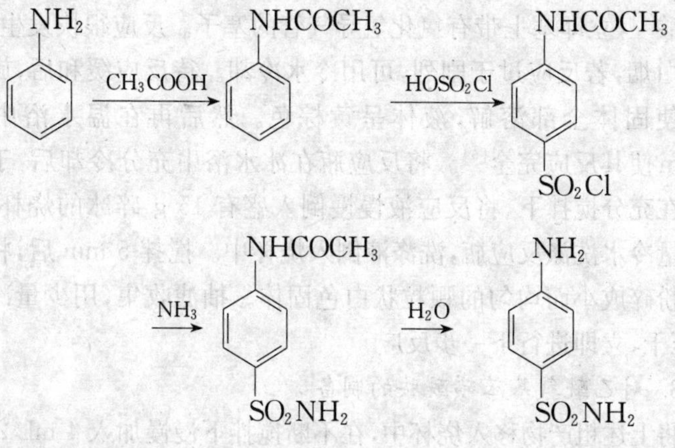

【仪器药品】

25 mL 圆底烧瓶,刺形分馏柱,蒸馏装置,锥形瓶,带导气管的塞子,烧杯,抽滤装置,苯胺,冰醋酸,锌粉,氯磺酸,浓氨水,浓盐酸,碳酸钠

【实验步骤】

1. 乙酰苯胺的制备

在 25 mL 圆底烧瓶中加入 3.4 mL 苯胺[1]、5 mL 冰醋酸及少许

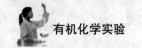

锌粉[2](0.05 g),装上一 10 cm 长的刺形分馏柱,顶部接蒸馏头及温度计,支管接一蒸馏装置,接收瓶外部用冷水浴冷却。将圆底烧瓶加热,使反应物保持微沸 10 min,然后逐渐升温,当温度计读数达到 100℃左右时,蒸馏头便有液体流出。维持温度在 100~110℃反应约 1.5 h,生成的水及醋酸已基本被蒸出,此时温度计读数下降,表示反应已经完成。在搅拌下趁热将反应物倒入 70 mL 冰水中[3],冷却后,抽滤析出固体,用冷水洗涤。粗产物用水重结晶。产量约为 3~4 g。纯乙酰苯胺的熔点为 114℃。

2. 对乙酰氨基苯磺酰氯的制备

在 25 mL 干燥的锥形瓶中加入 1.0 g 干燥的乙酰苯胺,用小火加热熔化,瓶壁若有少量水蒸气凝结,应用干净的滤纸吸去。冷却使熔化物结成块[4]。将锥形瓶置于冰水浴中冷却后,迅速倒入 2.5 mL 氯磺酸[5],立即塞上带有氯化氢导气管的塞子。反应很快发生,冒出大量白烟,若反应过于剧烈,可用冷水冷却。待反应缓和后,旋摇锥形瓶使固体全部溶解,液体呈黄棕色。然后再在温水浴中加热 10 min 使其反应完全[6]。将反应瓶在冰水浴中充分冷却后,于通风橱中在充分搅拌下,将反应液慢慢倒入盛有 15 g 碎冰的烧杯中[7],用少量冷水洗涤反应瓶,洗涤液倒入烧杯中。搅拌 5 min 后,将大块固体粉碎成小而均匀的颗粒状白色固体。抽滤收集,用少量冷水洗涤、压干,立即进行下一步反应。

3. 对乙酰氨基苯磺酰胺的制备

将上述粗产物移入烧杯中,在不断搅拌下慢慢加入 4 mL 28％浓氨水(在通风橱中),立即发生放热反应生成白色糊状物。加完后,搅拌 15 min,使反应完全。然后再加入 2 mL 水,用小火加热 10 min,并不断搅拌,以除去多余的氨,得到的混合物可直接用于下一步合成。

4. 对氨基苯磺酰胺的制备

将上述反应混合物放入圆底烧瓶中,加入 1 mL 浓盐酸,在石棉网上小火回流 20 min,冷却后,得一澄清的液体,如溶液呈黄色,并有极少量固体存在时,需加入粉状碳酸钠至恰呈碱性。在冰水浴中冷却,抽滤收集固体,用少量冰水洗涤、压干。粗产物用水重结晶,每克粗产物约需 13 mL 水。重结晶后称重,计算产率,并测熔点。

注释:

[1] 久置或市售的苯胺颜色深或有杂质,会影响乙酰苯胺的产率和纯度,故最好用新蒸的苯胺。

[2] 加入锌粉的目的,是防止苯胺在反应过程中被氧化,生成有色杂质。

[3] 反应物冷却后,固体立即析出,沾在瓶壁上不易处理。需趁热在搅拌下倒入冷水中,以除去过量的醋酸及未反应的苯胺。

[4] 氯磺酸与乙酰苯胺的反应相当剧烈,将乙酰苯胺凝成块状,可使反应缓和进行,当反应过于剧烈时,应适当冷却。

[5] 氯磺酸对皮肤和衣服有强烈的腐蚀性,暴露在空气中会冒出大量氯化氢气体,遇水会发生猛烈的放热反应,甚至爆炸,故取用时应特别小心。反应中所用仪器及药品皆要求十分干燥。含有氯磺酸的废液不可倒入水槽中,而应倒入废液桶内。

[6] 在氯磺化过程中,有大量的氯化氢气体放出。为避免污染空气,装置应严密,导管的末端要与水面相接,但不能插入水中。

[7] 加入速度必须慢,并充分搅拌,以免局部过热使对乙酰氨基苯磺酰氯水解。这是实验成功与否的关键。

【思考题】

1. 反应时为何要控制分馏柱上端的温度为 100～110℃? 温度高有何不好?

2. 除了醋酸外,还有哪些乙酰化试剂?

3. 使用氯磺酸时应注意些什么?

4. 为什么苯胺要乙酰化后再氯磺化? 直接氯磺化行吗?

实验:甲基橙的制备

【目的要求】

1. 掌握制备甲基橙的原理和方法。

2. 了解重氮化反应的操作及应用。

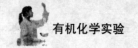

【基本原理】

芳香族伯胺在酸性介质中和亚硝酸钠作用生成重氮盐的反应叫做重氮化反应。反应式如下

$$ArNH_2 + 2HX + NaNO_2 \longrightarrow ArN_2X + NaX + 2H_2O$$

这个反应是芳香族伯胺所特有的,生成的化合物(ArN_2X)称为重氮盐。它是制取芳香族卤代物、酚、芳腈及偶氮染料的中间体,无论在工业上或是实验室中都具有很重要的价值。

甲基橙的合成路线如下

$$H_2N\text{—}\langle\text{benzene}\rangle\text{—}SO_3H + NaOH \longrightarrow H_2N\text{—}\langle\text{benzene}\rangle\text{—}SO_3Na + H_2O$$

$$H_2N\text{—}\langle\text{benzene}\rangle\text{—}SO_3Na \xrightarrow[\text{HCl}]{NaNO_2} \left[HO_3S\text{—}\langle\text{benzene}\rangle\text{—}\overset{+}{N}\text{=}N\right]Cl^-$$

$$\xrightarrow[\text{HOAc}]{C_6H_5N(CH_3)_2} \left[HO_3S\text{—}\langle\text{benzene}\rangle\text{—}N\text{=}N\text{—}\langle\text{benzene}\rangle\text{—}\underset{H}{\overset{}{N}}(CH_3)_2\right]^+ OAc^-$$

$$\xrightarrow{NaOH} NaO_3S\text{—}\langle\text{benzene}\rangle\text{—}N\text{=}N\text{—}\langle\text{benzene}\rangle\text{—}N(CH_3)_2 + NaOAc + H_2O$$

【仪器药品】

100 mL 烧杯,抽滤装置,蒸馏装置,注射器,真空泵,对氨基苯磺酸晶体,亚硝酸钠,N,N-二甲基苯胺,盐酸,氢氧化钠,乙醇,乙醚,冰醋酸,淀粉-碘化钾试纸

【实验步骤】

方 法 一

1. 重氮盐的制备

在 100 mL 烧杯中放置 10 mL 5％氢氧化钠溶液及 2.1 g 对氨基苯磺酸[1]晶体,温热使之溶解。另溶 0.8 g 亚硝酸钠于 6 mL 水中,加入上述烧杯内,用冰盐浴冷至 0~5℃。在不断搅拌下,将 3 mL 浓

盐酸与 10 mL 水配成的溶液缓缓滴加到上述混合溶液中,并控制温度在 5℃以下。滴加完后用淀粉-碘化钾试纸检验[2]。然后在冰盐浴中放置 10 min,以保证反应完全[3]。

2. 偶合

在试管内混合 1.2 g N,N-二甲基苯胺和 1 mL 冰醋酸,在不断搅拌下,将此溶液慢慢加到上述冷却的重氮盐溶液中。加完后,继续搅拌 10 min,然后慢慢加入 5%氢氧化钠溶液(约 25～35 mL),直至反应物变为橙色为止,这时反应液呈碱性,粗制的甲基橙呈细粒状沉淀析出[4]。将反应物在沸水浴上加热 5 min,冷至室温后,再在冰水浴中冷却,使甲基橙晶体析出完全。抽滤收集结晶,依次用少量水、乙醇、乙醚洗涤,压干。

若要得到较纯的产品,可用少量 1%氢氧化钠溶液进行重结晶。待结晶析出完全后,抽滤收集,沉淀依次用少量乙醇、乙醚洗涤[5],得到橙色的小叶片状甲基橙结晶,产量约为 2.5 g。

溶解少许甲基橙于水中,加几滴稀盐酸溶液,接着用稀氢氧化钠溶液中和,观察颜色变化。

方 法 二

称取无水对氨基苯磺酸 250 mg 和 N,N-二甲基苯胺 125 mg 于 5 mL 烧杯中,再加入 2 mL 95%的乙醇,用玻璃棒搅拌,在不断搅拌下,用注射器慢慢滴加 0.5 mL 20%亚硝酸钠水溶液,控制反应温度不超过 25℃。滴加完毕,继续搅拌 5 min 后,置于冰浴中放置片刻[6],减压抽滤,即得橙黄色、颗粒状的甲基橙粗品。将粗产物用溶有约 0.1 g 氢氧化钠的水溶液重结晶[7],每克粗产物约需 15 mL 水,产物干燥后称重,计算产率。

溶解少许甲基橙于水中,加几滴稀盐酸溶液,接着用稀氢氧化钠溶液中和,观察颜色变化。

注释:

[1] 对氨基苯磺酸是两性化合物,酸性比碱性强,以酸性内盐存在,所以它能与碱作用成盐而不能与酸作用成盐。

〔2〕若淀粉-碘化钾试纸不显蓝色,则尚需补充亚硝酸钠溶液,并充分搅拌直至试纸刚好呈蓝色。

〔3〕在此时往往析出对氨基苯磺酸的重氮盐。这是因为重氮盐在水中可以电离,形成中性内盐 $\left({}^{-}O_3S - \!\!\!\!\!\!\bigcirc\!\!\!\!\!\!- \overset{+}{N} \!\equiv\! N \right)$,难溶于水而沉淀下来。

〔4〕若反应物中含有未作用的 N,N-二甲基苯胺醋酸盐,则在加入氢氧化钠溶液后,就会有难溶于水的 N,N-二甲基苯胺析出,影响产物的纯度。湿甲基橙在空气中受光照射后,颜色很快变深,所以一般得紫红色粗产物。

〔5〕结晶操作应迅速,否则由于产物呈碱性,在温度高时易使产物变质,颜色变深。乙醇、乙醚洗涤的目的是为了使其迅速干燥。

〔6〕粗产物需在冰水中冷透,完全结晶后抽滤,否则产率会下降。

〔7〕甲基橙在水中溶解度较大,故重结晶时不宜加过多的水。

【思考题】

1. 什么叫重氮化反应?为什么此反应必须在低温和强酸性条件下进行?

2. 在方法一中,制备重氮盐时为何要把对氨基苯磺酸变成钠盐?

3. 什么叫偶联反应?试结合本实验讨论一下偶联反应的条件。

4. 试解释甲基橙在酸碱介质中变色的原因,并用反应式表示。

（五）羰基化合物的性质和制备

有机分子中含有羰基官能团的化合物统称为羰基化合物。由于羰基的碳氧双键是一个极性不饱和键,电子云偏向于氧,使得氧带上了部分负电荷,而碳带上了部分正电荷。因而羰基碳会作为一个重要的靶点被亲核试剂进攻。又由于羰基是强吸电子基团,使得 α 位 C—H 键的极性增加而容易发生断裂。因此,亲核加成反应和 α-H 的反应是羰基化合物的特征反应。常见的羰基化合物包括醛、酮以及羧酸衍生物等。与羰基相连基团不同,其性质也有很多差异,具体在下面的性质实验中予以介绍。

羰基化合物的性质很活泼,能发生多种有机反应,在有机合成中有广泛的用途。其中有些天然醛、酮是植物药的有效成分,有显著的生理活性。而羧酸衍生物也被广泛用于药物的合成。制备醛、酮的方法有很多,但大体可分成两大类。一类是由羟基直接氧化而来,如环己酮的制备;另一类是在分子中直接引入羰基,如苯乙酮的制备。羧酸衍生物可以用羧酸作原料来制备,也可以由羧酸衍生物间相互进行转化等。选用什么方法视具体的衍生物而定。

实验:醛、酮和羧酸衍生物的性质

【目的要求】

1. 熟悉醛、酮和羧酸衍生物的化学性质。
2. 掌握鉴别醛、酮及羧酸衍生物的化学方法。

【基本原理】

醛和酮分子中含有相同的官能团羰基$\left(\underset{/}{\overset{\backslash}{C}}{=}O\right)$,因此,醛和酮有很多共同的化学反应。如均可发生亲核加成反应和 α 活泼氢的卤代反应。与 2,4-二硝基苯肼反应时生成黄色、橙色或橙红色的 2,4-二硝基苯腙沉淀;凡具有 $CH_3\overset{O}{\overset{\|}{C}}{-}$ 型结构的醛和酮或具有 $CH_3\overset{OH}{\overset{|}{C}}HR$ 型结构的醇都有碘仿反应。

由于醛分子中羰基与一个烃基和一个氢原子相连,而酮分子中,羰基与两个烃基相连,这种结构上的差异使醛与酮的化学性质又不完全相同。例如,醛容易被弱氧化剂(如托伦试剂、斐林试剂)氧化,而酮则不能;醛能与希夫试剂起颜色反应,而酮类则不发生此反应。

酯、酰卤、酸酐、酰胺都属于羧酸的衍生物。在一定条件下都可以发生水解、醇解和氨解反应。

【仪器药品】

常备仪器,2,4-二硝基苯肼试剂,斐林试剂甲,斐林试剂乙,碘试剂,乙醛,丙酮,乙醇,30%NaOH 溶液,希夫试剂,甲醛,60%苯甲

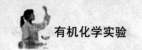

醛乙醇溶液,5%AgNO$_3$溶液,4%氨水,亚硝酰铁氰化钠饱和溶液,浓氨水,乙酸乙酯,15%硫酸,无水乙醇,乙酰氯,苯甲酰氯,饱和苯酚水溶液,红色石蕊试纸。

【实验步骤】

1. 醛、酮的共性

(1)与2,4-二硝基苯肼作用。取2支试管,各加入2,4-二硝基苯肼试剂15滴,再分别加入乙醛、丙酮2～3滴,振荡,观察有无沉淀生成,并注意结晶的颜色。

(2)碘仿反应。取3支试管,分别加入乙醛、丙酮、95%乙醇各8～10滴,再加入10～15滴碘试剂,摇匀后,滴加10%氢氧化钠溶液至碘的颜色刚好消失为止,观察其现象,并嗅其气味。

2. 醛、酮的异性

(1)与希夫试剂(Schiff)试剂(品红亚硫酸)作用。在三支试管中,各加希夫试剂10滴,再分别加入甲醛、乙醛和丙酮各2滴,观察其颜色变化[1]。在前两试管中各加浓H$_2$SO$_4$3滴,观察有何现象产生。

(2)与斐林(Fehling)试剂反应。取斐林试剂甲、乙液各2 mL于一试管中,混合均匀后分置于四支洁净试管中,再分别加入甲醛、乙醛、苯甲醛和丙酮各4～5滴,摇匀后将试管放入近沸的水浴中加热,注意观察其现象[2],并比较结果。

(3)与托伦(Tollens)试剂反应。在一洁净试管中加入5%硝酸银溶液1 mL与10%氢氧化钠溶液1滴,边振摇边逐滴加入4%的稀氨水至其沉淀恰好溶解为止(不宜多加,否则会影响实验的灵敏度),即得托伦试剂。将此溶液分置于三支洁净的试管中[3],分别加入乙醛、苯甲醛[4]和丙酮各4滴,摇匀,静置片刻,若无变化,可放于温水浴中温热2 min[5],观察其现象,并比较结果。

(4)丙酮与Na$_2$[Fe(CN)$_5$NO]反应[6]。取丙酮1～2滴于试管中,加入新配制的饱和亚硝酰铁氰化钠溶液6～8滴,混匀后将试管倾斜,小心地沿试管壁逐滴加入浓氨水20滴,注意观察在两液交界处显示出紫红色环。

3. 羧酸衍生物的性质

(1) 酯的水解反应[7]。取三支洁净的试管,各加入 1 mL 乙酸乙酯和 1 mL 水。在第二支试管里再加入 2 滴 15%硫酸;在第三支试管里再加入 2 滴 30%氢氧化钠溶液。摇动试管,注意观察三支试管里酯层和气味消失的快慢有何不同。此现象说明了什么?

(2) 酰氯的醇解反应。取一支干燥试管,加入 1 mL 无水乙醇,慢慢滴加 1 mL 乙酰氯。不断摇动并用冷水冷却试管,再加入 2 mL 水,所得溶液呈酸性。用5%氢氧化钠溶液小心中和至使红色石蕊试纸稍变蓝色为止,有无酯味出现? 并观察有无酯层出现。若无酯层,可加入固体氯化钠至其不溶解后,静置,再观察其现象。

另取 1 个 25 mL 锥形瓶,加入 10 mL 15%氢氧化钠溶液和 2 mL 饱和苯酚水溶液,振摇。然后再加入 1 mL 苯甲酰氯,将混合物振摇 5~10 min,在冰水中冷却,观察有何现象。

注释:

[1] 希夫试剂与醛反应显色的过程可表示如下

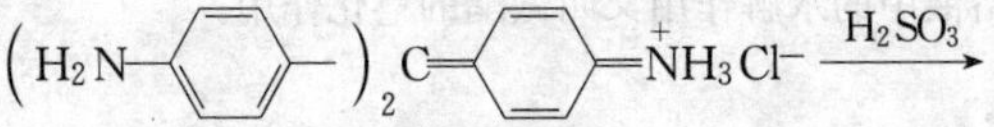

品红盐酸盐(红色)

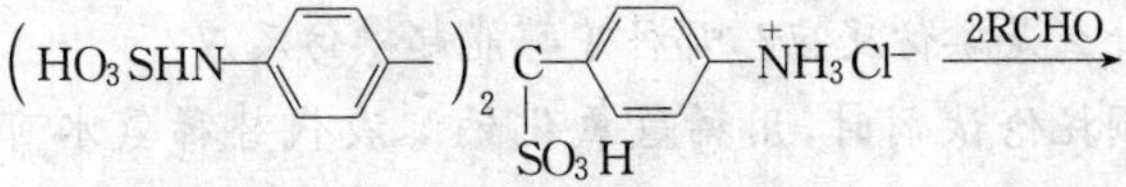

希夫试剂(无色)

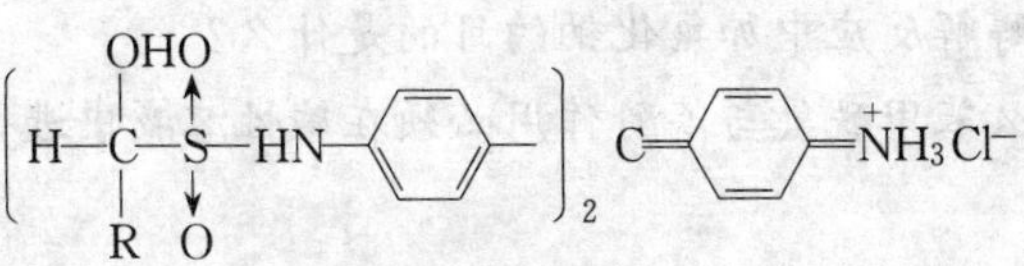

紫红色(带蓝影)

加入过多的无机酸,能使醛类与希夫试剂的反应产物分解褪色,唯独甲醛与希夫试剂的反应产物在强酸条件下仍不褪色。

[2] 斐林试剂呈深蓝色,与脂肪醛共热后溶液颜色依次变化:蓝→绿→黄→

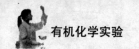

红色沉淀(Cu_2O)。甲醛尚可进一步将氧化亚铜还原为暗红色的金属铜。苯甲醛与此试剂无反应,借此可与脂肪醛区别。

[3] 试管是否干净与银镜的生成有很大的关系。因此,实验所用的试管最好依次用温热浓硝酸、大量水、蒸馏水洗净。

[4] 用苯甲醛做此实验时,若稍多加半滴氢氧化钠溶液,会有利于银镜的生成。

[5] 切勿放在灯焰上直接加热,也不宜温热过久。因试剂受热会生成有爆炸危险的雷酸银。实验完毕,加入少量硝酸,立即煮沸洗去银镜。

[6] 丙酮在氨水存在下与亚硝酰铁氰化钠作用可生成鲜红色物质,临床常借此检验糖尿病患者尿中丙酮的存在。

[7] 碱的存在更有利于酸的水解。因碱与水解生成的羧酸起反应,破坏了平衡,使水解向正方向进行。

$$CH_3COOC_2H_5 + H_2O \rightleftharpoons CH_3COH + C_2H_5OH$$

$$CH_3COH + NaOH \longrightarrow CH_3CONa + H_2O$$

酯在碱性水溶液中的水解作用又叫做酯的皂化作用。

【思考题】

1. 哪些试剂可用以区别醛类和酮类?

2. 什么是碘仿反应?哪种丁醇能起碘仿反应?

3. 制托伦试剂时,用稀氢氧化钠溶液代替稀氨水可以吗?为什么?

4. 酰氯醇解反应中加氯化钠的目的是什么?

5. 为什么苯甲酰氯与苯酚作用必须在碱性溶液中进行?

实验:环己酮的制备

【目的要求】

1. 学习铬酸氧化法制环己酮的原理和方法。

2. 了解羰基化合物的合成方法及氧化反应的操作。

3. 学习反应温度以及反应速度的控制方法。

【基本原理】

酮是一类重要的化工原料。仲醇的氧化和脱氢是制备脂肪酮的主要方法,工业上大多用催化氧化或催化脱氢法,即用相应的醇在较高的温度(250~350℃)和有银、铜、铜-铬合金等金属催化的情况下来制取。实验室一般都用试剂氧化,酸性重铬酸钠(钾)是最常用的氧化剂之一。此外,Grignard 试剂和腈、酯的加成反应等也是实验室制备酮的常用方法,反应式如下

酮对氧化剂比较稳定,不易进一步氧化。重铬酸氧化醇是一个放热反应,所以必须严格控制反应的温度,以免反应过于激烈。

【仪器药品】

烧杯(50 mL),圆底烧瓶(50 mL),温度计,蒸馏装置,分液漏斗,环己醇,重铬酸钠($Na_2Cr_2O_7 \cdot 2H_2O$),浓硫酸,乙醚,精盐,无水硫酸镁

【实验步骤】

在 50 mL 烧杯中溶解 3.5 g 重铬酸钠于 20 mL 水中,然后在搅拌下用注射器滴入 3 mL 浓硫酸,得一橙红色溶液冷却至 30℃以下备用。

在 50 mL 圆底烧瓶中加入 3.5 mL 环己醇,然后一次加入上述制备好的铬酸溶液,振动使充分混合,放入一个温度计,测量初始温度并时常观察温度变化情况。当温度上升到 55℃时立即用冷水浴冷却。保持温度在 50~55℃[1]。约 15 min 后,温度开始出现下降趋势,移去水浴,再放置 15 min。这期间要不时摇动,使反应完全,反应液呈墨绿色。

在反应瓶内加入 20 mL 水和几粒沸石,改成蒸馏装置,将环己酮

与水一起蒸出来[2]，环己酮与水能形成沸点为 95℃的恒沸混合物，直至冷凝管馏出液中再无油滴滴为止，收集约 15 mL 馏出液，馏出液用精盐饱和[3]（约需 3 g）后，转入分液漏斗，静置后分出有机层。水层用 5 mL 乙醚提取一次，合并有机层和萃取层，用无水硫酸镁干燥，在水浴上蒸去乙醚后，蒸馏收集 151～155℃的馏分。

纯环己酮沸点为 155.7℃，折射率 $n_D^{20} = 1.450\,7$。

注释：

[1] 本实验是一个放热反应，必须严格控制温度。

[2] 实际上是一种简化的水蒸气蒸馏。

[3] 加入精盐的目的是为了降低环己酮的溶解度，有利于分层。水的流出量不宜过多，否则盐析后，仍不免有少量的环己酮因溶于水而损失掉。环己酮在水中的溶解度在 31℃时为 2.4 g。

【思考题】

1. 环己醇用铬酸氧化得到环己酮，用高锰酸钾氧化则得到己二酸，为什么？

2. 本反应可能有哪些副产物？写出有关反应方程式。

3. 本实验中温度过高或过低有什么不好？

实验：苯乙酮的制备

【目的要求】

1. 了解由苯和乙酸酐制得苯乙酮的方法。

2. 掌握傅-克（Friedel-Crafts）酰基化反应的原理和操作。

【基本原理】

芳香酮的制备通常利用 Friedel-Crafts 反应。所谓 Friedel-Crafts 反应是指芳香烃在无水三氯化铝等催化剂存在下，与卤代烷、酰氯或酸酐作用，在苯环上发生亲电取代反应引入烷基或酰基的反应。前者称为烷基化反应，后者称为酰基化反应。由于烷基化反应时常会产生基团重排或多元取代的副反应，所以在实验室制备中不常用。然而用 Friedel-Crafts 酰基化反应时,反应可停止在一酰基化阶段,故可用来制取芳香酮。

$$\text{苯} + (CH_3CO)_2O \xrightarrow{AlCl_3} \text{苯}-COCH_3 + CH_3COOH$$

当用酸酐作酰基化试剂时,因为有一部分三氯化铝与酸酐作用,所以三氯化铝的用量要更多,一般需要 2～3 mol 的三氯化铝,在实际操作中尚需过量 10%～20%。

由于三氯化铝遇水或受潮会分解失效,故在操作时必须注意,且反应中所用仪器和试剂都应是干燥和无水的。反应一般都在溶剂中进行,常用的溶剂有作为反应原料的芳烃或二硫化碳、硝基苯等。

【仪器药品】

50 mL 三口瓶,搅拌器,滴液漏斗,球形冷凝管,干燥管,玻璃导管,玻璃漏斗,烧杯,分液漏斗,蒸馏装置,电热套,50 mL 锥形瓶,空气冷凝管,乙酸酐,无水苯,无水三氯化铝,浓盐酸,苯,5%氢氧化钠溶液,无水硫酸镁

【实验步骤】

在 50 mL 三口瓶[1]中,分别装上搅拌器、滴液漏斗和球形冷凝管,冷凝管上端装一氯化钙干燥管,干燥管上接氯化氢气体吸收装置。

迅速称取 7 g 研细的无水三氯化铝[2],加入三口烧瓶中,再加入 10 mL 无水苯,启动搅拌。自滴液漏斗慢慢滴加 2.5 mL 乙酸酐,控制滴加速度以三口烧瓶稍热为宜[3]。滴加完后,在 80～100℃加热回流 15～20 min,直至不再有氯化氢气体逸出为止。

将反应物冷却至室温,在搅拌下倒入盛有 20 mL 浓盐酸和 20 g 碎冰的烧杯中进行分解。当固体完全溶解后,将混合物倒入分液漏斗中,分出有机层,水层每次用 3 mL 苯萃取两次。合并有机层和萃取液,依次用 5%氢氧化钠溶液和水洗涤一次,产物转移至 50 mL 锥形瓶中,用无水硫酸镁干燥。

将干燥后的粗产物滤入 50 mL 的蒸馏烧瓶中,先在沸水浴上蒸

去苯,稍冷后,再在电热套上加热,用空气冷凝装置蒸馏收集 196～202℃的馏分[4]。

纯苯乙酮的沸点为 202.2℃,折射率 $n_D^{20}=1.5372$。

注释:

[1] 本实验所需仪器和试剂均需充分干燥,否则影响反应顺利进行,装置中所有和空气相通的部位均应安装干燥管。

[2] 无水三氯化铝的质量是实验成功的关键之一,研细、称量和投料均要迅速,避免长时间暴露在空气中。

[3] Friedel-Crafts 反应是放热反应,所以需要控制滴加速度,勿使反应过于激烈。

[4] 也可采用减压蒸馏。苯乙酮在不同压力下的沸点如下表。

压力/mmHg	4	5	6	7	8	9	10
压力/Pa	533.2	666.5	799.8	933.1	1 066.4	1 199.7	1 333
沸点/℃	60	64	68	71	73	76	78
压力/mmHg	25	30	40	50	60	100	150
压力/Pa	3 332.5	3 399	5 332	6 665	7 998	13 330	19 995
沸点/℃	98	102	110	115.5	120	134	146

【思考题】

1. 水和潮气对本实验有何影响?为什么要迅速称取无水三氯化铝?

2. 反应完成后为何要加入浓盐酸和冰的混合液?

3. 在烷基化和酰基化反应中,三氯化铝的用量有何不同?为什么?

实验:乙酰水杨酸(阿司匹林)的制备

【目的要求】

1. 通过乙酰水杨酸的合成,初步了解有机合成中的乙酰化反应原理及方法。

2. 巩固减压过滤的操作。

3. 进一步掌握用重结晶的方法来提纯固体有机化合物。

【基本原理】

水杨酸是一个双官能团的化合物(具有酚羟基和羧基)。因此，有两种不同的酯化反应。为了合成乙酰水杨酸，采用在强酸存在下[1]，水杨酸和过量乙酸酐反应，水杨酸的酚羟基发生酯化。

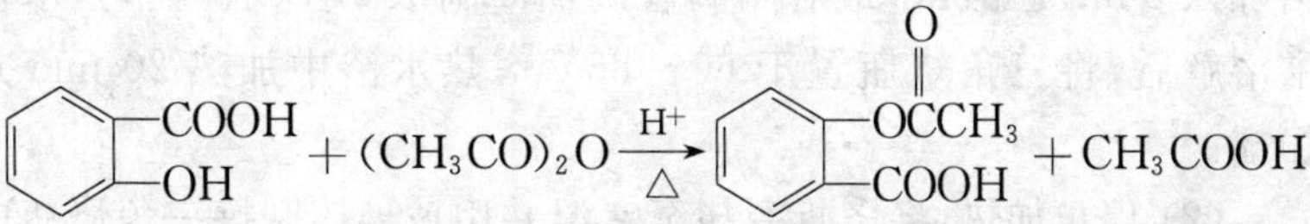
COOH
OH
+ (CH3CO)2O
H+
△
O
OCCH3
COOH
+ CH3COOH

反应结果可以看成是在水杨酸分子中引进了一个乙酰基。这种在有机分子中引入酰基的反应称为酰基化反应。若引入乙酰基就称为乙酰化反应。提供酰基的试剂称为酰化剂，本实验中乙酸酐就是乙酰化试剂。

由于水杨酸是双官能团化合物，分子中的酚羟基和羧基彼此之间亦能起反应，生成水杨酰水杨酸(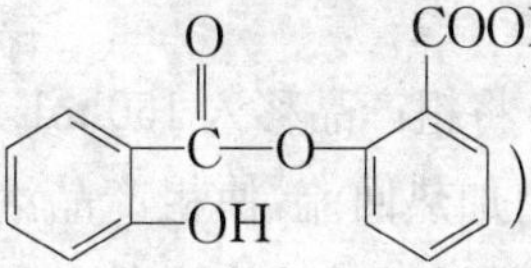
O
C
O
OH
COOH
)、乙酰水杨酰水杨酸(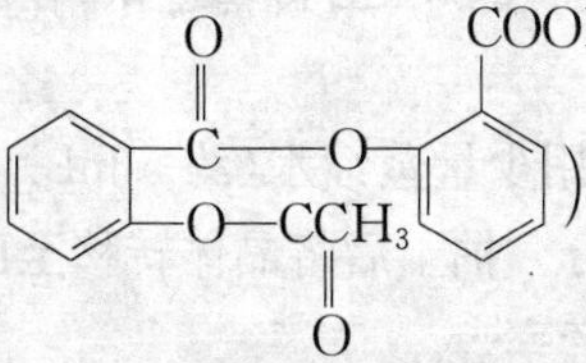
O
C
O
O—CCH3
O
COOH
)甚至高聚物。同时，反应中亦可能有未反应的水杨酸和乙酸酐混在产物之中。因此，产物必须提纯。对固体有机物的提纯，最常用方法是重结晶法，提纯的效果往往取决于样品的纯度和溶剂的选择，常需进行好几次才能得到纯晶体。

本实验可采用 $FeCl_3$ 溶液鉴定乙酰水杨酸的纯度。此外，亦可用测熔点、红外光谱等办法来判断其纯度。

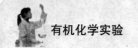

【仪器药品】

常备仪器,水浴锅,布氏漏斗,吸滤瓶,泵或真空泵,表面皿,安全瓶,温度计(150℃),熔点测定装置 1 套,水杨酸,乙酸酐,浓 H_2SO_4,95%乙醇,1%$FeCl_3$溶液

【实验步骤】

1. 酰化

(1) 称取 2.0 g 水杨酸(0.015 mol),置于 150 mL 三角烧瓶中,再加入 5 mL 乙酸酐,最后用滴管滴加 5 滴浓 H_2SO_4。摇匀,水杨酸溶解后,将三角烧瓶置于 60～85℃[2]热水浴中加热 20 min 并振摇。

(2) 停止加热,将烧瓶冷却至室温并用玻璃棒摩擦三角烧瓶内侧,当有结晶析出时,将烧瓶置于冰浴中冷却,并加入 50 mL 冷水于三角烧瓶中。继续在冰浴中冷却直到结晶完全。

(3) 所得结晶减压过滤。并用少量冷蒸馏水(约 5 mL)洗涤晶体两次,继续抽滤,直至晶体不再带有溶剂,取出晶体。

(4) 按下面的实验步骤 3 进行纯度检验,检查粗产物纯度。

2. 重结晶

(1) 将粗产品移入 150 mL 三角烧瓶中,加入 5 mL 95%乙醇,置于水浴上加热回流,使粗产品溶解[3],然后冷却,用玻璃棒摩擦三角烧瓶内壁,当有晶体析出时,加入 25 mL 冷蒸馏水,在冰浴中继续冷却,使晶体完全析出。

(2) 减压过滤,所得晶体用少量蒸馏水(约 5 mL)洗涤两次。用一清洁玻璃塞压出晶体中水分。抽干后将晶体转移至已称重的表面皿上干燥、称重,计算产物的产率[4]。

3. 纯度检验

(1) 取少许乙酰水杨酸样品,用 10 滴 95%乙醇溶解后,滴 1～2 滴 1% $FeCl_3$溶液。观察颜色变化。若溶液颜色发生变化(红色→紫色),则样品不纯。若无颜色变化,则样品较纯。

(2) 测熔点。乙酰水杨酸文献熔点为 135～136℃。

注释:

[1] 所用的强酸为硫酸,可以破坏水杨酸分子中羧基和酚羟基形成分子内氢键,从而使酰化反应较易进行。

[2] 反应温度不能太高,否则副反应增多,副产物增多。

[3] 必要时,可趁热过滤除去不溶性杂质。

[4] 产率=(实际产量/理论产量)×100％,本实验中乙酸酐过量,计算产率应以水杨酸为基准。

【思考题】

1. 酰化的反应容器是否需要干燥?有水存在时,对酰化反应是否有影响?

2. 写出高聚副产物的结构。为什么这个高聚副产物不溶于碳酸氢钠溶液,而水杨酸本身则能溶解?

3. 重结晶的目的是什么?可否用水来进行乙酰水杨酸的重结晶?重结晶所用的容器是否需要干燥?

4. 前后两次用 $FeCl_3$ 溶液检查,其结果说明了什么?

5. 为保证较高产率,实验中应注意哪些问题?

小品文　阿司匹林的历史

阿司匹林,又称乙酰水杨酸,是现代生活中最大众化的具有广泛用途的药物之一。关于这个不可思议的药物我们仍有许多东西要了解,虽然至今仍无人知道它究竟怎样或为什么起作用,美国每年消耗的阿司匹林的量却非常巨大。

阿司匹林的历史开始于 1763 年 6 月 2 日,当时一位名叫 Edward Stone 的牧师在伦敦皇家学会宣读一篇论文,题为"关于柳树皮治愈寒颤病成功的报告"。Stone 所指的寒颤病实为现在所称的疟疾,但他用"治愈"这两个字则是乐观主义的:他的柳树皮提出物真正起作用是缓解这种疾病的发烧症状。几乎一个世纪以后,一位苏格兰医生想证实这种柳树皮提出物是否能缓和急性风湿病。最终发现这种提

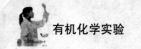

出物是一种强效的止痛、退热和抗炎(消肿)药。

此后不久,从事研究柳树皮提出物和绣线菊属植物的花(它含有同样的要素)的有机化学家分离和鉴定了其中的活性成分,称之为水杨酸(Salicylic Acid)。Salicylic 取自拉丁文 Salk,即柳树的拉丁文名。随后,此化合物便能用化学方法大规模生产以供医学上使用。不久以后,水杨酸作为一种药物使用受到它的酸性的严重限制这一点已变得极其明显。这种药物严重刺激口腔、食道和胃壁黏膜。设法克服这个问题的第一个尝试是改用酸性较小的钠盐(水杨酸钠),但这个办法仅仅取得部分成功。水杨酸钠的刺激性虽然小些,但却有令人极为不愉快的甜味,以致大多数病人不愿服用它。直到接近十九世纪初期(1893 年)才出现一个突破,当时在拜耳(Bayer)公司德国分行工作的化学师 Felix Hoffmann 发现了一条实际可行的合成乙酰水杨酸的路线。乙酰水杨酸被证明能体现与水杨酸钠相同的所有医学上的性质,但没有令人不愉快的味道或对黏膜的高度刺激性。拜耳公司德国分行遂把这个新产品称为阿司匹林(aspirin),这个名称是从 A(指 Ace-tyl),即乙酰基和字根 splr(绣线菊属植物的拉丁文名 spirea)导出的。

阿司匹林的来历是目前使用的许多药品的典型。许多药品开始时都以植物的粗提物或民间药物出现,然后由化学家分离出其中的活性成分,测定其结构并加以改良,结果才成为比原来更好的药物。

阿司匹林的作用方式在最近几年才逐渐得到阐明。一组崭新的叫做前列腺素的化合物已被证明与身体的免疫反应有关联。当身体功能的正常运行受到外来物质或受到不习惯的刺激时,会激发前列腺素的合成。这类物质与范围广泛的生理过程有关联,并被认为是负责引起疼痛、发烧和局部发炎的。最近,已经证实阿司匹林能阻碍体内前列腺素的合成,因而能减弱身体的免疫反应的症状(发烧、疼痛、发炎)。一个更为惊人的发现是前列腺素 F2α 能引起子宫平滑肌的收缩,从而导致流产。事实上,根据某一假设,IUD(控制生育的子宫内避孕器)是由于避孕器使子宫膜受到微弱刺激,激起局部连续不断地合成前列腺素而奏效的。前列腺素的产生还能阻止排卵,因此可以避免怀孕。

实验：邻苯二甲酸二丁酯的制备

【目的要求】

1. 学习邻苯二甲酸二丁酯的制备方法。
2. 巩固油水分离器的使用方法。

【基本原理】

邻苯二甲酸酐与正丁醇在强酸催化下发生完全酯化生成邻苯二甲酸二丁酯，这是一个可逆反应。

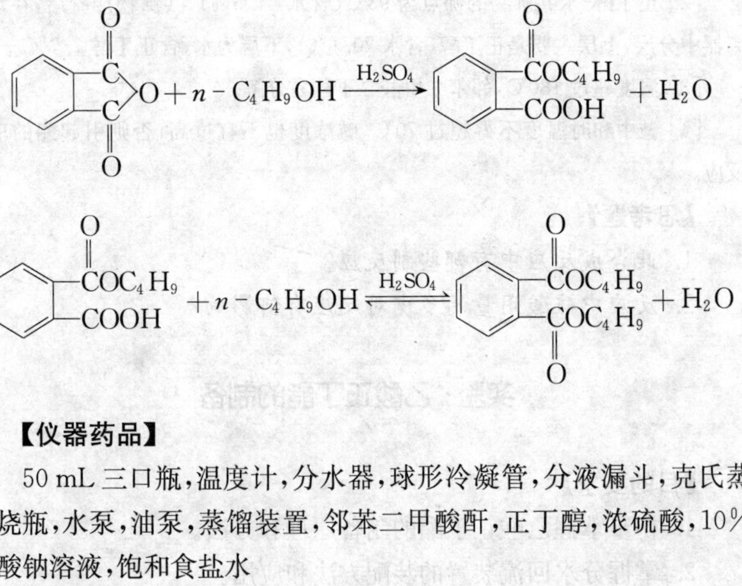

【仪器药品】

50 mL 三口瓶，温度计，分水器，球形冷凝管，分液漏斗，克氏蒸馏烧瓶，水泵，油泵，蒸馏装置，邻苯二甲酸酐，正丁醇，浓硫酸，10% 碳酸钠溶液，饱和食盐水

【实验步骤】

在 50 mL 三口瓶中加入 5.7 g 邻苯二甲酸酐，11 mL 正丁醇及 3 滴浓硫酸，混合均匀。瓶口分别装温度计和分水器，分水器上端装回流冷凝管，分水器内装满正丁醇，然后用小火加热，待邻苯二甲酸酐全部溶解后[1]，即有正丁醇和水的共沸物[2]蒸出，看到有小水珠逐渐沉到分水器的底部。当瓶内反应液温度缓慢地达到160℃时[3]，可停

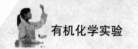

止反应。

将反应液冷却到 70℃ 以下,移入分液漏斗中,用 8～10 mL 10％碳酸钠溶液中和至碱性[4],分出有机层,再用温热的饱和食盐水洗涤有机层至中性。将洗后的有机液移入克氏蒸馏烧瓶中,先用水泵减压抽去水和正丁醇,再用油泵进行减压蒸馏,收集 180～190℃/10 mmHg 的馏分。

注释:

[1] 邻苯二甲酸酐全部溶解后,第一步反应即邻苯二甲酸单丁酯反应已基本完成。

[2] 正丁醇-水共沸物的沸点为 93℃(含水 44.5％),共沸物冷凝后,在水分离器中分层,上层主要是正丁醇(含水 20.1％),下层为水(含正丁醇 7.7％)。

[3] 温度超过 180℃,邻苯二甲酸二丁酯易分解。

[4] 碱中和时温度不得超过 70℃,碱浓度也不宜过高,否则引起酯的皂化反应。

【思考题】

1. 此合成反应中有哪些副反应?

2. 反应中硫酸用量的多少对反应有何影响?

实验:乙酸正丁酯的制备

【目的要求】

1. 初步掌握乙酸正丁酯的制备原理和方法。

2. 掌握分水回流装置的装配方法和应用。

3. 进一步熟练掌握液体有机物的洗涤、干燥和分液漏斗的使用方法。

【基本原理】

羧酸酯一般都是由羧酸和醇在少量浓硫酸催化下制得。

$$CH_3COOH + n\text{-}C_4H_9OH \xrightleftharpoons{H_2SO_4} CH_3COOC_4H_9\text{-}n + H_2O$$

这是一个可逆反应。浓硫酸在这里起催化作用,它促使上述反应较快地达到反应平衡。此外还具有脱水作用。

为了提高反应产率,可按质量作用定律,采用增加酸或醇的用量以及不断移出产物酯或水的方法来进行酯化反应。

【仪器药品】

50 mL 蒸馏烧瓶,球型冷凝管,分水器,分液漏斗,锥形瓶,直形冷凝管,尾接管,正丁醇,冰醋酸,浓硫酸,10% Na_2CO_3 溶液,无水 $MgSO_4$

【实验步骤】

在 50 mL 圆底烧瓶中加 11.5 mL n-C_4H_9OH、7.2 mL CH_3COOH 和 3 滴浓 H_2SO_4,混匀,加 2 颗沸石。接上回流冷凝管和分水器。在分水器中预先加少量水至略低于支管口[1](约为 1~2 cm),反应一段时间后,把水分出并保持分水器中水层液面在原来的高度。反应 40 min 后,不再有水生成[2],即表示完成反应。

停止加热,将分水器分出的酯层和反应液一起倒入分液漏斗中,用 10 mL 水洗涤,并除去水层。有机相继续用 10 mL 10% Na_2CO_3 溶液洗涤至中性[3],分出水层。再用 10 mL 的水洗涤除去溶于酯中的少量无机盐,最后将有机层导入锥形瓶中,用无水硫酸镁干燥。

将干燥后的有机物滤入 50 mL 干燥的蒸馏烧瓶中,常压蒸馏,收集 124~126℃的馏分。计算产率。

注释:

[1] 使上层酯中的醇回流回烧瓶中继续参与反应,控制回流速度 1~2 d/s。

[2] 反应终点的判断:分水器中不再有水珠下沉,水面不再升高。

[3] 使 pH=7,主要目的是除去硫酸。

【思考题】

1. 酯化反应有什么特点?实验如何提高产品收率?又如何加快反应速度?

2. 提高可逆反应产率的方法有哪些?

3. 计算反应完全应分出多少水?

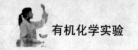

小品文　酯与香精和香料

　　酯是一类广泛分布于自然界的化合物。较简单的酯多数有令人愉快的气味。在很多情况下,花和水果的特殊香味大多是由带有酯基的物质造成的,香精油则属例外。水果和花的香味往往由单一的酯引起的,但香精经常是由单一的酯为主的混合物所造成。以下是某些通常的食用香精要素。

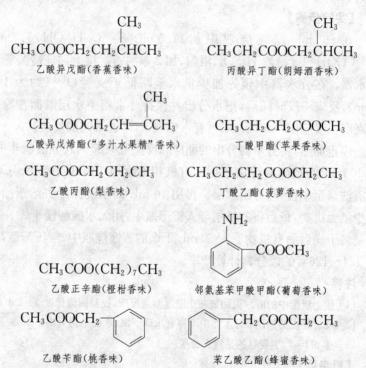

$$CH_3COOCH_2CH_2\underset{\underset{CH_3}{|}}{C}HCH_3$$

乙酸异戊酯(香蕉香味)

$$CH_3CH_2COOCH_2\underset{\underset{CH_3}{|}}{C}HCH_3$$

丙酸异丁酯(朗姆酒香味)

$$CH_3COOCH_2CH=\underset{\underset{CH_3}{|}}{C}CH_3$$

乙酸异戊烯酯("多汁水果精"香味)

$$CH_3CH_2CH_2COOCH_3$$

丁酸甲酯(苹果香味)

$$CH_3COOCH_2CH_2CH_3$$

乙酸丙酯(梨香味)

$$CH_3CH_2CH_2COOCH_2CH_3$$

丁酸乙酯(菠萝香味)

$$CH_3COO(CH_2)_7CH_3$$

乙酸正辛酯(橙柑香味)

邻氨基苯甲酸甲酯(葡萄香味)

乙酸苄酯(桃香味)

苯乙酸乙酯(蜂蜜香味)

　　食品和饮料制造者对这些酯类非常熟悉,往往把它们用作添加剂以增加甜点心或饮料的香味。有时,这种香味甚至已不是天然香味了,正如"多汁水果精"中的香精要素,它是乙酸异戊烯酯。有一种事先配制好的速成布丁,它有朗姆酒(由甘蔗汁制成的糖酒)的香味,但谁也无法在其中找到含酒精的朗姆酒。原来这种香味是通过掺进甲酸甲酯和丙酸异丁酯以及少量其他成分复制成的。其实这种天然香味并未被复制得一模一样，但却可使很多人"上当受骗"，往往只有受过训练的具有高度味觉洞察力的人，即职业品尝家，才能发现其中的差别。

优质香味仿造剂中很少有用单一化合物的。正如一种菠萝香味仿造剂的配方，它使品尝家也可能上当。该配方包括十种酯和羧酸，都是容易在实验室中合成的。虽然酯的"果味"令人愉快，但它们很少用在供人体使用的香料或香水中，其原因是酯类对于人体的汗液来说不像较贵的精油香料中的成分那样稳定。精油香料通常都是从天然资源提取出来的烃类（萜类）、酮类和醚类，酯只能用于较便宜的花露水。由于酯与汗液接触后会发生水解反应，故能生成有机酸。这些酸不像它们的前体酯，一般不具令人愉快的气味。以丁酸为例，它具有强烈的类似腐败黄油（丁酸是腐败的黄油成分之一）的气味，事实上它正是我们通常称之为"体气"的组分之一。正是丁酸这种物质，使得动物非常容易察觉处于上风位置的那些发出难闻气味的人。丁酸对于猎犬或警犬也大有帮助，它们经过训练后能跟踪丁酸气味痕迹。然而，丁酸乙酯和丁酸甲酯之类的丁酸酯则分别具有类似菠萝和苹果的香味。

一种甜香的水果气味也有不利之处，那就是它会把觅食的果蝇和其他有害昆虫吸引过来。在这方面，乙酸异戊酯这种人们称之为香蕉油的液体特别有趣。它与蜜蜂的警戒信息素居然完全相同。信息素这个名词是指一种生物分泌的激素，它能使同种生物的另一成员引起独特的反应。这是昆虫之间一种很普遍的信息传达方法，否则它们就无法交流了。当一只工蜂蜇刺一个入侵者时，就随着蜇刺毒汁一起分泌出一种警戒信息素，后者部分含有乙酸异戊酯。这种化学物质招致其他蜜蜂成群涌向入侵者，向入侵者发动进攻。穿着沾染有乙酸异戊酯配制香水的衣服去接近蜂箱显然是不智之举。

实验：乙酰乙酸乙酯的制备

【目的要求】

1. 通过乙酰乙酸乙酯的制备，加深对酯缩合反应的理解。
2. 初步掌握减压蒸馏技术。
3. 进一步掌握无水操作技术。
4. 进一步掌握液体有机物的洗涤与干燥技术。

【基本原理】

具有 α-H 的酯和另一份酯在醇钠的作用下生成 β-羰基酯的反应称为酯缩合反应。

$$CH_3COOCH_2CH_3 \xrightarrow{NaOC_2H_5} CH_3COCH_2COOC_2H_5 + C_2H_5OH$$

由于本实验所用的乙酸乙酯含有 1％～3％的乙醇，这些存在于乙酸乙酯中的乙醇和金属钠反应即可生成酯缩合反应所需的催化剂乙醇钠，所以本实验中所用的原料是乙酸乙酯和金属钠。为了防止金属钠与水猛烈反应发生燃烧和爆炸，也为了防止醇钠发生水解，所以本实验必须在无水条件下进行。

【仪器药品】

50 mL 圆底烧瓶，球形冷凝管，干燥管，分液漏斗，锥形瓶，真空泵，蒸馏装置，乙酸乙酯，金属钠，氯化钙，50％乙酸，饱和氯化钠溶液，无水硫酸镁

【实验步骤】

在 50 mL 干燥的圆底烧瓶中加入 9 mL 干燥的乙酸乙酯，小心地称取 0.9 g 金属钠[1]，快速地将切成薄片的金属钠立即加入烧瓶中，迅速装上回流冷凝管并接氯化钙干燥管。反应立即开始，用热水浴回流 1.5～2.0 h，保持反应呈微沸状态，直至金属钠完全消失。此时反应混合物变为橘红色透明液体并有黄白色固体出现。

反应液冷至室温，一边振荡烧瓶，一边小心地滴加 50％乙酸[2]约

7.5 mL,使呈弱酸性(pH=6),此时固体应全部溶解,反应液分层。将反应液倒入分液漏斗中,加入等体积的饱和氯化钠溶液洗涤,将洗涤后的酯层转移至干燥的锥形瓶中,用无水硫酸镁干燥酯层0.5~1.0 h。

将干燥后的粗酯滤入干燥的圆底烧瓶。先用沸水浴在常压下蒸馏出未反应的乙酸乙酯,而后改为减压蒸馏装置[3],将乙酰乙酸乙酯蒸出,收集馏分的温度根据真空度确定[4]。

注释:

[1]金属钠遇水即燃烧,甚至爆炸,故使用时应严格防止与水接触,在称量或切片过程中应迅速,以免空气中水蒸气侵蚀或氧化。

[2]用醋酸中和后,如尚有少量固体未溶解,可加少许水溶解,但应避免加入过量的醋酸,否则会增加酯在水中的溶解度。

[3]乙酰乙酸乙酯在常压蒸馏时,很易分解而降低产量。

[4]不同压力下乙酰乙酸乙酯的沸点如下。

压力/Pa	1 596	1 995	2 660	3 990	5 320	7 980
沸点/℃	71	73	82	88	92	97

【思考题】

1. 无水操作应注意哪些问题?

2. 减压蒸馏应注意哪些关键技术?

3. 本实验中为什么要加入乙酸溶液、饱和食盐水和无水硫酸镁?

4. 本实验中所用到的金属钠,如果回流1.5~2.0 h后还有金属钠残余应该怎么办?

实验:苯甲醇和苯甲酸的制备(康尼查罗反应)

【目的要求】

1. 学习用康尼查罗(Cannizzaro)反应制苯甲醇和苯甲酸的原理和方法。

2. 掌握低沸点易燃有机物及高沸点有机物的蒸馏技术。

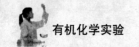

3. 复习固体有机物的分离纯化。

【基本原理】

在浓碱作用下,不含 α-氢原子的醛能发生自身的氧化还原反应,即 Cannizzaro 反应。反应时一分子醛被氧化成羧酸(在碱性溶液中为羧酸盐);另一分子醛则被还原为醇。

反应式

$$2 \bigotimes\text{CHO} \xrightarrow{\text{KOH}} \bigotimes\text{CH}_2\text{OH} + \bigotimes\text{COOK} \xrightarrow{\text{H}_3\text{O}^+} \bigotimes\text{COOH}$$

另外,同样不含 α-氢原子的不同的醛之间也可发生分子间的 Cannizzaro 反应。

$$\underset{\text{CH}_3}{\bigotimes}\text{CHO} + \text{HCHO} \xrightarrow{\text{KOH}} \underset{\text{CH}_3}{\bigotimes}\text{CH}_2\text{OH} + \text{HCOOK}$$

上述反应如用稍过量的甲醛与醛(物质的量之比为 1.3∶1)反应,则可使所有的醛还原成醇,而甲醛则氧化成酸。

【仪器药品】

50 mL 锥形瓶,分液漏斗,抽滤装置,50 mL 圆底烧瓶,蒸馏装置,苯甲醛,氢氧化钾,乙醚,饱和亚硫酸钠溶液,10%碳酸钠溶液,无水碳酸钾,浓盐酸

【实验步骤】

在 50 mL 锥形瓶中配制 6 g 氢氧化钾和 6 mL 水的溶液,冷至室温后,加入 6.7 mL 新蒸过的苯甲醛[1],用橡皮塞塞紧瓶口,用力振摇[2],使反应物充分混合生成白色糊状物,放置 24 小时以上。

向反应混合物中逐渐加入 25 mL 的水,不断振摇,使苯甲酸盐全部溶解。此时溶液呈黄色。将溶液移至分液漏斗中,每次用 5 mL 乙醚萃取三次[3]。合并乙醚萃取液,依次用 5 mL 饱和亚硫酸钠溶液、5 mL 10%碳酸钠溶液及等体积的水洗涤,最后用无水碳酸钾干燥。

乙醚萃取后的水溶液用浓盐酸酸化至强酸性[4],充分冷却,使苯甲酸析出完全,抽滤。粗产物用水重结晶。纯苯甲酸的熔点为 122.4℃。

干燥后的乙醚溶液转入 50 mL 蒸馏烧瓶中,先蒸去乙醚,再蒸馏苯甲醇,收集 204~206℃的馏分。

纯苯甲醇沸点为 205.35℃,折射率 $n_D^{20}=1.5396$。

注释:

[1] 苯甲醛容易被空气氧化,所以使用前应重新蒸馏,收集 179℃的馏分。

[2] 充分振摇是反应成功的关键,如混合充分,放置 24 小时后混合物通常在瓶内固化,苯甲醛气味消失。

[3] 萃取水溶液里的粗产物苯甲醇。

[4] 能使刚果红试纸变蓝。

【思考题】

1. 试比较 Cannizzaro 反应与羟醛缩合反应在醛的结构上有何不同。

2. 本实验中两种产物是根据什么原理分离提纯的?用饱和亚硫酸氢钠溶液及 10%碳酸钠溶液洗涤的目的何在?

(六)杂环化合物的性质和制备

环状有机化合物中,成环的原子除碳原子外,还含有杂原子的化合物总称为杂环化合物。常见的杂原子有氮、硫、氧。杂环上可以有一个、两个或多个杂原子。杂环化合物的种类很多,根据环的大小、杂原子种类和数量的不同,以及位置差异、取代基团的不同等而出现各种各样的杂环。常见的杂环化合物有吡咯、吡啶、喹啉和嘌呤等。在它们的分子结构中分别含有一个或两个氮杂原子,由于氮杂原子的成键方式不同,因而它们的碱性强弱也有很大差异;又由于环碳上的电子云密度不同,所以杂环化合物也能不同程度地发生亲电取代

反应或氧化反应。另外,因为不同的杂环化合物的结构差异很大,所以在制备方法上各有不同,其中 Skraup 反应是合成杂环化合物喹啉及其衍生物最经典也是最重要的方法。

杂环化合物在自然界分布很广,功用很多。例如,中草药的有效成分生物碱大多是含氮杂环化合物,在动植物体内起着重要生理作用的血红素、叶绿素、核酸的碱基都是含氮杂环化合物,一部分维生素和抗生素以及一些植物色素和植物染料都含有杂环。不少合成药物及合成染料也含有杂环。有些杂环化合物是良好的溶剂。

实验:杂环化合物和生物碱的性质

【目的要求】

1. 掌握常见杂环化合物主要的化学性质。
2. 了解生物碱的一些基本化学性质。

【基本原理】

常见的杂环化合物如吡咯、吡啶、喹啉及嘌呤等,在它们的分子结构中分别含有一个或两个氮杂原子,由于氮杂原子的成键方式不同,因而它们的碱性强弱也有很大差异,碱性强的杂环化合物能与强酸发生成盐反应;另外由于环碳上的电子云密度不同,所以杂环化合物也能不同程度地发生亲电取代反应或氧化反应。

生物碱种类繁多,实验中主要以烟碱和咖啡碱为例,通过它们的实验现象来了解生物碱的一些基本化学性质。不同生物碱具有不同的碱性。烟碱的碱性尤其明显,能使酚酞溶液变红(pH=8.2~10.0),比吡啶的碱性还强。此外,生物碱还能发生氧化反应和沉淀反应。这些反应也因各种生物碱的结构不同而有差异。生物碱的沉淀反应,有的是成盐,有的是生成分子复合物,其难易可能与它们的碱性有关。

【仪器药品】

水浴锅,布氏漏斗,抽滤瓶,蒸馏烧瓶(100 mL),蒸馏头,直形冷凝管,尾接管,锥形瓶(100 mL),温度计,红色石蕊试纸,其他常备仪器,吡啶,喹啉,吡咯,嘌呤,1％三氯化铁溶液,0.5％高锰酸钾溶液,5％碳酸钠溶液,饱和苦味酸水溶液,10％鞣酸水溶液,4％氯化汞溶液,浓盐酸,30％氢氧化钠溶液,咖啡碱饱和水溶液,碘液,碘化汞钾溶液,36％醋酸,酚酞

【实验步骤】

1. 常见的杂环化合物反应

(1) 水溶液的制备。取 4 支试管,各加 1 mL 水。再分别加 4 滴吡啶、喹啉、吡咯和 0.1 g 嘌呤。用力摇动试管,促其溶解。用其清亮的水溶液分别做以下实验。

(2) 碱性实验[1]。① 分别取 1 滴吡啶、喹啉、吡咯和嘌呤的水溶液,滴在红色石蕊试纸上,颜色有何变化? ② 取 4 支试管,分别加 2 滴吡啶、喹啉、吡咯和嘌呤的水溶液,然后加 4 滴 1％三氯化铁溶液[2],摇动试管。观察溶液颜色的变化。

(3) 氧化反应[3]。取 4 支试管,分别加 1 滴吡啶、喹啉、吡咯和嘌呤的水溶液。然后各加 1 滴 0.5％高锰酸钾溶液和 1 滴 5％碳酸钠溶液,摇动试管,观察它们的变化。把没有变化或变化不大的放在沸水浴中加热,观察有无变化? 如何从结构上解释观察到的现象?

(4) 成盐反应。① 与苦味酸反应。取 4 支试管,各加 1 mL 饱和苦味酸水溶液,再分别滴加 2 滴吡啶、喹啉、吡咯和嘌呤的水溶液。边加边摇动试管,观察有无晶体出现。用纯吡咯做以上实验,情况有无变化,如何解释? 在产生黄色晶体的吡啶试管里继续加 1 mL 吡啶水溶液。注意晶体的变化。② 与鞣酸反应。取 4 支试管,各加 4 滴 10％鞣酸水溶液,然后分别滴 2～5 滴吡啶、喹啉、吡咯和嘌呤水溶液。边滴边摇动试管,观察有何现象出现。

(5) 与汞盐反应。取 4 支试管,各加 4 滴 4％氯化汞溶液,然后分别滴加 4 滴吡啶、喹啉,吡咯和嘌呤水溶液。观察溶液里的变化。再各加 12 滴水,注意溶解没有? 最后加 4 滴浓盐酸,又有什么现象?

2. 咖啡碱的反应

(1) 氧化反应[4]。取 1 支试管,加 8 滴咖啡碱饱和水溶液、1 滴

0.5％高锰酸钾溶液和3滴5％碳酸钠溶液,振摇试管,放在沸水浴中加热片刻,观察溶液的变化。

(2)沉淀反应。取1支试管加5滴咖啡碱的饱和水溶液和3滴10％鞣酸溶液,振摇试管,观察有何现象?另取1支试管加1 mL 5％的盐酸溶液和少许咖啡碱,振摇使其溶解呈清亮溶液,再滴加12滴碘化汞钾溶液[5],振摇试管并注意溶液的变化。

注释:

[1]碱性减弱的次序是:吡啶＞喹啉＞嘌呤＞吡咯。吡咯显弱酸性。

[2]三氯化铁在水中以下面一种平衡形式存在。

$$FeCl_3 + 3H_2O \rightleftharpoons Fe(OH)_3 + 3HCl$$

加入碱性物质使平衡向右移动,即三氯化铁水解成棕色的氢氧化铁沉淀。以此可鉴定杂环化合物的碱性强弱。另外,三氯化铁遇到比较强的还原剂时也可以由三价铁还原成二价铁,氯化亚铁是绿灰色的。

[3]吡咯易被氧化,在空气中吡咯逐渐被氧化成褐色并发生树脂化。喹啉氧化时苯环破裂

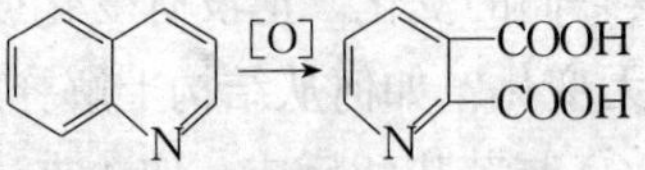

[4]咖啡碱的氧化分解反应

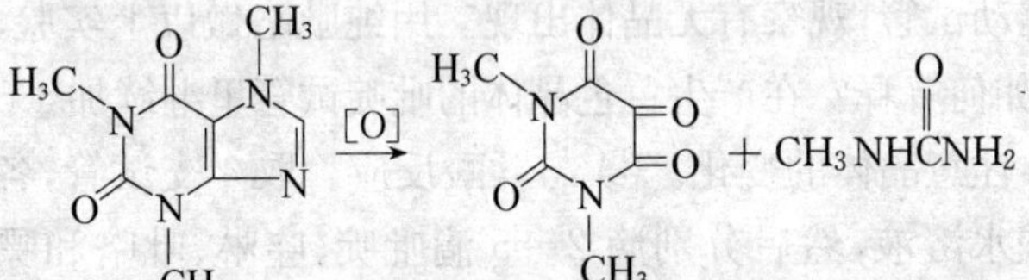

[5]生物碱与碘化汞钾溶液反应生成分子复合物。

$$B + HgI_2 \cdot KI \xrightarrow{H^+} B \cdot HgI_2 \cdot 2HI(B为生物碱)$$

【思考题】

1. 在杂环化合物的碱性实验中,吡咯水溶液中加了三氯化铁水

溶液后有何现象? 如何解释?

2. 在与苦味酸成盐反应中,把饱和苦味酸水溶液的用量与试样水溶液的用量对换一下行不行? 为什么?

3. 在制烟碱的水溶液中为什么要先加酸,后加碱?

4. 比较烟碱和咖啡碱在实验中所出现的现象,可以说明一些什么问题? 如何解释?

实验: 8-羟基喹啉的制备

【目的要求】

1. 学习合成8-羟基喹啉的原理和方法。

2. 巩固回流加热和水蒸气蒸馏等基本操作。

【基本原理】

Skraup 反应是合成杂环化合物喹啉及其衍生物最重要的方法,它是用苯胺与无水甘油、浓硫酸及弱氧化剂硝基化合物等一起加热而得,为了避免反应过于剧烈,常加入 $FeSO_4$ 作为氧的载体。浓硫酸的作用使甘油脱水成丙烯醛,并使苯胺与丙烯醛的加成物脱水成环。反应中所用的硝基化合物要与芳胺的结构相对应,否则会导致产生混合物。8-羟基喹啉合成路线如下

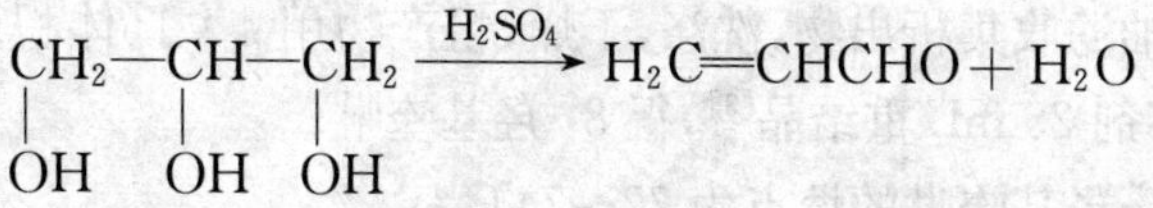

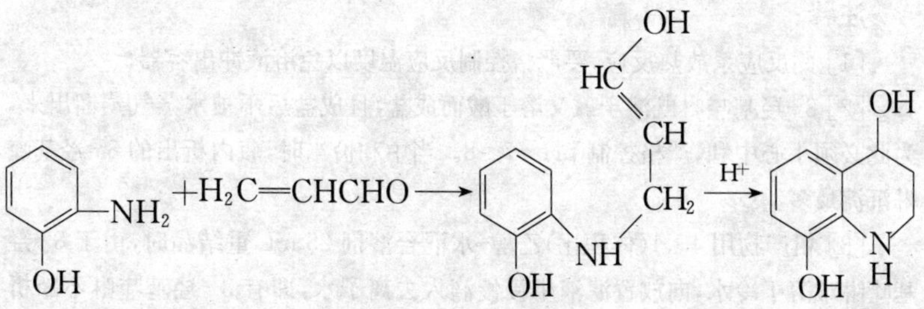

$$CH_2-CH-CH_2 \xrightarrow{H_2SO_4} H_2C=CHCHO + H_2O$$

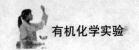

【仪器药品】

100 mL 三口瓶,球形冷凝管,蒸馏装置,抽滤装置,邻硝基苯酚,邻氨基苯酚,无水甘油,浓硫酸,氢氧化钠溶液(1:1 质量比),饱和碳酸钠溶液,乙醇-水混合溶剂(4:1 体积比)

【实验步骤】

在 100 mL 三口瓶中加入 1.8 g 邻硝基苯酚、2.8 g 邻氨基苯酚、7.5 mL 无水甘油,剧烈振荡,使之混匀。在不断振荡下慢慢滴入 4.5 mL 浓硫酸,在冷水浴上冷却。装上回流冷凝管,用小火在石棉网上加热,约 15 min 溶液微沸,即移开火源。反应大量放热[1],待反应缓和后,继续小火加热,保持反应物微沸回流 1 h。

冷却后加入 15 mL 水,充分摇匀,进行水蒸气蒸馏 30 min,除去未反应的邻硝基苯酚,直至馏分由浅黄色变为无色为止。待瓶内液体冷却后,慢慢滴加约 7 mL 1:1(质量比)氢氧化钠溶液,于冷水中冷却,摇匀后,再小心滴加约 5 mL 饱和碳酸钠溶液,使之呈中性[2]。再加入 20 mL 水进行水蒸气蒸馏,蒸出 8-羟基喹啉。待馏出液充分冷却后,抽滤收集析出物,洗涤,干燥,粗产物用 4:1(体积比)乙醇-水混合溶剂 25 mL 重结晶[3],得 8-羟基喹啉。

纯 8-羟基喹啉的熔点为 72~74℃。

注释:

[1] 此反应系放热反应,要严格控制反应温度以免溶液冲出容器。

[2] 8-羟基喹啉既溶于碱又溶于酸而成盐,且成盐后不被水蒸气蒸馏出来,为此必须小心中和,严格控制 pH=7~8。当中和恰当时,瓶内析出的 8-羟基喹啉沉淀最多。

[3] 粗产物用 4:1(体积比)乙醇-水混合溶剂 25 mL 重结晶时,由于 8-羟基喹啉难溶于冷水,向放置滤液中慢慢滴入去离子水,即有 8-羟基喹啉不断析

出结晶。

【思考题】

1. 为什么第一次水蒸气蒸馏要在酸性条件下进行而第二次要在中性条件下进行?

2. 在反应中如用对甲基苯胺作原料应得到什么产物? 硝基化合物应如何选择?

(袁红玲)

(七) 糖类与脂类化合物的性质和制备

糖是自然界中存在最多的一类有机化合物,是生命体的三大物质基础之一。糖类化合物是指多羟基醛或多羟基酮以及它们的缩合物,通常分为单糖(即不能再被水解成更小的糖分子,如葡萄糖、果糖)、寡糖(又称低聚糖,是由 $2\sim10$ 个左右的单糖分子脱水的低聚糖,如蔗糖、麦芽糖)、多糖(是由 10 个以上至数千个单糖分子脱水生成的糖类化合物,如淀粉、纤维素)。

糖类化合物一个比较普遍的定性反应是 Molish(莫利许)反应。还原性单糖存在以链状结构为基础的氧化反应和碱性条件下的互变异构。能被 Tollens、Fehling、Benedict(班乃德)试剂氧化的糖定义为还原性糖。溴水和稀硝酸为糖的选择性氧化剂。淀粉与碘生成蓝色物质,可作为淀粉的鉴定方法,淀粉在酸或淀粉酶的作用下水解生成葡萄糖。单糖的酯化反应有乙酰化、硫酸化和磷酸化。

脂类是脂肪和类脂的总称,广泛存在于生物体内,是生物体的构件分子及功能分子,也是人体储存能量的三大营养素之一。脂类所包含的化合物在化学组成、化学结构和生理功能上有较大差异,但都具有脂溶性,主要包括油脂、高级脂肪酸、磷脂、前列腺素和白三烯。

油脂,即三酰甘油,是甘油与高级脂肪酸脱水生成的酯,可发生水解反应和加成反应。

实验：糖类与脂类物质的性质

【目的要求】

1. 加深对糖类主要化学性质的了解，掌握糖类的鉴别方法。
2. 掌握脂类物质的主要化学性质，了解皂化反应及其意义。

【基本原理】

糖类化合物一个比较普遍的定性反应是 Molish 反应，即在浓硫酸存在下，糖与 α-萘酚作用生成紫色环。通常认为紫色环生成的原因是糖被浓硫酸脱水生成糠醛或糠醛衍生物，后者再进一步与 α-萘酚缩合成有色物质。用溶解在稀盐酸中的间苯二酚与糖作用生成红色物质区别酮糖和醛糖，其显色原因通常认为是糖在酸性条件下首先脱水生成糠醛或糠醛衍生物，后者再进一步与间苯二酚或 α-萘酚缩合成有色物质。酮糖在谢里瓦诺夫（Seliwanoff）试剂存在下较醛糖容易失水，反应速度快，而醛糖反应慢，因此可利用颜色产生的快慢加以区别。

链状醛糖能被 Tollens、Fehling、Benedict 试剂氧化，产生氧化亚铜的砖红色沉淀，并能与过量的苯肼作用形成糖脎。糖脎有良好的结晶和一定的熔点，根据糖脎的形状和熔点可以鉴定不同的糖。果糖和葡萄糖结构不同但能形成相同的糖脎，而形成糖脎的速度不同，利用析出糖脎的时间不同可以区别和鉴定它们。蔗糖无还原性，但在酸或酶的存在下可水解成葡萄糖和果糖，其水解液具有还原性。

淀粉和纤维素都是由很多葡萄糖缩合而成的，两者均无还原性。淀粉与碘形成蓝色物质可用于淀粉的鉴定。

油脂在酸、碱或酶的存在下可水解成一分子甘油和三分子脂肪酸，因反应可逆，通常用碱催化，在碱性条件（通常用 NaOH 和 KOH）下水解得到高级脂肪酸盐。含有不饱和脂肪酸的油脂可催化加氢，由于反应很慢，所以用氯化碘和溴化碘的冰醋酸溶液与油脂反应。碘的加成常用于测定油脂的不饱和程度。

【仪器与试剂】

水浴锅,显微镜,班乃德试剂,莫利许试剂,谢里瓦诺夫试剂,2%葡萄糖,2%果糖,2%乳糖,2%蔗糖,2%麦芽糖,2%淀粉,2%丙酮,浓硫酸,1%碘液,盐酸苯肼-醋酸钠,食用植物油,30%NaOH溶液,饱和食盐水,乙醇

【实验步骤】

1. 糖类化合物的性质

(1)莫利许实验。取五支试管,分别加入1 mL 2%葡萄糖、2%蔗糖、2%麦芽糖、2%淀粉、2%丙酮水溶液,再向各试管中加入2~4滴新配制的莫利许试剂(α-萘酚的乙醇溶液),摇匀,将试管倾斜,沿管壁分别向五支试管中缓慢加入1 mL浓硫酸,切勿摇动,浓硫酸和糖溶液之间明显分为两层,观察两液面间紫色环的出现。若无紫色环,可将试管在热水浴中加热3~5 min,再观察现象。

(2)谢里瓦诺夫实验。取四支试管,各加入谢里瓦诺夫试剂(间苯二酚的盐酸溶液)10滴,然后分别向三支试管中加入5滴2%葡萄糖、2%果糖、2%蔗糖溶液,第四支试管留作对照,摇匀后,同时放入水浴中加热2分钟,观察有无颜色变化及各试管出现颜色的次序。

(3)班乃德实验。取五支试管各加入班乃德试剂10滴,再分别加入5滴2%葡萄糖、2%果糖、2%蔗糖、2%麦芽糖、2%淀粉,在沸水浴中煮沸2~3 min,取出冷却,观察有无红色沉淀,比较其结果。

(4)糖脎的生成。取三支试管,分别加入1 mL 2%葡萄糖、2%乳糖、2%麦芽糖,再各加入0.5 mL盐酸苯肼-醋酸钠试剂。将三支试管充分振摇,置于沸水中加热20 min后取出,若无结晶,可将试管放入冷水中冷却后再观察。比较各试管中成脎的速度和颜色。取各种脎少许,在显微镜下观察糖脎的晶形,见图3-6。

(5)淀粉的水解及与碘的反应。在一支试管中加入3 mL淀粉溶液,再加5~6滴浓硫酸,于沸水浴中加热5 min,冷却后用10%的氢氧化钠溶液中和至中性。取5滴做班乃德实验。在一支试管中加入5滴2%淀粉溶液,加水1 mL,然后加入1滴1%碘液,摇匀,观察

| 葡萄糖脎 | 麦芽糖脎 | 乳糖脎 |

图 3-6　糖脎的晶形

有什么变化？将溶液加热,有何现象？放冷后又有什么变化？

2. 脂类物质的性质(油脂的水解-皂化反应)

(1) 在 50 mL 圆底烧瓶中加入 2 mL 食用植物油,10 mL 30% 的 NaOH 溶液,5 mL 乙醇,混合均匀后固定在铁架台上,瓶口用带直玻璃管的胶塞塞紧,作为冷凝管,沸水浴加热并不断地振荡液体。大约 10 min 后,混合物呈均一液体,皂化大致完成。

(2) 检查皂化程度。取出几滴试样,注入干净的试管内,加入 3 mL 蒸馏水,将试管在沸水浴中加热,并不时振荡试管,如果试样完全溶解,没有油滴分出,表明皂化完全。

(3) 等油脂完全皂化之后,将制得的溶液倒在 25 mL 饱和氯化钠水溶液中,观察有何现象？(白色肥皂会浮到溶液表面)

【思考题】

1. 在浓硫酸存在下与 Molish 试剂作用生成紫色环的化合物是否一定是糖？

2. 皂化反应实验中,为什么要加乙醇？

实验:五乙酸葡萄糖酯的制备

【目的要求】

1. 掌握葡萄糖的酯化反应及其立体专一性。

2. 进一步熟悉两种五乙酸葡萄糖酯异构体的转化。

【基本原理】

自然界中的 D-(+)-葡萄糖是以环形半缩醛形式存在的,有 α

和 β 两种端基差向异构体。将葡萄糖与过量的乙酸或乙酸酐在催化剂存在下加热,所有的 5 个羟基都将被乙酰化,生成的乙酸酯也以 2 个异构体形式存在,分别对应于 α 和 β 形式的葡萄糖。当用无水氯化锌作催化剂时,α-葡萄糖酯为主要产物,当用无水乙酸钠作催化剂时,大部分为 β-葡萄糖酯。从立体构型来看,β-异构体比 α-异构体稳定,但在无水氯化锌催化下,β-异构体也能转化为 α-异构体。

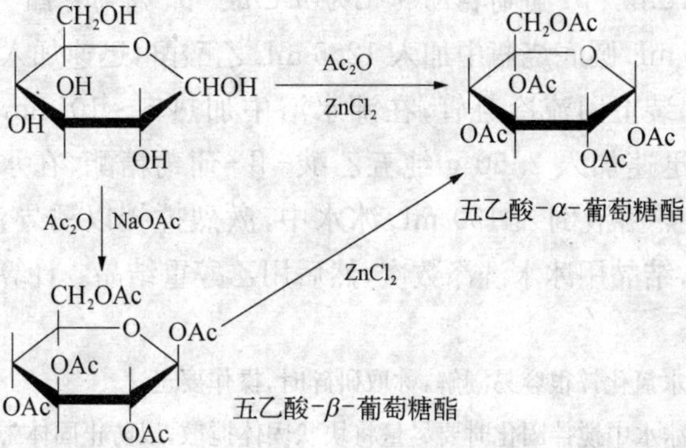

五乙酸-α-葡萄糖酯

五乙酸-β-葡萄糖酯

【仪器试剂】

圆底烧瓶(50 mL),冷凝管,水浴锅,研钵,减压过滤装置,葡萄糖,乙酸酐,五乙酸-β-葡萄糖酯,无水氯化锌[1],无水乙酸钠,乙醇

【实验步骤】

1. 五乙酸-α-葡萄糖酯

在 50 mL 圆底烧瓶中加入 0.70 g 无水氯化锌、12.5 mL 乙酸酐。装上回流冷凝管,在沸水浴中加热 5～10 min,慢慢加入 2.50 g 粉末状葡萄糖,轻轻摇动混合物,以便控制发生剧烈的反应,反应瓶在水浴上加热 1 h。将反应物倒入一个盛有 150 mL 冰水的烧杯中,搅拌混合物,使产生的油状物完全固化。过滤,用少量冷水洗涤。用甲醇或乙醇重结晶,一般需要重结晶两次。计算产率。

2. 五乙酸-β-葡萄糖酯

将 2.00 g 无水乙酸钠与 2.50 g 干燥的葡萄糖在一干燥的研钵

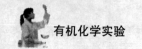

中一起研碎,然后将此粉状混合物置于 50 mL 圆底烧瓶中,加入 12.5 mL 乙酸酐,装上回流冷凝管,在水浴中加热,直到成为透明溶液(约需 30 min,经常摇动),再继续加热 1 h。将反应混合物倒入盛有 150 mL 冰水[2]的烧杯中,搅拌,放置约 10 min,直至固化为止。减压过滤,结晶用水洗涤数次,然后用 25 mL 乙醇重结晶,使其熔点达到 131~132℃,重结晶两次。计算产率。

3. 五乙酸-β-葡萄糖酯转化为五乙酸-α-葡萄糖酯

在 50 mL 圆底烧瓶中加入 12.5 mL 乙酸酐,迅速加入 0.25 g 无水氯化锌,装上回流冷凝管,在沸水浴中加热 5~10 min 至固体溶解。然后迅速加入 2.50 g 纯五乙酸-β-葡萄糖酯,在水浴中加热 30 min。将热溶液倒入 150 mL 冰水中,激烈搅拌以诱导油滴结晶。减压过滤,结晶用冰水洗涤数次,然后用乙醇重结晶。计算产率。

注释:

[1] 无水氯化锌很容易潮解,称取研碎时,操作要迅速。

[2] 在冰水中搅拌固化时要尽量将块状固体搅散,以防止固体中包藏未反应的乙酸酐而使产物在重结晶时发生水解。

(八) 氨基酸和蛋白质的性质

氨基酸是组成蛋白质的基本物质,目前发现的有 20 余种基本氨基酸。纸色谱、纸上电泳、水合茚三酮反应是分离鉴定氨基酸的有效方法。

蛋白质是由氨基酸以肽键$\left(\begin{array}{c} O \\ \| \\ -C-N- \end{array}\ \ H\right)$按照不同的顺序连接而成的高分子化合物,在酸、碱或酶的存在下,蛋白质最终水解成各种氨基酸,其中以 α-氨基酸为主。所有蛋白质都具有两性和等电点,在某些盐类作用下发生盐析作用,在一些物理或化学因素作用下变性而失去原有的物理、化学性质及生物活性。蛋白质与不同试剂产生特有的显色反应,如双缩脲反应、Millon 反应、黄蛋白反应、水合茚三酮反应,可用于蛋白质的定性鉴定和定量分析。

实验：氨基酸和蛋白质的性质

【目的要求】

1. 巩固和加深对氨基酸、蛋白质性质的了解。
2. 熟悉掌握氨基酸、蛋白质的特征颜色反应及鉴别方法。

【基本原理】

α-氨基酸（脯氨酸和羟脯氨酸除外）与茚三酮在水溶液中反应，生成紫色物质，这一反应叫水合茚三酮反应，是鉴别 α-氨基酸最迅速、最简单的办法。

虽然蛋白质多种多样，但由于它们都是由 α-氨基酸组成的，因此具有共性。

1. 两性和等电点

在酸性溶液中蛋白质得到质子带正电荷，在碱性溶液中蛋白质失去质子带负电荷，在一定的 pH 溶液中，蛋白质的净电荷为零，处于等电状态，此时的 pH 是该蛋白质的等电点（pI），蛋白质在等电点时最容易沉淀。

2. 盐析作用

碱金属盐和镁盐在相当高的浓度下能使许多蛋白质从它们的溶液中沉淀出来，这种作用称为盐析作用。硫酸铵的盐析作用最显著。盐析作用的机制可能是蛋白质分子所带的电荷被中和，或是蛋白质分子被盐脱去水化层而沉淀出来。盐析作用中的蛋白质分子的内部结构未发生明显变化，当溶液被稀释或除去沉淀剂后，蛋白质又溶解，因而是一种可逆过程。不同蛋白质的盐析作用所需要的同一种盐的浓度不同，因而可以进行蛋白质的分级盐析。

3. 变性作用

蛋白质有一、二、三、四级结构，在加热、干燥、高压、激烈搅拌或振荡、光（X 射线、紫外线）等物理因素或酸、碱、有机溶剂、尿素、重金属盐、三氯乙酸等化学因素的影响下，分子内部原有的氢键、盐键、二

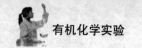

硫键等次级键破坏而变成不规则的排列方式,原有的性质也随之改变,这种作用叫变性作用。

4. 显色反应

蛋白质分子中含有酰胺键和不同的氨基酸残基,能与不同试剂产生特有的显色反应,如双缩脲反应、Millon 反应、黄蛋白反应、水合茚三酮反应,用于蛋白质的定性鉴定和定量分析。

【仪器与试剂】

常备仪器,1%甘氨酸,1%谷氨酸,1%酪氨酸,清蛋白溶液,0.2%茚三酮,10%NaOH 溶液,1%CuSO$_4$溶液,浓硝酸,硝酸汞试剂,红色石蕊试纸,1% HCl 溶液,1%NaOH 溶液,(NH$_4$)$_2$SO$_4$(固体)

【实验步骤】

1. 氨基酸和蛋白质的水合茚三酮反应

取 4 支试管,分别加入 1 mL 1%甘氨酸、1%谷氨酸、1%酪氨酸和清蛋白溶液,再分别加入 3~4 滴 0.2%茚三酮,摇匀,在沸水浴中加热 10~15 min,取出,观察其颜色变化。

2. 双缩脲反应

在试管中加入 2 mL 清蛋白溶液、2 mL 10%NaOH 溶液,然后加入 2 滴 1%的硫酸铜溶液,摇动试管,观察其颜色变化。

3. 黄蛋白反应

取一支试管,加入清蛋白溶液 1 mL,再滴加浓硝酸 7~8 滴,此时浑浊或有白色沉淀,加热煮沸,溶液和沉淀都呈黄色,冷却,逐滴加入 10%NaOH 溶液,颜色由黄色变成橙色。

4. Millon 反应

在试管中加入 2 mL 清蛋白溶液和硝酸汞试剂 2~3 滴,析出白色絮状沉淀,小心加热,絮状物聚集成块,并显砖红色。

5. 蛋白质的两性反应

取一支试管,加入清蛋白溶液 2 mL,逐滴加入 1%HCl,边加边摇动试管,观察有无沉淀产生。沉淀出现后继续滴加 1%HCl,观察有何现象?改用 1%NaOH 溶液进行上述操作,有何现象?用红色石蕊试纸测定沉淀出现时溶液的酸碱性。

6. 蛋白质的盐析

取一支试管,加入清蛋白溶液 1 mL,然后加入固体$(NH_4)_2SO_4$,边加边振荡,待加到一定量时,观察有无沉淀产生? 用水稀释后,又有何现象?

7. 蛋白质的变性

取一支试管,加入清蛋白溶液 1 mL,然后加入 2 滴 1%的硫酸铜溶液,观察有何现象? 待出现沉淀后继续滴加硫酸铜溶液,有何现象?

【思考题】

1. 要判断多肽链中是否含有酪氨酸残基,应采用什么方法?

2. 说明蛋白质的变性实验中,继续加入硫酸铜溶液沉淀溶解的原因? 这和蛋白质盐析实验中溶液稀释后沉淀溶解的原因是否相同?

实验:氨基酸的纸色谱

【目的要求】

1. 了解纸色谱的原理及应用。

2. 掌握纸色谱法分离和鉴定氨基酸的基本操作。

3. 了解 R_f 的意义及计算方法。

【基本原理】

纸色谱也称纸色层,属于分配色谱的一种,它是以滤纸为惰性载体,以吸附于纤维滤纸中的水或水溶液为固定相,流动相是被水饱和过的有机溶剂或水(展开剂)。纸色谱主要用于分离和鉴定有机物中多官能团或高极性、亲水性强的化合物,如糖、氨基酸、生物碱等,其效果往往优于薄层色谱,并且操作简单,价格便宜,所得的色谱图可以长期保存,但纸色谱一般只适于微量操作,而且展开时间较长,因而应用受限制。

　　纤维滤纸中的纸纤维是由很多个葡萄糖分子组成的大分子,其中含有多个亲水羟基,具有很强的吸水性,可吸收 20%~30%的水,其中约 6%的水以氢键形式与纸纤维结合形成复合物。样品点在滤纸的一端,将该端边缘浸入展开剂,由于纸纤维的毛细作用,展开剂沿纸向另一端移动,并带动样品前进。样品在前进过程中在水相和有机相之间分配,利用各组分在两相中的分配系数不同(亲脂性强的样品组分大多分配在流动相中,前进的速度快,亲水性强的样品大多分配于固定相,前进的速度慢)达到分离的目的。利用各组分前进的距离可以计算出该组分的 R_f 值

$$R_f = \frac{样点组分移动的距离}{展开剂前沿移动的距离}$$

化合物的 R_f 值是该物质的特征值,但在测定操作中会受多种因素的影响,其中主要的影响因素是分配系数 K 和滤纸的性质 α,它们的关系可表示为

$$R_f = \frac{1}{1 + \alpha K}$$

式中,α 取决于滤纸的种类、厚度、均一性、纤维的松紧及是否含有无机离子等;而 K 则与 pH、温度、操作时色谱缸中有机溶剂的蒸气是否饱和以及色谱纸的吸水量是否饱和等因素相关。pH 的改变会影响弱酸、弱碱的电离程度,从而影响溶剂的极性;温度的变化会影响分配系数;如果展开时色谱缸中有机溶剂的蒸气未饱和,则流动相中的有机溶剂继续挥发而改变流动相组成;如果色谱纸的吸水量未饱和,则流动相中的少量水分会被滤纸吸收而改变流动相组成。

【仪器药品】

　　色谱滤纸(2 cm×15 cm),点样毛细管,带玻璃钓钩的色谱缸,直尺,铅笔,镊子,电吹风,1%丙氨酸水溶液,1%丙氨酸和 1%亮氨酸的混合液,展开剂:正丁醇-水-冰醋酸(50∶10∶1,体积比),茚三酮(按0.5%的浓度加入到展开剂中)

【实验步骤】

1. 准备工作

在干燥洁净的色谱缸中加入约 1 cm 高的展开剂,盖紧盖子,使溶剂蒸气充分饱和。

2. 点样

将已经裁好的滤纸条一端打孔,然后平铺于洁净的纸垫上,离两端 2 cm 处分别标记"起始线"和"终止线",手不能接触滤纸条两线之间的部分。用点样毛细管取丙氨酸样品在"起始线"左侧距长边约 0.5 cm 处点样,再用另一毛细管取氨基酸混合样小心地在"起始线"右侧距长边约 0.5 cm 处点样,点样直径不超过 3 mm,待其自然干燥。

3. 饱和

将点好样的滤纸条置于饱和湿气中 15 min 左右,使其吸附足量水分。

4. 展开

将点好样吸附足量水分的滤纸条小心地放进色谱缸,垂直悬挂于色谱缸内,将盖子盖紧,使滤纸条下端浸入展开剂,但不能超过"起始线",并且要避免滤纸条触及色谱缸内壁。密闭静置展开。

5. 显色

当展开剂前沿上升到接近"终止线"时(一般展开 6~8 cm 即可),用镊子取出滤纸条,在溶剂前沿处画线,用电吹风小心吹干,直至显出紫色斑点,注意电吹风温度不宜过高。用铅笔描出样点轮廓。

6. 计算 R_f

测量各样点中心以及溶剂前沿到"起始线"的距离,计算各样点的 R_f 值。

【思考题】

1. 实验中,点样时样品斑点为什么不能过大?展开时展开剂的液面高于"起始线"会有什么后果?

2. R_f 值受哪些因素影响?实验过程中得到的丙氨酸的 R_f 值是否相等?为什么?

实验：氨基酸的纸上电泳

【目的要求】

1. 了解电泳的基本原理。
2. 掌握纸上电泳分离、鉴定氨基酸的原理与方法。

【基本原理】

电泳是指在一定条件下带电质点在外电场作用下,向着与其所带电荷相反的电极移动的现象。由于混合物中各组分所带电荷性质、电荷数量以及分子质量不同,在同一电场中,各组分泳动方向和速度也不同。因此,在一定时间内,利用各组分的泳动距离不同而达到分离和鉴定的目的。电泳可分为显微电泳、自由界面电泳和区带电泳,其中区带电泳操作简便,分离效果好,最常用于分离鉴定。它是在不同的惰性支持物中进行的电泳,能使各级组分分成带状区间。以滤纸作为带电质点的惰性支持物进行的区带电泳称为纸上电泳。纸上电泳主要用于分离氨基酸和蛋白质,也可用于无机离子、配位化合物、糖类、染料等物质。

氨基酸在其等电点(pI)时呈两性离子状态,净电荷为零,在电场中既不向正极也不向负极移动。当溶液 pH 小于 pI 时,氨基酸带正电荷,向负极移动;当溶液 pH 大于 pI 时,氨基酸带负电荷,向正极移动。因混合氨基酸中各组分所带电荷性质、数量及分子质量不同,在同一电场中的泳动方向和速度不同,一定时间内各自移动的距离不同而得到分离。

一个带电质点在电场中的电泳速度除受本身性质的影响外,还受下列因素的影响。

1. 电场强度

电场强度是指每厘米支持物的电位降,单位为 V/cm。它对电泳速度起着重要的作用。电场强度越高,带电质点移动速度越快。根据电场强度的大小,可将电泳分为高压电泳(大于 50 V/cm)、常压电泳(10～50 V/cm)和低压电泳(小于 10 V/cm)。

2. 溶液的 pH

溶液的 pH 决定了带电质点的解离程度,也决定了物质所带电荷的多少,对蛋白质、氨基酸等两性物质而言,溶液的 pH 离等电点越远,质点所带静电荷越多,电泳速度越快。为了使电泳中支持介质保持稳定的 pH,电泳时必须使用缓冲溶液。

3. 离子强度

电泳时溶液的离子强度越大,电泳速度越慢;如果离子强度太小,溶液的缓冲容量小,不易维持恒定的 pH。一般缓冲溶液的离子强度为 0.01～0.2。

4. 电渗

电场中液体对固体支持物的相对移动称为电渗。它是由缓冲溶液的水分子和支持介质的表面之间所产生的一种相关电荷所引起的,如滤纸的孔隙带负电荷,与滤纸相接触的水溶液则带正电荷。若质点的电泳方向与电渗水溶液移动方向一致,则电泳速度加快;反之,电泳速度减慢。因此应尽量选择电渗作用小的物质作支持物。

不同物质的电泳速度通常用离子迁移率来表示。其定义为带电质点在单位电场强度下的泳动速度,用公式表示

$$\mu = \frac{v}{E} = \frac{d/t}{V/l} = \frac{dl}{Vt}$$

式中,μ 为离子迁移率,$cm^2/(V \cdot s)$;v 为质点的泳动速度,cm/s;E 为电场强度,V/cm;d 为质点移动的距离,cm;l 为支持物的有效长度,cm;V 为加在支持物两端的实际电压,V;t 为电泳时间,s 或 min。

【仪器与试剂】

DY-1 型电泳仪(或 500 型电泳仪),色谱滤纸条(2 cm×18 cm),点样毛细管,镊子,铅笔,电吹风,0.2%天冬氨酸水溶液,0.2%精氨酸水溶液,天冬氨酸和精氨酸的混合液,茚三酮(按 0.2%

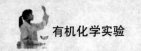

的浓度配于缓冲溶液中),pH＝8.6的巴比妥缓冲溶液[1]

【实验步骤】

1. 点样和润湿

用镊子取三张滤纸条,用铅笔在滤纸条中央轻轻画一横线,并在此横线上等距离处各标上 Asp、AA、Arg 三点,表示点样位置。用三支毛细管分别蘸取样品溶液,在上述位置分别点上天冬氨酸、混合氨基酸、精氨酸,样点的直径不超过 2 mm。点样完毕,将滤纸放在电泳槽的支撑板上,两端浸入缓冲溶液中。当滤纸润湿至距离样品点 1 cm左右时,用镊子取出,沿水平方向拉直,使缓冲液向中间样品扩散,直到两侧缓冲液都接触到样品,待样品润湿后,将其夹在干滤纸中轻压,吸去多余的缓冲液。注意整个过程不得用手接触滤纸,以免污染滤纸。

2. 电泳

将润湿过的滤纸放在电泳槽的支撑板上,样品原点应在隔板正上方,滤纸两端浸入缓冲液中,盖上槽盖,按电泳仪的使用方法进行电泳,慢慢调节输出电压调节器使输出电压稳定在 180 V(电流约 10 mA),电泳 1 h。如果一个电泳槽同时放多张滤纸,最好待全部放妥后一起通电,以免操作过程中触电。

3. 显色

电泳完毕,关闭电源,用镊子取出滤纸,热风缓缓吹干至显色。记录显色斑点与原点的距离及电压和电泳的方向,计算各氨基酸的离子迁移率 μ,判断混合氨基酸的组成。

注释:

[1] pH＝8.6的巴比妥缓冲溶液的配制:二己基巴比妥酸1.84 g,二己基巴比妥酸钠 10.30 g,加蒸馏水至 1 000 mL。

【思考题】

已知赖氨酸的 pI＝9.74,苯丙氨酸的 pI＝5.48,将它们置于 pH＝8.9的缓冲溶液中,它们各带什么电荷? 电泳时各向哪极移动?

小品文　日本合成能将人造氨基酸
折叠成蛋白质的酶

日本理化研究所和东京大学宣布,两家机构共同合成了能将人造氨基酸正确折叠成蛋白质的融合酶。这项成果将可能带来多种拥有新功能的蛋白质,贡献于生物技术、医药等行业。上述两家机构共同发表新闻公报说,生物体内的蛋白质由 20 种氨基酸根据 DNA 中包含的遗传信息按照一定的数量和顺序结合而成。增加蛋白质中氨基酸的种类,特别是将自然界并不存在的人造氨基酸组合进蛋白质,人为地使蛋白质拥有多样化的功能的相关研究正成为各国科学家关注的焦点。但是这样的尝试等于是试图改变由遗传信息决定的生命体的最根本的构成要素,实现起来非常困难。尤其是与蛋白质合成相关的酶,参与遗传信息的表达过程,要人为地改变它们更是难上加难。酶作为蛋白质的一种,具备一定的立体构造,替换其中的一部分或者企图将别的蛋白质的一部分添加进去,都会造成整个立体结构的崩溃。据悉,研究小组此前曾成功合成了组合进人造氨基酸"iodoTyr"的蛋白质。"iodoTyr"和天然存在的酪氨酸只有一个碘原子的差异。为了合成能正确区分"iodoTyr"和酪氨酸的酶,研究人员决定借用天然酶的作用机制。天然酶的一种苯丙氨酰- tRNA 合成酶有时会误将酪氨酸当成苯丙氨酸,令后者与转运核糖核酸结合,但苯丙氨酰- tRNA 合成酶立刻会觉察到自己的失误,随后就又令酪氨酸从转运核糖核酸上脱离。苯丙氨酰- tRNA 合成酶的这种功能被称为校正功能。而酪氨酰- tRNA 合成酶则没有这样的校正功能。据此,研究小组成员将苯丙氨酰- tRNA 合成酶的校正功能区域移植进原本区分不了"iodoTyr"和酪氨酸的"iodoTyrRS",这样如果转运核糖核酸错误地与酪氨酸结合的话,校正功能区域会立刻发挥作用使两者分离,而只有与"iodoTyr"结合的转运核糖核酸才能到达核糖体。在实验中,研究人员成功利用植入了校正功能区域的融合酶

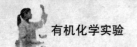

"iodoTyrRS",有选择地将人造氨基酸"iodoTyr"组合进蛋白质。运用这样的融合酶,就有可能轻而易举地将人造氨基酸组合进普通的蛋白质中,这样就能够大量合成各种各样的新种类蛋白质。这些蛋白质可充当高效药品的原料、高性能工业用酶和生物原料。

（韩迎春）

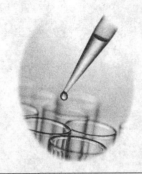

第四部分

综合性实验

　　综合性实验是在系统学习了有机化学实验的基础上,进一步提高和拓展实验的基本知识和基本技能,旨在培养学生的综合能力。综合性实验可根据培养目标和教学要求的不同进行选做。

实验：黄连中黄连素的提取

【目的要求】

通过从黄连中提取黄连素,了解中草药中有效成分的提取方法。

【仪器药品】

圆底烧瓶,回流冷凝装置,吸滤装置,减压蒸馏装置,显微熔点仪,黄连,95%乙醇,1%醋酸,浓盐酸,丙酮

【实验原理】

黄连素俗称小檗碱。在中草药中,黄连素多以季铵碱形式存在,其结构式如下

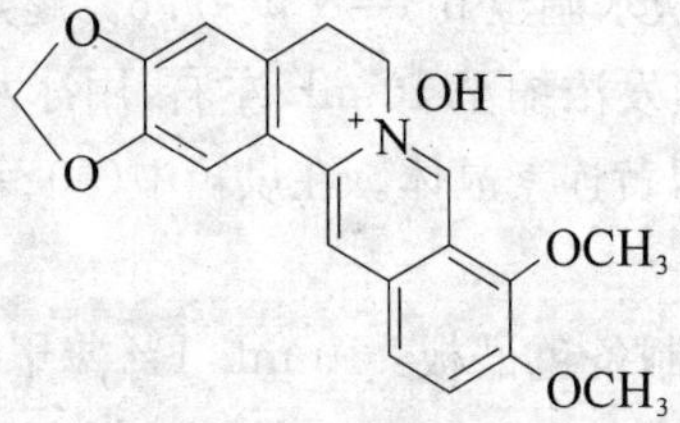

黄连、黄柏、三颗针、伏牛花、白屈菜、南天竹等天然植物中草药中,主要有效成分是黄连素,以黄连和黄柏含量较高,黄连中含黄连素约5%～8%。黄连素具有很强的杀菌能力,是临床上广泛应用的药物。

黄连素是黄色针状结晶,微溶于冷水和冷乙醇,易溶于热水和热乙醇,几乎不溶于乙醚、丙酮及苯。其盐酸盐难溶于水,但易溶于热水,而硫酸盐易溶于热水。本实验利用这些性质来提取黄连素。

【实验步骤】

以下是黄连素的两种提取方法,可根据需要选用其中一种。

第一种方法。称取 10 g 中药黄连切碎、捣烂,放入 250 mL 圆底烧瓶中,加入 100 mL 乙醇,装上回流冷凝管,热水浴加热回流 0.5 h。静置冷却后抽滤,滤渣重复上述操作两次[1]。合并三次所得滤液,在

水泵减压下蒸去乙醇溶剂。直到残液呈棕红色黏稠状。加入 1‰ 醋酸(约 30~40 mL),加热溶解,抽滤除去不溶物,滤液中滴加浓盐酸至溶液浑浊(约 10 mL),放置后用冰水冷却,即有黄色针状体的黄连素盐酸盐析出。抽滤,结晶用冰水洗涤两次,再用丙酮洗涤一次,在烘箱中(50~60℃)慢慢烘干。称重,计算产率。测熔点(文献值为 145℃)。

第二种方法。称取 5 g 黄连,尽量磨碎,放入 250 mL 烧杯中,加入 2 mL 浓硫酸和 98 mL 水。搅拌加热至微沸[2],并保持微沸 0.5 h。其间应适当加水,保持原有的体积。然后稍冷,抽滤,除去不溶残渣。向滤液中加入 NaCl 固体使之饱和(约 17 g),再加 6 mol/L HCl 调节至 pH=1~2。静置 0.5 h,析出粗盐酸黄连素,抽滤。将粗品转入烧杯中加水 25 mL,加热水煮沸至刚好溶解,然后加 $Ca(OH)_2$ (或 CaO)粉末,并用石灰水调至 pH=8.5~9.8。趁热抽滤,将滤液转入 50 mL 小烧杯中,蒸发浓缩至 10 mL 左右,用冰水冷却,即有黄连素晶体析出。抽滤,得黄连素晶体。在烘箱中(50~60℃)慢慢烘干。

薄层色谱:

用色谱氧化铝制备色谱板:10 mL 1‰ 羧甲基纤维素钠溶液中加 5 g Al_2O_3 搅匀,铺在 8 cm×3 cm 的玻璃板上,活化。

取少量黄连素结晶,溶于 1 mL 乙醇中。用毛细管吸取黄连素乙醇溶液在薄层板上点样。以 9:1 的氯仿-甲醇溶液[3]为展开剂,将点样的薄层板展开。计算黄连素的 R_f 值。

注释:

[1] 或用索式提取器提取三次。

[2] 如果温度过高,溶液剧烈沸腾,则黄连中的果胶等物质也被提取出来,使得后面的过滤难以进行。

[3] 也可用硅胶 G 作为吸附剂进行薄层色谱,展开剂用混合溶剂(正丁醇、乙醇、水的体积比为 7:1:2)。

【思考题】

若所得黄连素产品不纯,为了提高产物的纯度,可采用重结晶法,试写出有关纯化步骤。

小品文 黄连素治疗糖尿病

中医长久以来运用天然黄连产生的黄连素治疗多种疾病,包括帮助伤口愈合和治疗腹泻。最近,黄连素还被指可帮助Ⅱ型糖尿病患者降低血糖。

由于生活方式变化,特别是肥胖者增加,饮食不健康和缺乏体力活动,导致各个国家的糖尿病患者急剧增加。悉尼Garvan Institute研究所的糖尿病和肥胖症研究项目主任詹姆斯(DAVID JAMES)教授说,这是一个非常令人振奋的结果,因为糖尿病日益成为一个问题,现在我们正寻求与之斗争的新武器。

Ⅱ型糖尿病是由于有太多葡萄糖在患者血液中,胰岛素(控制血糖的激素)却不能正常工作。研究人员发现,黄连素令胰岛素能更好工作,能有效降低血糖浓度。刊登在糖尿病研究杂志中的这项研究成果中,中、澳、韩三国科研人员发现,注射黄连素三周的老鼠和白鼠,血糖下降百分之五十。詹姆斯教授说:"这确实是相当大的改善。我们运用传统的医药和现代化的科学观测方式进行这项实验,取得这一非常振奋的结果。"他说:"我们知道,黄连素进入对胰岛素正常响应的细胞,产生良好结果,但我们还需要清楚它对细胞中的哪些分子产生了作用。"

如果这项研究取得进一步成功,黄连素制成的产品将成为目前治疗糖尿病的双胍类药物和胰岛素增敏剂的替代药物。目前这两种药物副作用大,科学界和医药公司都认为,迫切需要有新一代的替代药物。

实验:茶叶中咖啡因的提取

【目的要求】

1. 了解萃取的基本原理及其在医药学研究中的意义。

2. 掌握索式提取器的原理及其应用。

3. 掌握液-固萃取、蒸馏、升华的基本操作。

【仪器药品】

索氏提取器,蒸馏烧瓶,蒸馏头,直形冷凝管,接引管,锥形瓶,温度计,蒸发皿,三角漏斗,棉花,沙,其他常用仪器,茶叶,95%乙醇,氧化钙粉末

【实验原理】

茶叶中含有多种黄嘌呤衍生物的生物碱,咖啡因(caffeine,又名咖啡碱)的含量约占 1%～5%,并含有少量茶碱和可可豆碱,以及 11%～12%的丹宁酸(又称鞣酸),还有约 0.6%的色素和蛋白质等。

咖啡因的化学名为 1,3,7-三甲基-2,6-二氧嘌呤。其结构如下

$$\text{（咖啡因结构式）}$$

纯咖啡因为白色针状结晶体,无臭,味苦,置于空气中有风化性。咖啡因具有刺激心脏,兴奋大脑神经和利尿等作用,因此可单独作为有关药物的配方。过度饮用咖啡因会增加耐药性并产生轻度上瘾。

咖啡因易溶于水、乙醇、氯仿、丙酮,微溶于石油醚,难溶于苯和乙醚,它是弱碱性物质,水溶液对石蕊试纸呈中性反应。咖啡因在 100℃时失去结晶水并开始升华,120℃时升华显著,178℃时升华很快。无水咖啡因的熔点为 238℃。

咖啡因可由人工合成法或提取法获得。本实验采用索氏提取法从茶叶中提取咖啡因。利用咖啡因易溶于乙醇、易升华等特点,以 95%乙醇作溶剂,通过索氏提取器进行连续抽提,然后浓缩、焙炒而得粗制咖啡因,再通过升华提取得到纯的咖啡因[1]。

【实验步骤】

1. 提取

按索氏提取器装置图安装提取装置(见图4-1):在提取器的烧瓶中放入两粒沸石,再装上索氏提取器。使用索氏提取器时应十分注意保护侧面的虹吸管勿使碰破。用滤纸做成与提取器大小相适应的滤纸筒,在筒内放入约5 g碎茶叶,置入索式提取器中,滤纸筒上端要高于虹吸管顶端,缓慢加入95%乙醇。以刚好产生一次虹吸为准,再多加10 mL,最后装上回流冷凝管。平底烧瓶下面垫石棉网隔热,加热回流1 h,大约产生3~4次虹吸,至提取液颜色很淡时为止。当最后一次虹吸过后,立即停止加热。

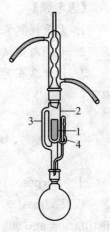

图4-1 索氏提取器装置图
1—滤纸筒;2—提取器;
3—通气侧管;4—虹吸管

2. 蒸馏

稍冷后取下回流冷凝管和索式提取器,改成蒸馏装置,用常压蒸馏法蒸出大部分溶剂。当蒸馏烧瓶中还剩下约10 mL液体时停止加热。

3. 升华

将瓶中残液趁热倒入蒸发皿中,加入2勺研细的生石灰粉末,拌匀,将蒸发皿放在加热器上缓慢加热成干燥粉末状。此时应十分注意加热强度,并充分翻搅、研磨。既要确保炒干,又要避免过热升华损失。若蒸发皿内物不沾玻璃棒,成为松散的粉末,表示溶剂已基本除去。稍冷后小心用滤纸擦去沾在蒸发皿边壁上的粉末,以免污染产物。然后进行常压升华操作(见升华基本操作一节)。收集白色咖啡因的针状或网状晶体。

注释:

[1]通过测定熔点及红外光谱、核磁共振谱等可对咖啡因进行鉴定,也可使之与水杨酸作用生成水杨酸盐(熔点137℃)以作确证。

【思考题】

1. 索氏提取装置要垂直安装,为什么?

2. 升华与重结晶比较,在应用上有哪些优点和局限?

3. 为什么在升华操作时,加热温度一定要控制在升华物熔点以下?

Isolation of Caffeine from Tea

Ⅰ. Purpose

1. To master the basic techniques of isolation: extraction, distillation and sublimation.

2. To be familiar with the apparatus for continuous extraction and simple distillation.

Ⅱ. Principles

1. Distillation

Distillation is the process of vaporizing a substance, condensing the vapor, and collecting the condensate in another vessel. In this way, mixtures of liquids with different volatilities can be separated or recorded from nonvolatile conta minates. The common types of distillation are simple distillation, fractional distillation, vacuum distillation and steam distillation. Here we only discuss the simple distillation. Simple distillation can sometimes be used to separate a mixture of liquids, provided the difference between the boiling points of each pure substance is greater than $20 \sim 30 \, ℃$. For example, a mixture of diethyl ether, b. p. $35 \, ℃$, and toluene, b. p. $111 \, ℃$, could be separated by volatile organic solvents that may have been used for purification and extraction as part of an experimental procedure. See the related apparatus in the section about simple distillation.

The thermometer measures the temperature of the vapors that are ultimately collected as liquid in the receiver at the end of the condenser. The location of the thermometer is very important: It should be positioned so that the top of the mercury bulb is approximately parallel with the bottom of the side-arm outlet. If a pure liquid is being distilled, the temperature read on the thermometer, the head temperature, will be identical to the temperature of the liquid boiling in the distilling vessel, the pot temperature, provided that the liquid is not superheated. The head temperature thus corresponds to the boiling point of the liquid, and it will remain constant throughout the distillation. Distillation of a mixture of substances, however, will result in differences being observed between the head and pot temperature.

Proper assembly of the glassware is important to avoid possible breakage and spillage. Joints must fit snugly to avoid expelling flammable vapors into the room. Apparatus that is too rigidly clamped may be stressed to the point that it may break during the distillation.

2. Extraction

Extraction may be defined as the separation of a component from mixture(solid or liquid) by means of a solvent.

Extraction from liquid mixture consists of shaking the aqueous solution or suspension in a separatory funnel with a solvent (the extraction solvent) that is miscible with water, and in which the desired solute dissolves more readily. After standing for a brief period of time, two liquid layers are formed, and they may be separated by drawing off the lower layer. This operation is often not sufficient to extract all of the desired solute, and the process must be repeated several times.

The choice of a solvent for extraction depends upon the solubility of the compound to be extracted in that solvent and the volatility of the solvent. This latter factor will deter mine the ease with which the solute can be recovered by evaporation of the organic solvent. Ether, because of its strong solvating action toward most organic compounds and its low boiling point (34.6℃), is the most widely used extraction solvent. Other useful organic extracting solvents include benzene, carbon tetrachloride, chloroform, ethyl acetate, ethanol, and petroleum ether. In order to effect the separation of a solid mixture and be free of the tedious work of a very large number of extraction with smaller quantities of solvent, the continuously extraction method is needed. For separation of the components of a solid mixture by continuous solid-liquid extraction, a Soxhlet extraction apparatus (Figure 1) is convenient. The solid is placed in a porous thimble in the chamber, as shown, and the extracting solvent is added to the boiling flask below. The solvent is heated to reflux, and the distillate, as it drops from the condenser, collects in the chamber. By coming in contact with the solid in the thimble, the liquid effects the extraction. After the chamber fills to the level of the upper reach of the siphon arm, the solution empties, from this chamber into the boiling flask by a siphoning

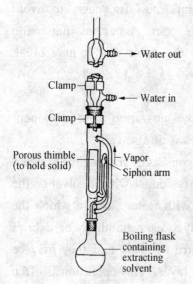

Water out

Clamp

Water in

Clamp

Porous thimble
(to hold solid)

Vapor
Siphon arm

Boiling flask
containing
extracting
solvent

**Figure 1   Soxhlet extractor
Apparatus**

action. This process may be continued automatically and without attendance for as long as is necessary for effective removal of the desired component, which will then be contained in the solvent in the boiling flask.

3. Sublimation

Sublimation is a phase change in which a solid passes directly into the vapor phase without going through an intermediate liquid phase. Many solids having appreciable vapor pressures below their melting points can be purified by sublimation, either at atmospheric pressure or under vacuum. Such purification is most effective if the impurities have either low or very high vapor pressures at the sublimation temperature, so that they either do not sublime appreciably or fail to condense after vaporization. Although not as selective as recrystallization or chromatography, sublimation offers advantages in that no solvent is required, losses in transfer can be kept very low, and the process is rapid with the right apparatus and conditions. Sublimation can be accelerated by perfor ming it under reduced pressure (vacuum sublimation), or in an air stream (entrained sublimation). A sublimation apparatus based on the entrainment principle is illustrated in Figure 2.

Air drawn in through the lip of the evaporating dish flows over the substances in it, sweeping the vapors up through the asbestos sheet so that they condense on the funnel or glass wool. The air flow must be gentle enough that the sublimate will not pass through the glass wool and condense inside the

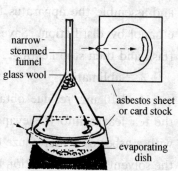

Figure 2 Apparatus for simple sublimation

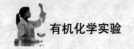

funnel stem or rubber tubing.

III. Apparatus and Reagents

Apparatus: Soxhlet extractor (125 mL), boiling flask (100 mL), stillhead, condenser, adapter, cone bottle (100 mL), thermometer, evaporating dish, narrow-stemmed funnel, cotton, glass stirrer, alcohol lamp, asbestos center gauze, tripod, filter paper.

Reagents: tea leaves, 95% ethanol, Calcium Oxide (CaO).

IV. Procedure

1. Extraction

Place 10 g powder of dry tea leaves in a porous thimble. Then place it into the Soxhlet extractor. Assemble the Soxhlet extractor apparatus (see Figure 1). Place several boiling stones in the distillation flask before attaching the rest of the glassware. Add 80 mL 95% ethanol from the top of the condenser. Use a alcohol lamp to heat for about 1 h (the siphoning action may occur 3~4 times). Stop heating after the last siphon.

2. Distillation

After the apparatus cool down, disassemble the condenser and Soxhlet extractor, then place two boiling stones into the flask and assemble the apparatus for simple distillation to remove the ethanol by distillation. Save 15~20 mL brown solution in the flask and then stop heating.

3. Sublimation

Add 10 mL residue obtained from the ethanol extraction of the tea leaves into the evaporating dish, support it by a tripod with a asbestos center gauze on the top, gently heat to evaporate the solvent until the solution turns thick, then add 4 g CaO powder and stir rapidly to remove the water completely. Then exercise the sublimation (see Figure 2).

V. Notice

1. The top of the solid in the filter paper thimble should be lower than the siphon arm. Attention not to leave the tea leaves outside of the thimble, or they may block the siphon arm.

2. The effect of CaO is to remove water and some other impurities.

Words：

caffeine 咖啡因 extraction 提取 distillation 蒸馏 sublimation 升华 sublimate 升华物 volatility 挥发(性) simple distillation 常压蒸馏 fractional distillation 分级蒸馏 vacuum distillation 减压蒸馏 recrystallization 重结晶 condenser 冷凝管 mercury bulb 水银球 boiling stone 沸石 lubricant 润滑剂 separatory funnel 分液漏斗 boiling flask 蒸馏瓶 stillhead 蒸馏头 condenser 冷凝器 adapter 尾接器 narrow-stemmed funnel 短颈漏斗 siphon arm 虹吸管 Soxhlet extractor 索氏提取器 tripod 三脚架 evaporating dish 蒸发皿

小品文　咖啡因的历史传说

早在石器时代，人类已经开始使用咖啡因。早期的人们发现咀嚼特定植物的种子、树皮或树叶有减轻疲劳和提神的功效。直到很多年以后，人们才发现使用热水泡这些植物能够增加咖啡因的效用。

许多文化都有关于远古时期的人们发现这些植物的神话。一个名叫卡迪的牧羊人发现，当山羊食用了咖啡灌木上的浆果时会变得兴奋异常并且在夜里失眠，山羊也会不断地再次食用该浆果，体验相同的活力。最早的有关咖啡的书面记载可能是9世纪波斯医师al-Razi 所著的《Bunchum》。1587 年，Malaye Jaziri 汇编了一本追溯咖啡历史及合法性争议的书，名叫《Umdat al safwa fi hill al-qahwa》，在这本书中记录了 Jamal-al-Din al-Dhabhani 是首先于 1454 年饮用咖啡的人。16 世纪快要结束的时候，在埃及的欧洲居民们记录了咖

啡的使用,大概这个时候咖啡开始在近东被广泛使用。咖啡作为一种饮料在 17 世纪流传到欧洲,最初被称为阿拉伯酒。这段时间,咖啡屋开始增多,最初的咖啡屋出现在君士坦丁堡和威尼斯。在英国,第一家咖啡屋开业于 1652 年,在伦敦 Cornhill 街圣迈克尔巷。很快咖啡开始在西欧流行并在社会交流中扮演了重要的角色。1819 年德国化学家弗里德里希·费迪南·龙格第一次分离得到纯的咖啡因。

就像咖啡浆果和茶叶一样,可乐树坚果也有很古老的起源。很多西非的人通过单独或群体咀嚼可乐树坚果来恢复精力和减轻饥饿。1911 年,当美国政府没收了 40 大桶和 20 小桶可口可乐时,可乐成了第一个有记录的关于健康的恐慌焦点。美国政府希望通过夸大的宣传迫使可口可乐将咖啡因从其配方中移除,比如宣传在一个女子学校,过多饮用可口可乐导致"夜间荒诞行为,违背学院规则和女性的礼节,甚至不道德"。尽管法官最后支持了可口可乐,1912 年仍然有两个旨在修正纯粹食品与药品法案的议案被提交众议院,把咖啡因添加进"上瘾"和"有害"的物质清单,必须在产品标签中列出。

使用可可的最早证据是从公元前 8 世纪古玛雅文明时期的罐中发现的残渣。巧克力被混入一种叫 xocoatl 的苦辣饮品之中使用,也常伴有香草、辣椒和胭脂。xocoatl 被广泛认为能够抗疲劳,这大概归功于其中含有可可碱和咖啡因成分。巧克力在哥伦布发现美洲大陆以前的中美洲是一种奢侈品,可可豆也曾被用来作为货币。

现在,每年咖啡因的国际销量已达到 120 000 吨,这个数字相当于每天每个人消耗一份咖啡饮品,这也使它成为世界最流行的影响精神的物质。在北美,90% 的成年人每天消耗一定量的咖啡因。

实验:烟叶中烟碱的提取和性质

【目的要求】

1. 了解生物碱的提取方法及其一般性质。
2. 掌握水蒸气蒸馏的原理及其应用,掌握小型水蒸气蒸馏的装置及其操作方法。

【仪器药品】

10 mL 圆底烧瓶,100 mL 双颈圆底烧瓶,冷凝管,15 mL 具支试管[1],T形管、接引管,3 mL 离心试管,10 mL 烧杯,粗烟叶或烟丝,10%HCl,50%NaOH 溶液,0.5%乙酸,碘化汞钾试剂,饱和苦味酸,红色石蕊试纸

【实验原理】

烟碱又名尼古丁,是烟叶中一种主要的生物碱,其结构如下

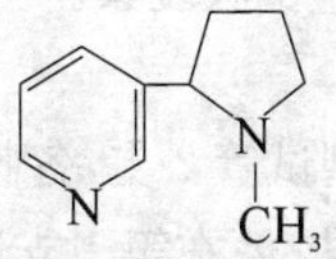

烟碱是一种无色或淡黄色透明油状液体,在烟叶中的含量为1%～3%。它能迅速溶于水及酒精中,通过口、鼻、支气管黏膜,很容易被人体吸收。粘在皮肤表面的尼古丁,可渗入人体内。由于它是含氮碱,因此很容易与盐酸反应生成烟碱盐酸盐而溶于水。此提取液加入 NaOH 溶液后可使烟碱游离。游离烟碱在 100℃ 左右具有一定的蒸气压,可用水蒸气蒸馏法分离提取。

【实验步骤】

取香烟 1/2～2/3 支放入 10 mL 圆底烧瓶内,加入 10%HCl 6 mL、装上冷凝管回流 20 min。待瓶中混合物冷却后倒入小烧杯中,用 50%NaOH 溶液边搅拌边中和至明显碱性,用红色石蕊试纸检验。将混合物转入蒸馏试管中,进行少量水蒸气蒸馏。

少量水蒸气蒸馏装置,见图 4-2。

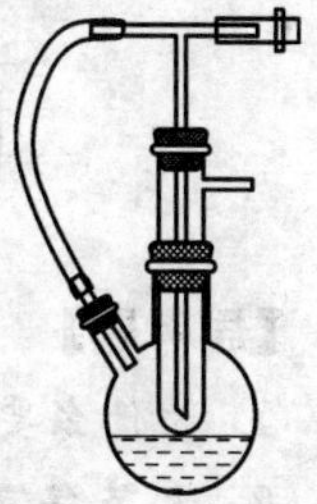

1. 操作方法

将 100 mL 双颈圆底烧瓶用铁夹固定在垫有石棉网的加热器上,注入 25～30 mL 自来水和几粒碎瓷片。将具支试管装好样品后,从双颈烧瓶的上口插入,蒸馏试管的底部应在烧瓶中水的液

图 4-2 少量水蒸气蒸馏装置

面之上。将蒸气导管（T形管）一端与双颈圆底烧瓶的侧口相连，一端插至试管底部。另取一个铁架台用铁夹将冷凝管的位置调整好，使之与具支试管的支管相连，然后装好接引管和接收容器。

将冷凝管夹套通入冷凝水以后，开始加热，待水沸腾产生水蒸气以后，用止水夹将T形管的上端夹紧，这时水蒸气就导入到蒸馏试管中，开始蒸馏。蒸馏完毕，应先松开止水夹，再移去热源，以免因圆底烧瓶中蒸气压的降低而发生倒吸现象。

2. 烟碱的性质实验

(1) 沉淀反应。取微型试管2支，各收集5滴烟碱馏出液。在第一支试管中加几滴饱和苦味酸；在第二支试管中加2滴0.5%乙酸及2滴碘化汞钾溶液，观察有无沉淀生成。

(2) 碱性实验。取微型试管2支，分别加几滴15%吡啶水溶液、烟碱水溶液，然后各滴加1滴酚酞试剂。注意观察现象并解释之。

(3) 氧化反应[2]。取1支试管，滴加5滴烟碱水溶液、1滴0.5%高锰酸钾溶液和3滴5%碳酸钠溶液，振摇试管，注意溶液的颜色变化和有无沉淀产生。

注释：

[1] 具支试管：带支管的试管。

[2] 烟碱的氧化反应

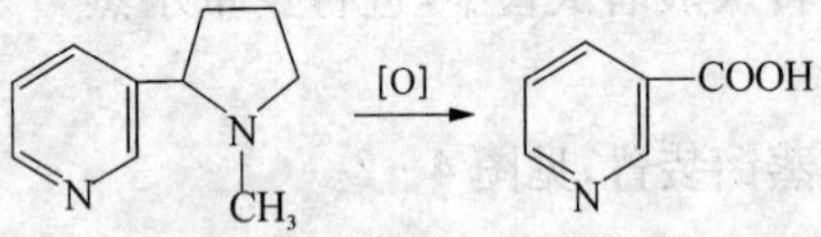

【思考题】

1. 为什么要用盐酸溶液提取烟碱？

2. 水蒸气蒸馏提取烟碱时，为什么要用 NaOH 中和至明显碱性？

实验：维生素 K₃的制备

【目的要求】

1. 掌握氧化反应、加成反应在有机合成实验中的实施要领和处理方法。

2. 进一步熟练掌握有关实验操作过程。

【仪器药品】

100 mL 三颈瓶，搅拌回流装置，滴液漏斗，恒温水浴锅，抽滤装置，热滤装置，β-甲基萘，重铬酸钠，浓硫酸，丙酮，亚硫酸氢钠，95％乙醇

【实验原理】

维生素 K₃亦称为亚硫酸氢钠甲萘醌，化学命名为 2-甲基-1，4-萘醌亚硫酸氢钠。维生素 K₃是促凝血药，主要用于缺乏维生素 K 引起的出血性疾病。维生素 K₃的固体结晶带有 3 个结晶水，其结构式如下

反应式

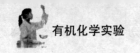

β-甲基萘在硫酸存在下用重铬酸钠[1]氧化成相应的萘醌,然后用亚硫酸氢钠加成。

【实验步骤】

1. 甲萘醌的制备

称取 5 g β-甲基萘,并量取 13 mL 丙酮加入装有搅拌器、冷凝管和滴液漏斗的 100 mL 三颈瓶中,搅拌至溶解。将 25 g 重铬酸钠溶于 38 mL 水中,再缓慢加入 16 mL(30 g)浓硫酸混合,转入滴液漏斗中,在 40℃[2] 以下慢慢滴加至三颈瓶中。滴加完毕后保持 40℃ 反应 30 min,然后将水浴温度升至 60℃ 反应 1 h。趁热将反应物倾入 200 mL 冷水中,使甲萘醌完全析出,抽滤并水洗抽干。

2. 维生素 K_3 的制备

在附有搅拌装置、冷凝管的三颈瓶中加入 4.5 mL 水和 3.1 g 亚硫酸氢钠,搅拌使之完全溶解,加入以上制得的甲萘醌,在 38～40℃[3] 水浴中搅拌均匀,加入 8 mL 95％乙醇继续搅拌反应 45 min,取少许反应液滴入纯水中应能全部溶解,再加入 8 mL 95％乙醇,继续搅拌 30 min 使之反应完全。冷却至 10℃ 以下使结晶充分析出,抽滤,结晶用少许冷乙醇洗涤抽干,得维生素 K_3 粗品。

3. 精制

粗品放入锥形瓶中加 4 倍量 95％乙醇及少许亚硫酸钠[4]在 70℃ 以下溶解,加入粗品量 1.5％的活性炭。水浴 68～70℃,保温 15 min 脱色,趁热过滤,滤液冷至 10℃ 以下析出结晶。抽滤,结晶用少量冷乙醇洗涤后抽干,70℃ 以下干燥,得精品维生素 K_3。测熔点(105～107℃),称重计算产率。

注释:

[1] 药物合成中常采用 $K_2Cr_2O_7$ ＋ H_2SO_4 作为氧化剂来氧化酚、芳胺及多环芳烃成醌,因为 $K_2Cr_2O_7$ 的溶解度较小,故用 $Na_2Cr_2O_7$ 来代替。

[2] 在氧化过程中必须注意温度的控制,温度过高或氧化剂局部浓度过大,都会导致氧化进一步进行,引起侧链氧化甚至环的开裂,使产率降低。

[3] 加成反应温度控制也很重要,不能超过 40℃,因加成产物维生素 K_3 受

到热和光的作用时会发生逆向分解。

〔4〕亚硫酸氢钠的加成反应是可逆的,加入少量亚硫酸氢钠可抑制加成物的分解。

【思考题】

在氧化反应和加成反应中,若温度过高会形成哪些副产物? 写出可能的反应式。

实验：洗涤剂硫酸月桂酯钠的制备

【实验目的】

1. 掌握合成洗涤剂硫酸月桂酯钠的制备方法。

2. 掌握刺激性有害挥发物在实验中的处理方法。

3. 了解硫酸月桂酯钠的其他用途。

【实验原理】

合成洗涤剂是一种清洗用的有机化合物。研制它们的目的是为了替代肥皂,因为它们在软硬两种水中都有较好的洗涤效果。

硫酸月桂酯钠即十二烷基硫酸钠,是最早开发出的洗涤剂之一,但它的价格较贵。到 1950 年人们才开发出了价廉的烷基苯磺酸钠(ABS),但后来发现它们不能被微生物分解,污染环境。1966 年人们又合成了一类能被微生物降解的线形烷基磺酸盐(LAB)洗涤剂来替代烷基苯磺酸钠洗涤剂。硫酸月桂酯钠和平常用的肥皂及洗衣粉一样,都属于阴离子表面活性剂。硫酸月桂酯钠为白色或微黄色粉末,熔点为 180～185℃(此时分解),易溶于水而成半透明溶液,对碱、弱酸和硬水都很稳定。

硫酸月桂酯钠用途较广,除可用作洗涤剂外,还可用作纺织助剂,也用作牙膏发泡剂、灭火泡沫液、乳液聚合乳化剂、医药用乳化分散剂、羊毛洗净剂、洗发剂等化妆制品。

反应式

$$CH_3(CH_2)_{10}CH_2OH + ClSO_3H \longrightarrow$$

$$CH_3(CH_2)_{10}CH_2OSO_3H + HCl$$

$$2CH_3(CH_2)_{10}CH_2OSO_3H + Na_2CO_3 \longrightarrow$$

$$2CH_3(CH_2)_{10}CH_2SO_3Na + H_2O + CO_2$$

【仪器药品】

烧杯(50 mL),滴管,分液漏斗,电热套,红外灯,月桂醇,冰醋酸,氯磺酸[1],正丁醇,饱和碳酸钠溶液,碳酸钠

【实验步骤】

在一干燥的 50 mL 烧杯中加入 3.2 mL 冰醋酸,在冰浴中将其冷却至 5℃,从滴管中慢慢将 1.2 mL 氯磺酸直接加入冰醋酸的烧杯中(在通风橱中进行)。混合物仍放在冰浴中冷却,不要让水进入烧杯内。

在搅拌下慢慢加入 3.3 g 月桂醇,约 2 min 加完。继续搅拌混合物直至所有月桂醇均已溶解和反应(约 30 min)。将反应物倾入盛有 10 g 碎冰的 50 mL 烧杯中。

向盛有反应混合物和 10 g 碎冰的烧杯中加入 10 mL 正丁醇,彻底搅拌混合物 3 min,在搅拌中慢慢加入 3 mL 饱和碳酸钠溶液直至溶液呈中性或略呈碱性。再加入 3.3 g 固体碳酸钠至混合物中,以助分层。让溶液在烧杯中分层,将上层有机相倒入分液漏斗中。一些水层不可避免地和有机相一起移入分液漏斗中。向烧杯中的水层加入另一份 7 mL 正丁醇,充分搅拌 5 min,让液相分层。分去下层水相,将上层倾入盛着第一次提出物的分液漏斗中。

静置分液漏斗 5 min 让液相分层,除去水相,将有机相倒入一大烧杯中,在通风橱中将大烧杯置于电热套上蒸发,除去溶剂,洗涤剂即沉淀析出,要时常搅拌混合物以防产物分解。将湿的固体置于 80℃ 的红外灯下烘干,得产物约 3.0 g 左右。

注释:

[1] 使用氯磺酸时要特别小心,它是个类似浓硫酸的极强的酸,一旦接触会使皮肤立即烧伤。在操作中应戴上防腐蚀的橡皮手套。

【思考题】

1. 试设计实验来比较肥皂与硫酸月桂酯钠性质的差别。

2. 试解释洗涤剂的去污原理。

实验：贝克曼(Beckmann)重排反应

【目的要求】

了解用实验验证化学理论的方法。验证 Beckmann 重排反应。

【仪器药品】

125 mL 三角烧瓶,大小烧杯,抽滤装置,测熔点装置,固体二苯甲酮,固体羟铵盐酸盐,固体氢氧化钠,乙醇,浓盐酸,多聚磷酸(PPA)

【实验原理】

脂肪酮和芳香酮都可以和羟胺作用生成相应的肟,肟在酸性催化剂(如硫酸、五氯化磷等)的作用下,发生分子重排生成酰胺的反应,称为 Beckmann 重排。

Beckmann 重排反应的特点:是酸催化的,帮助—OH 离去;离去基团与迁移基团处于反式,这是根据产物的结构推断的;基团的离去与基团的迁移是同步协同进行的,如果不同步,羟基以水的形式先离开,形成氮正离子,这时相邻碳上两个基团均可迁移而得到混合物,但实验结果只有一种;迁移基团在迁移前后构型不变。

Beckmann 重排不仅可以用来测定酮的结构,在有机合成上也有一些应用实例。如环己酮肟经 Beckmann 重排生成己内酰胺,己内酰胺开环聚合可得到聚己内酰胺树脂,即尼龙-6。它是一种性能优良的高分子材料,现在工业上应用很广。

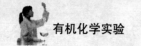

本实验是将二苯甲酮和羟胺作用,生成二苯甲酮肟。将生成的二苯甲酮肟加入到多聚磷酸(PPA)中,在 100℃加热 0.5 h 左右,进行分子重排,然后倒入冰水中,从中分离产物苯甲酰基苯胺。

反应式

$$
\underset{\text{NH}_2\text{OH}}{\boxed{\bigcirc}\text{C}=\text{O}} \xrightarrow{} \boxed{\bigcirc}\text{C}=\text{NOH} \xrightarrow{\text{PPA}} \boxed{\bigcirc}\text{CO}-\text{NH}\boxed{\bigcirc}
$$

【实验步骤】

1. 二苯甲酮肟的制备

在 125 mL 三角烧瓶中,将 2.5 g 二苯甲酮及 1.5 g 羟铵盐酸盐溶解在 5 mL 乙醇和 1 mL 水中,然后加入 18～20 粒固体氢氧化钠并充分摇动三角烧瓶数分钟,尽量使氢氧化钠溶解。将三角烧瓶放在水蒸气浴上温和煮沸约 5 min,此时尚有少许氢氧化钠固体存在。稍冷后,转入一个装有 8 mL 浓盐酸和 50 mL 水的烧杯中,二苯甲酮肟即以白色粉状结晶析出。冷却后,抽滤,并用少量冰水洗涤晶体,湿产品用约 20 mL 乙醇重结晶。抽滤产品,并在滤纸上压干,称重,此时应有极高的产率。干燥的二苯甲酮肟为无色针状晶体,熔点为 142～143℃。

2. 二苯甲酮肟的重排

在 100 mL 烧杯中放入 25 mL PPA 和前面制得的二苯甲酮肟[1],烧杯内放一支 200℃的温度计,用玻璃棒搅动反应液,用小火小心加热,慢慢升温到 100℃进行重排反应。保温 20 min 后,继续加热并很好搅动,升温至 125～130℃。撤去火源,放置 10 min 后,将黏稠液小心倒入盛有 350 mL 冰水的烧杯中,不断搅拌,此时应出现较大量的白色固体。抽滤固体,用少量冷水洗涤,湿产品用约 20 mL 乙醇重结晶。所得的苯甲酰基苯胺纯品为银白色针状结晶,于空气中干燥后称重,产率约为 75%,熔点为 163～164℃。

注释:

[1] 前面制备的二苯甲酮肟原料可直接使用,不必干燥。

【思考题】

某肟发生 Beckmann 重排后得到一化合物 $C_3H_7CONHC_5H_6$,试推测该肟的结构及构型。

实验: 外消旋 1-苯基乙胺的拆分

【实验目的】

1. 理解外消旋体拆分的原理。

2. 学会将外消旋体转变为非对映异构体后,运用分步结晶的分离方法得到两个对映体。

3. 进一步掌握旋光仪测定物质旋光度的方法。

【仪器药品】

50 mL 三角烧瓶,恒温水浴锅,常压蒸馏装置,真空蒸馏装置,旋光仪,D-(+)-酒石酸,(±)-α-苯乙胺,甲醇,50% NaOH 溶液,NaOH(固),乙醚

【实验原理】

外消旋体拆分的方法很多,实验室里通常用的一种方法是采用一个手性分子与待拆分的外消旋体通过化学反应结合,使原来的外消旋体转变为两个非对映体,再利用非对映体在选定的溶剂中不同溶解度的特性,用分步结晶法将它们分离。

(±)1-苯基乙胺的两个对映体的溶解性是相同的,不能利用其溶解性分离。当用 D-(+)-酒石酸进行处理时,可以产生两个非对映体的盐,这两个盐在甲醇中的溶解度有显著差异,可以用分步结晶法将它们分离。然后再分别用碱对这两个已分离的盐进行处理,就能分离具有不同旋光方向的两个 1-苯基乙胺对映体,从而获得纯的(+)-1-苯基乙胺及(-)-1-苯基乙胺。

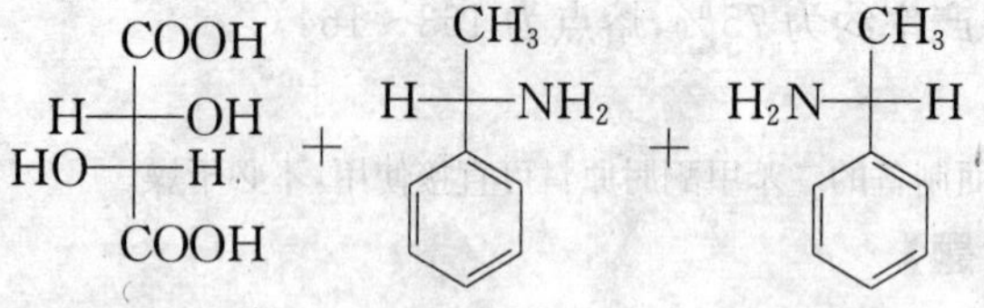

（＋）-酒石酸　　（－）-1-苯基乙胺　　（＋）-1-苯基乙胺

$\longrightarrow$ （＋）-酒石酸（－）-1-苯基乙胺＋（＋）-酒石酸（＋）-1-苯基乙胺

（非对映体）

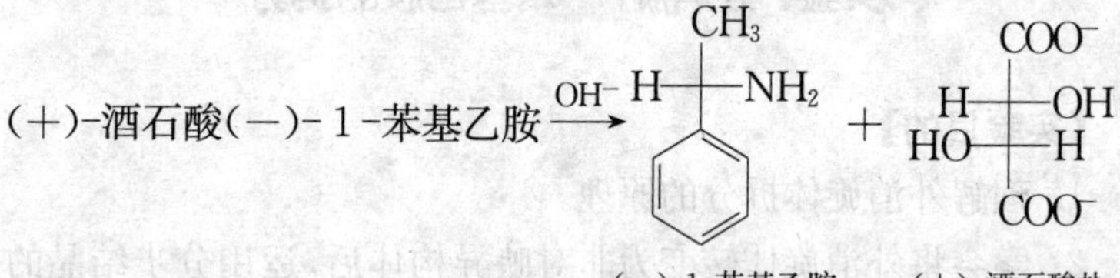

（＋）-酒石酸（－）-1-苯基乙胺 $\xrightarrow{OH^-}$ （－）-1-苯基乙胺　＋　（＋）-酒石酸盐

$[\alpha]_D^{22}=-40.3°$

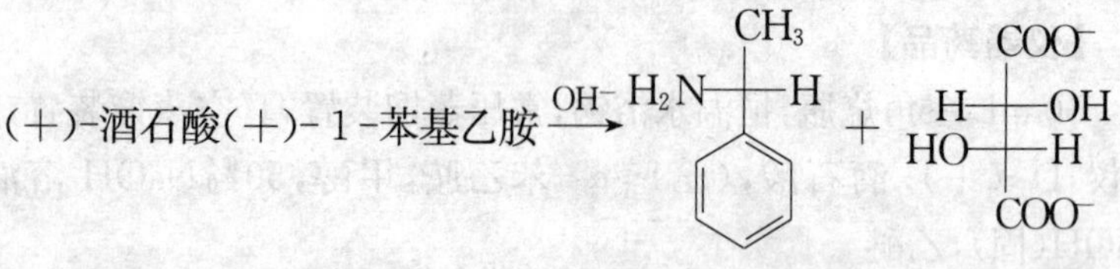

（＋）-酒石酸（＋）-1-苯基乙胺 $\xrightarrow{OH^-}$ （＋）-1-苯基乙胺　＋　（＋）-酒石酸盐

$[\alpha]_D^{22}=+40.3°$

【实验步骤】

1. 非对映体的生成和分离

在盛有 50 mL 甲醇的三角烧瓶中，加入 3.8 g(0.025 mol) D-(＋)-酒石酸，搅拌并用热水浴使其溶解，水浴温度应低于溶剂甲醇的沸点，然后小心地溶入 3 g(0.025 mol)(±)-1-苯基乙胺，于室温下放置 24 h，即可生成白色棱柱状晶体[1]。过滤晶体，用少量甲醇洗涤，干燥后得 D-(＋)-酒石酸-(－)-1-苯基乙铵盐[2]。称重并计算产率。母液中含有的 D-(＋)-酒石酸-(＋)-1-苯基乙铵盐供下面纯化使用。

2. （＋）-1-苯基乙胺的获得

以上析出晶体后的母液中含有溶剂甲醇，先用水浴将溶剂蒸除，残留物呈白色固体，这便是 D-（＋）-酒石酸-（＋）-1-苯基乙铵盐。

将以上白色固体溶于 10 mL 水中，加入 2 mL 50%NaOH 溶液，搅拌至固体全部溶解，然后各用 10 mL 乙醚萃取两次，合并萃取液并用粒状氢氧化钠干燥。将干燥后的乙醚溶液转入蒸馏瓶，在水浴上蒸去溶剂乙醚后，撤去水浴。

然后进行真空蒸馏，收集 85～86℃（2 800 Pa）馏分（沸点为 187℃（0.1 MPa）），称重并计算产率，测定（＋）-1-苯基乙胺旋光度，计算产物的光学纯度[3]。

3. （—）-1-苯基乙胺的获得

将第一步得到的白色晶体溶于 10 mL 水中，加入 2 mL 50% NaOH 溶液，搅拌至固体全部溶解，然后各用 10 mL 乙醚萃取两次，合并萃取液并用粒状氢氧化钠干燥。将干燥后的乙醚溶液转入蒸馏瓶，在水浴上蒸去溶剂乙醚后，撤去水浴。

重新蒸馏收集 180～190℃馏分。称重并计算（—）-1-苯基乙胺的产率，测定（—）-1-苯基乙胺的旋光度，纯（—）-1-苯基乙胺的 $[\alpha]_D^{22}=-40.3$，计算产物的光学纯度。

注释：

[1] 如果得到的结晶呈针状，则最后的产品光学纯度可能较差。应加热使结晶重新溶解，然后再将溶液缓慢冷却结晶，如果有可能，溶液中可以接种棱柱状晶体。

[2] 若需得到更高纯度的 1-苯基乙胺，此时可进行一次重结晶。

[3] 光学纯度＝（实测比旋光度/纯物质的比旋光度）×100%。

【思考题】

1. D-（＋）-酒石酸与 1-苯基乙胺反应后，溶液是否有旋光性？为什么？

2. 第一步析出棱柱状结晶后，母液是否有旋光性？为什么？

（陈东红　王珍菊）

附 录

附录一 部分元素的相对原子质量

符号	名称	英 文 名	相对原子质量	符号	名称	英 文 名	相对原子质量
H	氢	Hydrogen	1. 007 94	Fe	铁	Iron	55. 847
Li	锂	Lithium	6. 941	Co	钴	Cobalt	58. 933 20
B	硼	Boron	10. 811	Ni	镍	Nickel	58. 69
C	碳	Carbon	12. 011	Cu	铜	Copper	63. 546
N	氮	Nitrogen	14. 006 7	Zn	锌	Zinc	65. 39
O	氧	Oxygen	15. 999 4	As	砷	Arsenic	74. 921 59
F	氟	Fluorine	18. 998 403 2	Br	溴	Bromine	79. 904
Na	钠	Sodium	22. 989 768	Pd	钯	Palladium	106. 42
Mg	镁	Magnesium	24. 305 0	Ag	银	Silver	107. 868 2
Al	铝	Aluminum	26. 981 539	Sn	锡	Tin	118. 710
Si	硅	Silicon	28. 085 5	I	碘	Iodine	126. 904 5
P	磷	Phosphorus	30. 973 762	Ba	钡	Barium	137. 327
S	硫	Sulphur	32. 066	Pt	铂	Platinum	195. 08
Cl	氯	Chlorine	35. 452 7	Au	金	Gold	196. 966 5
K	钾	Potassium	39. 098 3	Hg	汞	Mercury	200. 59
Ca	钙	Calcium	40. 078	Pb	铅	Lead	207. 2
Cr	铬	Chromium	51. 996 1	Ra	镭	Radium	226. 025 4
Mn	锰	Manganese	54. 938 05	U	铀	Uranium	238. 028 9

附录二　常用有机溶剂沸点、相对密度

名　称	沸点/℃	相对密度 d_4^{20}	名　称	沸点/℃	相对密度 d_4^{20}
甲　醇	64.96	0.791 4	环己烷	80.8	0.78
乙　醇	78.5	0.789 3	二氯甲烷	40	1.326 6
正丁醇	117.25	0.809 8	氯　仿	61.7	1.483 2
乙　醚	34.51	0.713 8	1，2-二氯乙烷	83.45	1.235 1
丙　酮	56.2	0.789 9	硝基甲烷	101.2	1.14
甲乙酮	79.6	0.81	硝基乙烷	115	1.044 8
乙　腈	81.6	0.78	邻二氯苯	180.5	1.304 8
乙　酸	117.9	1.049 2	间二氯苯	173	1.288 4
乙酸酐	139.55	1.082 0	对二氯苯	174	1.247 5
甲酸甲酯	31.5	0.974 2	氯　苯	132	1.105 8
乙酸乙酯	77.06	0.900 3	四氯化碳	76.5	1.594 0
二氧六环	101.75	1.033 7	二硫化碳	46.2	1.263 2
苯	80.1	0.878 7	石油醚	30~60	0.68~0.72
甲　苯	110.6	0.866 9		60~90	

附录三 常用酸、碱的相对密度和浓度

试 剂 名 称	相 对 密 度	含量/%	浓度/(mol·L^{-1})
盐　酸	1.18～1.19	36～38	11.6～12.4
硝　酸	1.39～1.40	65.0～68.0	14.4～15.2
硫　酸	1.83～1.84	95～98	17.8～18.4
磷　酸	1.69	85	14.6
高氯酸	1.68	70.0～72.0	11.7～12.0
冰醋酸	1.05	99.8(优级纯) 99.0(分析纯)	17.4
氢氟酸	1.13	40	22.5
氢溴酸	1.49	47.0	8.6
氨　水	0.88～0.90	25.0～28.0	13.3～14.8

附录四 常见共沸混合物

(一) 常见有机物与水的二元共沸混合物

溶 剂	沸点/℃	共沸点/℃	含水量/%	溶 剂	沸点/℃	共沸点/℃	含水量/%
氯 仿	61.2	56.1	2.5	甲 苯	110.5	84.1	13.5
四氯化碳	77	66	4	二甲苯	140	92	35
苯	80.4	69.2	8.8	正丙醇	97.2	87.7	28.8
丙烯腈	78.0	70.0	13.0	异丙醇	82.4	80.4	12.1
二氯乙烷	83.7	72.0	19.5	正丁醇	117.7	92.2	37.5
乙 腈	82.0	76.0	16.0	异丁醇	108.4	89.9	88.2
乙 醇	78.3	78.1	4.4	正戊醇	138.3	95.4	44.7
吡 啶	115.5	92.5	40.6	异戊醇	131.0	95.1	49.6
乙酸乙酯	77.1	70.4	6.1	氯乙醇	129.0	97.8	59.0

(二) 常见有机溶剂的共沸混合物

共 沸 物	组分的沸点/℃	共沸物的组成 (质量百分比)/%	共沸点/℃
乙醇-乙酸乙酯	78.3;78	30∶70	72
乙醇-苯	78.3;80.6	32∶68	68.2

续 表

共 沸 物	组分的沸点/℃	共沸物的组成 （质量百分比）/%	共沸点/℃
乙醇-氯仿	78.3；61.2	7：93	59.4
乙醇-四氯化碳	78.3；77	16：84	64.9
乙酸乙酯-四氯化碳	78；77	43：57	75
甲醇-四氯化碳	64.7；77	21：79	55.7
甲醇-苯	64.7；80.6	39：61	48.3
氯仿-丙酮	61.2；56.4	80：20	64.7
甲苯-乙酸	110.5；118.5	72：28	105.4
乙醇-苯-水	78.3；80.6；100	19：74：7	64.9

附录五　不同温度时水的饱和蒸气压

温度 /℃	饱和蒸气压 /Pa	温度 /℃	饱和蒸气压 /Pa	温度 /℃	饱和蒸气压 /Pa	温度 /℃	饱和蒸气压 /Pa
1	6.57×10^2	17	1.94×10^3	33	5.03×10^3	49	1.17×10^4
2	7.06×10^2	18	2.06×10^3	34	5.32×10^3	50	1.23×10^4
3	7.58×10^2	19	2.2×10^3	35	5.62×10^3	51	1.29×10^4
4	8.13×10^2	20	2.34×10^3	36	5.94×10^3	52	1.36×10^4
5	8.72×10^2	21	2.49×10^3	37	6.23×10^3	53	1.43×10^4
6	9.35×10^2	22	2.64×10^3	38	6.62×10^3	54	1.49×10^4
7	1×10^3	23	2.81×10^3	39	6.99×10^3	55	1.57×10^4
8	1.07×10^3	24	2.98×10^3	40	7.37×10^3	56	1.65×10^4
9	1.15×10^3	25	3.17×10^3	41	7.78×10^3	57	1.73×10^4
10	1.23×10^3	26	3.36×10^3	42	8.2×10^3	58	1.81×10^4
11	1.31×10^3	27	3.56×10^3	43	8.64×10^3	59	1.9×10^4
12	1.4×10^3	28	3.78×10^3	44	9.09×10^3	60	1.99×10^4
13	1.5×10^3	29	4.0×10^3	45	9.58×10^3	61	2.08×10^4
14	1.6×10^3	30	4.24×10^3	46	1.01×10^4	62	2.18×10^4
15	1.7×10^3	31	4.49×10^3	47	1.06×10^4	63	2.28×10^4
16	1.81×10^3	32	4.75×10^3	48	1.12×10^4	64	2.39×10^4

续　表

温度/℃	饱和蒸气压/Pa	温度/℃	饱和蒸气压/Pa	温度/℃	饱和蒸气压/Pa	温度/℃	饱和蒸气压/Pa
65	2.49×10^4	74	3.69×10^4	83	5.34×10^4	92	7.56×10^4
66	2.61×10^4	75	3.85×10^4	84	5.56×10^4	93	7.85×10^4
67	2.73×10^4	76	4.02×10^4	85	5.78×10^4	94	8.14×10^4
68	2.86×10^4	77	4.19×10^4	86	6.01×10^4	95	8.45×10^4
69	2.98×10^4	78	4.36×10^4	87	6.25×10^4	96	8.77×10^4
70	3.12×10^4	79	4.55×10^4	88	6.49×10^4	97	9.09×10^4
71	3.25×10^4	80	4.73×10^4	89	6.75×10^4	98	9.42×10^4
72	3.39×10^4	81	4.93×10^4	90	7.0×10^4	99	9.77×10^4
73	3.54×10^4	82	5.13×10^4	91	7.28×10^4	100	1.013×10^5

附录六 有机化学实验文献中常见的英文术语

阿贝折射仪	Abbe refractometer
吸附色谱	adsorption chromatography
搅拌器	agitator
晾干	air drying
酒精灯	alcohol lamp
无水的	anhydrous
烧杯	beaker
沸点	boiling point
副产物	byproduct
毛细管	capillary tube
催化剂	catalyst
化学反应	chemical reaction
色谱柱	chromatographic column
浓缩	concentrate
冷凝水	condenser water
脱色	discolor
可溶性	dissolubility
馏出物	distillate
蒸馏	distillation
淋洗溶剂	elution solvent
抽真空	evacuation

过热	excessive heating
废液	exhausted liquid
干燥剂	exsiccant
干燥	exsiccate
萃取	extraction
提取	extraction
滤纸	filter paper
烧瓶	flask
分馏柱	fractionating column
分馏	fractionation
气体导管	gas conductor
加热	heat up
加热器	heating equipment
含水的	hydrous
冰浴	ice bath
磁力搅拌器	magnetic agitator
熔点	melting point
混合	mix
混合物	mixture
流动相	mobile phase
旋光度	optical rotation
纸色谱	paper chromatography
分配色谱	partition chromatography
旋塞	plug cock
旋光仪	polarimeter
产率	productive rate
产物	product
纯化	purification
反应物	reactant

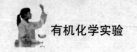

读数镜	reader
试剂	reagent
可回收的	recoverable
回收	recover
重结晶	recrystallization
回流冷凝管	reflux condenser
折射率	refractive index
饱和蒸气压	saturated vapor pressure
螺旋夹	screw clamp
分液漏斗	separatory funnel
沉淀物	settlings precipitates
溶解度	solubility
索式提取器	Soxhlet extractor
蒸汽发生器	steam can
水蒸气蒸馏	steam distillation
升华物	sublimate
升华	sublimation
过饱和的	supersaturated
温度计	thermometer
薄层色谱	thin layer chromatography
浑浊	turbidness
真空表	vacuometer
减压蒸馏	vacuum distillation
抽滤（真空过滤，减压过滤）	vacuum filtration
真空泵	vacuum pump
蒸气压	vapor pressure
水浴	water bath

参 考 文 献

[1]　兰州大学,复旦大学. 有机化学实验. 北京：高等教育出版社,1978.

[2]　兰州大学,复旦大学. 有机化学实验. 2 版. 北京：高等教育出版社,1994.

[3]　陈东红. 医学化学实验. 武汉：湖北科学技术出版社,2003.

[4]　周井炎. 基础化学实验. 武汉：华中科技大学出版社,2004.

[5]　黄涛. 有机化学实验. 2 版. 北京：高等教育出版社,1998.

[6]　武汉大学. 有机化学实验. 武汉：武汉大学出版社,2004.

[7]　曾昭琼. 有机化学实验. 3 版. 北京：高等教育出版社,2000.

[8]　蔡良珍. 大学基础化学实验 Ⅱ. 北京：化学工业出版社,2003.

内 容 提 要

　　本书分为四个部分。第一部分主要针对初学者，介绍了进入有机实验室时必须具备的一些基本知识和有机实验室的基本设备，也反映了近年来有机化学实验室的一些设备变化。第二部分介绍有机实验的基本技能，是学生需要掌握的有机化学实验中的基本手段。第三部分按照有机官能团结构的分类，分别介绍不同官能团的化学性质和一些化合物的合成方法，并涉及一些基本有机化合物和有机药物分子的合成。第四部分综合性实验是拓展性内容，增加了趣味性，目的是让学生在有了较扎实的基本功后，希望进一步提高有机实验的综合素质而设，所选择的内容也力图反映出有机化学实验的综合性。

　　本教材可供普通高等院校化学、化工、生命科学、药学、医学、材料等专业的本科生作为基础有机化学实验教材及参考书。